적응자

적응자 1

초판 1쇄 인쇄일 2014년 10월 29일 | **초판 1쇄 발행일** 2014년 10월 30일

지은이 네모리노 | **펴낸이** 곽중열 | **담당편집 팀장** 이범수
편집부 신연제 이윤아 김호성 김은경

펴낸곳 (주)조은세상 | **출판등록** 제 2002-23호
주소 경기도 연천군 미산면 청정로 1355
TEL 편집부 02)587-2966 | FAX 02)587-2922
e-mail bukdu@comics21c.co.kr

ⓒ네모리노 2014
ISBN 979-11-5512-765-0 | ISBN 979-11-5512-764-3(set) | 값 8,000원

※잘못 만들어진 책은 바꿔 드립니다.
※저자와의 협의에 의해 인지는 생략합니다.

적응자

1

네모리노 현대판타지 장편소설

NEO MODERN FANTASY STORY

(주)조은세상

CONTENTS

NEO MODERN FANTASY STORY

프롤로그

NEO MODERN FANTASY STORY

적응자

2008년 5월 12일 오전 11:20 중국 사천성(四川省)내에 자리한 비밀 기지.

막대한 예산을 쏟아 부어 만들어진 이 기지는 전 세계 어느 기관과 비교해도 손색이 없을 만큼 대단한 위용을 자랑했다.

리히터 규모 7.0의 지진에도 견뎌낼 수 있도록 튼튼하게 설계 되었고 더불어 물샐 틈이 없을 만큼 철저한 감시 체계를 갖추고 있는 이곳은 건물의 대부분이 지하에 자리하고 있어서 최첨단 인공위성으로도 그 정체를 밝혀내지 못할 만큼 은밀함을 자랑했다.

『롱기누스의 창 프로젝트』

중국내에서도 고위급 관계자들만이 그 존재 여부를 알고 있을 만큼 철저하게 관리되고 있는 이 시설에서 진행되고 있는 연구는 자그마치 60년이 넘도록 진행되고 있는 중이었다.

한동안 답보상태에 빠져있던 연구가 최근 새로운 돌파구를 마련하게 되면서부터 급물살을 타게 되었는데 그래서인지 몰라도 지하 25층에 마련되어 있는 거대한 공동에 근무하는 연구원들의 얼굴빛이 예전과 달리 무척이나 밝았다.

"실험번호 4056787, 실행을 허가합니다."

공동 내부에 설치된 거대한 스피커에서 매력적인 여성의 목소리가 흘러나오자 붉은 경광등이 켜지며 공동 내에 있는 모든 사람들에게 경고성을 발했다.

공동 안에서 마지막까지 거대한 장치를 손보던 기술자들이 밖으로 나서자 이를 확인한 연구원이 자신 앞에 놓여 있는 손잡이를 잡고 밑으로 끌어내렸다.

"전력공급 완료, 에너지 수치가 점차 올라갑니다. 100, 200, 250, 300…… 900, 현재 상태 양호."

에너지 공급이 원활하게 지속되자 공동 중앙에 자리한 마치 거대한 철탑을 가로로 눕혀놓은 것 같은 거대한 장치 끝에서 생성된 빛줄기가 점차 강한 빛을 뿌려대기 시작했다.

"에너지 공급 완료했습니다."

거대한 스크린을 통해 이를 지켜보고 있던 노신사가 가볍게 고개를 끄덕였다.

그의 허락을 받은 연구원이 중앙에 자리한 투명한 케이스를 밀어올린 뒤 그 안에서 점멸하고 있는 붉은 색 버튼을 눌렀다.

그와 동시에 더 이상 정면으로 바라보기 힘들만큼 강렬한 빛이 전면을 향해 폭사되었다. 아무 소리도 나지 않았지만 사람들은 마치 거대한 폭발음을 들은 것 같은 착각에 빠졌다. 그만큼 중앙에서 뻗어나가 전면에 자리한 거대한 원형의 기계 장치 중앙을 향해 날아가는 빛 무리가 보여주는 시각적인 효과가 무척이나 강렬했다.

우우웅!

마치 말발굽을 연상시키는 거대한 원형 테두리의 중앙에서 폭사한 빛 무리가 사방으로 퍼져나가자 주변의 광경이 이지러져 보일만큼 강력한 에너지 파장을 만들어냈다.

"오오오오!"

"서……성공입니다!"

이를 지켜보고 있던 수많은 사람들의 입에서 탄성이 터져 나왔다. 놀란 토끼눈으로 상태창이 보여주는 수치를 확인하던 연구원이 떨리는 목소리로 더듬거리며 외쳤다.

"음! 좋군! 아주 좋아."

평소 말이 없기로 유명한 중앙군사위원회 부주석인 육군 상장(上將) 리진평의 입에서 커다란 탄성이 터져 나오자 주변에서 그의 눈치를 보며 쭈뼛거리고 있던 보좌관들이 박수를 치며 환호하기 시작했다.

"엔트로피(entropy) 수치가 급격하게 증가합니다. 롱기누스의 창끝에서 급격하게 반응합니다."

삐빅!삐빅!

올라가는 수치 그래프와 함께 이를 전달하는 연구원의 목소리도 점차 높아져갔다.

"차원의 문(Dimension Door) 열립니다!"

그녀의 말과 동시에 중앙 컨트롤 타워 내부에 자리한 거대한 스크린에 주먹만 하게 생성된 차원의 문이 점차 그 크기를 넓혀가는 모습이 생생하게 중계되었다.

"다음 단계를 진행하시오."

리진평의 지시를 받은 보좌관이 차가운 목소리로 연구원을 향해 말했다. 연구의 성공으로 인해 끌어 올랐던 열기가 순식간에 식어버릴 만큼 오싹한 목소리였다.

슬쩍 시선을 돌려 그를 바라보자 얼굴을 가로지르는 흉터가 유독 눈에 들어온다. 그의 서늘한 시선과 마주치자 발끝에서부터 등을 타고 소름이 돋는다.

찔끔한 그녀가 안경을 끌어올리며 외부 마이크를 켜고 지시를 내렸다.

"설비팀은 지금 즉시 탐사 로봇 준비하세요."

조금 시간이 흐르자 탱크를 축소해 놓은 것 같은 탐사 로봇이 차원의 틈을 향해 서서히 전진했다.

"탐사 로봇, 차원의 틈으로 접근합니다. 10미터, 7미터, 5미터, 3미터……."

그녀의 말이 이어질수록 중앙 컨트롤 타워 내부에는 긴장어린 적막이 흘렀다.

꿀꺽!

누군가의 침 삼키는 소리가 유독 크게 들려왔다.

"1미터. 탐사로봇 차원의 틈에 진입합니다."

중앙 스크린에는 탐사 로봇에 장착된 카메라에서 전송된 화면이 비춰지고 있었다.

"오오! 저것은?"

성인 한두 명으로는 감싸지 못할 만큼 거대한 두께를 자랑하는 나무들이 화면을 가득 채우고 있었다.

콰직! 쿠오오오오! 지지지직……

그 순간 쇠가 우그러지는 것 같은 소리가 들려오는가

싶더니 전송되던 화면이 끊기고 노이즈 가득한 회색 화면이 나타났다.

"탐사 로봇에서 보내지던 신호가 끊겼습니다. 탐사 로봇 반응이 없습니다. 알 수 없는 물리적인 힘에 의해 파괴된 것으로 보입니다."

게다가 확실하지는 않지만 그 사이에 무언가 모골을 송연하게 만드는 괴성이 들려온 것 같았다.

"방금 무슨 소리가 들려오지 않았나?"

그녀는 등 뒤에서 들려오는 보좌관의 말에 그 섬뜩한 소리를 들은 것이 자신만의 착각이 아니었음을 알 수 있었다.

"탐사대 들여보내게."

리진평의 입에서 말이 나오기가 무섭게 세나가 자리에서 벌떡 일어났다.

"하…… 하지만?"

10년 전부터 아버지의 뒤를 이어 모든 연구의 총진행을 맡고 있는 닥터 세나가 반문한 그 순간 그녀는 자신을 향한 살벌한 시선들을 느끼며 천천히 자리에 앉았다.

자신은 일개 연구원에 불과하다는 사실을 다시 한 번 뼈저리게 느끼는 순간이었다.

그런 그녀를 일별한 리진평이 고개를 끄덕이자 보좌관이 개별로 운용되는 통신 채널을 통해 탐사대의 진입을 지시했다.

닥터 세나는 그 순간 깨달았다. 자신에게 주어진 역할은 여기까지라는 사실을…….

탐사대가 차원의 문을 통해 진입을 시도한 지 2시간이 흘렀다. 본체와 연결된 라인을 가지고 있던 탐사 로봇과 달리 탐사대는 진입을 시도하자마자 예상했던 것처럼 모든 신호가 끊겼다.

시나리오대로라면 진지를 구축한 탐사대에서 보고를 위해 몇 명이 귀환했을 터인데 아무리 기다려도 되돌아오는 인원이 없었다.

그 순간 숨 막히는 긴장감 속에서 모든 사람들이 차원의 문을 바라보고 있는 중앙 컨트롤 타워 내부에 자리한 긴급 연락망에서 요란한 소리가 울려댔다.

"무슨 일입니까?"

얼굴에 흉터가 가득한 보좌관의 사나운 눈길에 찔끔한 그녀가 화풀이라도 하듯이 수화기를 들고 상대편을 향해 목소리를 높였다.

"네? 그게 무슨?!"

화들짝 놀란 그녀가 갑자기 자리에서 일어나자 무언가 문제가 발생했다는 것을 직감한 보좌관이 그녀의 곁으로 다가왔다. 멍한 얼굴로 수화기를 내려놓은 그녀에게 보좌관이 물었다.

"무슨 일입니까?"

"지…… 지진이 발생했다고 하네요. 진원지가 청두 북서 90㎞에 위치한 원한이라고 합니다."

"이곳은 지진에도 안전하게 설계된 것으로 아는데요?"

"리히터 규모가 8.0이상이라고……."

"자세히 알아듣기 쉽게 설명해 보시오! 박사!"

우물쭈물 거리는 그녀를 향해 으르렁 거리는 그의 목소리가 제법 컸는지 주변에 있던 모든 사람들이 두 사람을 쳐다보았다.

"이…… 이곳은 내진 설계가 되어있긴 하지만 그것도 분명 한계가 있습니다. 리히터 규모 7.0 까지는 충분히 견뎌낼 수 있지만 그 이상은……."

"그래서 버틸 수 있다는 거요? 없다는 거요?"

"곧 지진파가 당도할 테니 그 해답을 알 수 있겠죠."

"끄응……."

기어들어가던 그녀의 목소리가 단호하게 변하자 몰아붙이던 보좌관의 입에서 침음성이 흘러나왔다.

그녀의 말이 끝나기 무섭게 공동 전체가 서서히 흔들리기 시작했다.

쿠쿠쿠쿠쿠쿵……

엄청난 양의 콘크리트를 쏟아 붓듯이 해서 만든 거대한 공동이 격렬하게 흔들리는 대지의 진동에 어느 정도 견디는 것처럼 보였으나 곧이어 여기저기서 거대한 균열이 발견되기 시작했다.

그 여파는 이내 가운데 자리한 거대한 기계인 일명 '롱기누스의 창' 에게까지 미쳤다.

"아…… 안 돼!"

닥터 세나는 안정화된 차원의 문이 점차 불안정해지자 새된 비명을 질렀다. 그러면서도 손을 연신 바삐 움직이며 상태를 안정화시키기 위해 최선을 다했다.

그러나 그녀의 노력을 비웃기라도 하듯이 공동의 바닥에 금이 가며 가운데 자리한 거대한 기계를 집어삼키고 말았다.

사람 한두 명이 겨우 지나갈 수 있을 만큼의 크기로 차원의 문을 유지하고 있던 중추 시스템이 무너지자 이내 걷잡을 수 없을 만큼 그 크기를 불려가기 시작했다. 그리고 이내 영원히 잊을 수 없는 악몽이 시작됐다.

"차…… 차원의 문이 점차 확장되고 있습니다. 제어를 벗어납니다. 박사님, 지…… 지시를!"

닥터 세나를 보조하는 수석 연구원이 떨리는 목소리로 상태를 보고하며 그녀를 바라보았다.

"우…… 우리는 판도라의 상자를 연거야."

그녀의 말을 증명이라도 하듯 일렁거리는 차원의 문을 타고 녹색 거체를 자랑하는 괴 생명체가 모습을 드러냈다.

#1. Open your eyes

NEO MODERN FANTASY STORY

정의자

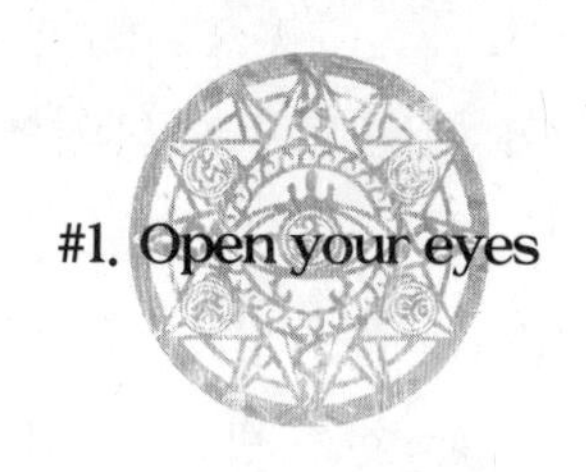

#1. Open your eyes

이른 아침 출근하는 사람들로 분주한 지하철.

술에 취한 듯 쓰러져 정신없이 자고 있는 여고생이 있었다. 무릎위에 자기 몸통만한 노란색 가방을 얹어놓고 헝클어진 머리를 매만질 정신도 없는지 깊은 숨을 내쉬며 곤히 잠들어 있었다. 가방 상단에는 조그마한 슈퍼맨 배지가 꽂혀 있었다.

'자유롭고 싶은 내면의 표출인 건가? 그런 것 치고는 지나치게 소극적인 걸?!'

노란색을 좋아하는 건지 엄지에 그 흔적만 남긴 채 거의 다 지워져 흔적만 남아있는 노란색 매니큐어가 애처로움을 더했다. 가방을 안은 채 고개를 파묻고 자면서도 괴로

워하는 모습을 보면서 대한민국 여고생들에게 마음속으로 애도를 표했다

'다음 정거장이면 내리는구나' 하고 생각하고 있던 백유건은 지하철이 급정거하는 바람에 여기저기서 비명을 지르며 넘어진 사람들과 뒤엉켜 바닥을 굴렀다.

다들 어리둥절한 표정으로 여기 저기 둘러보았지만 무슨 일인지 모르기는 매한가지인지라 지하철 안은 조금씩 술렁이기 시작했다.

'무슨 일이지?'

참다못한 한 중년 아저씨가 비상통화를 향해 다가가는 찰나 실내 방송에서 다급해 보이는 기관장의 목소리가 흘러나왔다.

"알. 알려드립니다. 종로3가 방향에서 C급 몬스터가 나타났습니다. 이에 잠시 정차했다가 상황이 해결되는 대로 출발하도록 하겠습니다. 급정거로 인해 불편을 드려서 죄송합니다."

안내 방송이 끝나기 무섭게 창문 밖으로 짙은 회색의 철문들이 순차적으로 내려와 지하철 전체를 꼼꼼하게 에워싸기 시작했다.

잠시 술렁이던 사람들은 이런 상황이 익숙하다는 듯 각자 손에 든 스마트폰으로 시선을 돌렸다.

기관사는 이런 일이 처음인지 방송하는 내내 목소리가

떨리고 있었지만 요즘 서울 사람들은 C등급의 몬스터가 나타난 정도로는 눈도 깜짝하지 않는다.

처음 서울에 몬스터가 나타났을 때 사람들은 무슨 영화를 찍는 줄 알고 사방에서 몰려들어 스마트 폰으로 사진을 찍거나 동영상 촬영을 하느라 바빴다. 덕분에(?) 사람이 산 채로 뜯어 먹히는 광경이 다각도로 생생하게 촬영되어 방송을 탈 수 있었다.

지금은 오크라고 명명된 그 마물은 하늘에서 갑자기 뚝 떨어진 것처럼 종로 사거리 한복판에 나타났다.

세 명의 시민을 그 자리에서 게걸스럽게 먹어 치우고 난 뒤 어슬렁거리며 돌아다니던 그녀석이 제압된 것은 권총을 들고 나타나 어설프게 대항하던 경찰들마저 머리가 박살난 채로 여럿이 죽어 나가고 난 뒤였다. 모처럼(?) 빠른 대응을 보인 경찰이었지만 그 빠른 대응의 대가는 훈장이 아닌 죽음이었다.

그제야 사건의 심각성을 깨달았는지 뒤늦게 출동한 중무장한 경찰특공대에 의해 온 몸이 벌집이 된 채로 쓰러진 녀석에 대하여 각종 매체에서 온갖 억측들이 쏟아져 나왔다.

처음에는 각종 은폐 작업으로 인해 세간에 알려지지 못했던 사실들이 어느 날 갑자기 인터넷을 통해 여과 없이 전 세계에 전해지기 시작하면서 사람들은 이러한 사건의 전말을 빠짐없이 알 수 있게 되었다.

처음 그 사실을 접하고는 소설이 아닌가 생각했던 백유건은 멍하니 생각에 잠겨 그때의 기억을 떠올리기 시작했다.

중국에서 발생한 이해할 수 없는 사태 이후.

전 세계 곳곳에서 갑자기 등장한 미확인 생명체들에 대한 보고들이 속속 이어지기 시작했다.

대부분의 국가들이 국가 기능을 거의 상실한 채 전멸을 각오할 때 즈음. 동시 다발적으로 등장한 구세주와 같은 이들의 활약에 힘입어 각 나라들은 이념과 문화, 종교에 구애받지 않는 전면적인 공조 체제를 구축하며 그들에게 효과적으로 대항하기 시작했다.

그때는 이미 전 유럽의 삼분의 이가, 아시아 지역의 절반이, 아메리카 대륙의 삼분의 이가, 그리고 아프리카 지역의 거의 대부분이 몬스터라 명명된 무리들에게 넘어간 상태였다.

그럼에도 불구하고 끝내 인류는 살아남았다.

국제지구수호연맹(The International Union for the Defence of Earth) 속칭 '가드(Guard)' 라고 불리는 그들의 등장에 힘입어 국력의 대부분을 온전하게 보전할 수 있었던 대한민국은 순식간에 전 세계의 희망으로 자리 잡았다.

왜냐하면 가드 내에서도 수위권에 해당하는 실력자들이 대한민국에 대거 포진하고 있었기 때문이었다.

그중에서도 절대적인 능력을 자랑하는 코드명 퍼스트 메이지(First Mage) 유현진의 존재가 결정적인 역할을 감당했다.

현대의 발달된 하이 테크놀로지에 그를 통해 은밀히 전해진 마학(魔學)이 결합되자 대한민국은 단기간에 전에 없었던 혁신적인 변화를 이루어 낼 수 있었다.

이를 통해 이루어진 신(新) 대한민국은 전 세계 모든 이들이 가보기를 꿈꾸는 마도국가가 되었다.

눈부시게 발달한 마도학 덕분에 신 대한민국의 수도 서울은 어지간한 몬스터들의 등장에는 눈 하나 깜짝하지 않을 만큼 안전한 곳이 되어 있었다.

'흣, 그래서 이런 결과가 나오게 된 건가?'

어디에 집나온 사나운 개가 있다는 말을 들은 것처럼 이내 그 사실에서 관심을 거둔 많은 사람들이 평범한 일상으로 돌아갔다.

급정거 때문에 의자 기둥에 머리를 부딪쳐 잠에서 깨어났던 그 여고생도 방송을 듣고 난 뒤 다시금 깊은 잠에 빠져들었다.

'대한민국 국민이라는 게 짜증날 때도 있었는데 이럴 때는 참 좋구나…….'

최신 삐삐를 구입한 뒤 자랑스럽게 옆구리에 차고 다녔던 때가 엊그제 같은데 이제는 손안의 새로운 세계를 통해 스마트한 삶을 살아가고 있으니 지극히 짧은 시간 동안 벌어진 이 놀라운 변화에 구세대 소리를 듣는 자신이 제법 잘 적응하고 있다는 사실이 놀라울 지경이었다.

곧 출발할 것 같았던 지하철은 예상외로 꽤 오랜 시간 정차해 있었다. 귀에 이어폰을 꽂은 채 스마트폰이 보여주는 놀라운 증강현실에 매료되어 정신을 차리지 못하고 있는 승객들마저 하나 둘씩 이상함을 느끼고 주변을 두리번거릴 때 즈음 누군가가 강제로 쇠를 찢어발기는 것 같은 엄청난 굉음이 터져 나왔다.

쿠아아앙! 끼이이익~! 끼익 끽~!

"크아아아아악!"

"응?"

"뭐지?"

"이게 대체 무슨 소리야?"

생전 처음 들어보는 사나운 울부짖음에 등줄기를 타고 올라온 소름이 백유건의 전신으로 순식간에 퍼져나갔다.

이에 놀라 자리에서 일어난 사람들은 사방에서 옥죄어

오는 사나운 살기에 놀라 서서히 다음 칸으로 물러서기 시작했다.

취이익~! 스르르르! 쿠웅!

그런 그들의 발걸음을 막아선 것은 자연스럽게 내려와 통로를 폐쇄하는 두터운 철문이었다.

"뭐…… 대체 뭐야? 문이 왜 닫힌 거지?"

"그러고 있지 말고 어떻게 좀 해봐요!"

웅성 웅성……

쿵쿵쿵쿵!

사람들의 웅성거림이 점차 커져가는 가운데 사납게 문을 두드리며 열어보려고 안달하는 사내의 눈동자는 어느덧 알 수 없는 공포에 물들어가고 있었다.

"꺄아아악!"

찢어질 듯 날카롭게 울려 퍼진 한 여인의 비명에 문을 열어보기 위해 안간힘을 쓰던 사내가 서서히 뒤를 돌아다보았다.

"크르르르……."

"저…… 저게 대체 뭐지?"

"오…… 오크는 아닌 것 같은데?"

"꺄아아악! 꺄아~ 꺄아~!"

처음 비명을 질러 괴물의 등장을 알리던 여인이 끝내 공포를 이기지 못하고 패닉에 빠져 앉은 자리에서 귀를 막은 채 계속해서 비명을 질러댔다.

기존의 오크와는 달리 거의 천정에 닿을 정도로 커다란 덩치를 자랑하는 괴물이 신기한 듯 여기 저기 둘러보고 있었다.

· ⁂ ·

“이……익! 씨끄러워! 대……체 저 괴물은 어떻게 여길 들어온 거야?”

반대편 칸으로 향하는 통로를 향해 몰려든 사람들의 틈바구니에서 이러지도 저러지도 못한 채 서있던 백유건은 방송에서 들려오는 절망적인 소식에 거칠게 욕을 내뱉었다.

“아……! 방금 열차 내부에 B급 몬스터인 트롤이 들어왔다는 제보가 들어왔습니다. 승객여러분께서는 안전하게 차단된 실내에서 다시 문이 열릴 때까지 대기하여 주시기 바랍니다. 다시 한 번 말씀드립니다…… 방금…….”

“제기랄 그 칸이 왜 여기인 건데? 그리고 우리는 지금 안전하지 않다고!”

길을 막고 있는 사람들을 거칠게 헤치며 벽에 설치된 인터폰으로 달려간 그는 거칠게 수화기를 빼들고 긴급통화 버튼을 사납게 눌러댔다.

삐익~! 삐익~!

두 번의 경고음이 반복되는가 싶더니 이내 한 남성의 목소리가 들려왔다.

"네…… 무슨 일이시죠?"

"지금! 이곳에 괴물이 나타났다고! 당장 통로부터 개방해! 당장!"

"네? 무슨 말인지 잘 안 들립니다. 침착하시고 차분하게 설명하세요."

"침착이고 지랄이고! 지금 다 죽게 생겼다니까! 어서 통로를 개방하라고! 이 미친 새끼야!"

무슨 이유인지는 모르지만 당장 죽일 것처럼 노려보는 것 말고는 쉽게 달려들지 않는 괴물과 수화기를 들고 고함치고 있는 나를 번갈아 보던 사람들은 한동안의 침묵 뒤 들려온 지하철 운전사의 말에 갖가지 비명을 질러댔다.

"죄……송하지만 그럴 수 없을 것 같습니다. 곧 가드의 요원이 도달할테니 조금만 기다려 주시기 바랍니……다."

"미…… 미친! 그 가드인지 뭔지가 도착할 때쯤이면 여기 있는 사람들은 모조리 저 괴물의 뱃속에 들어가 있겠다! 야! 문 열라고! 이 미친 새끼야! 어서 문 열지 못해?!"

"죄……송합니다……."

뚜~뚜~

그 말을 끝으로 지하철 운전사와 연결돼있던 신호가 끊기고 말았다.

"어?! 야! 야! 문 열라고! 으아아악!"

"우…… 우릴 버렸어?"

"꺄아아아!"

"으아아악! 저리 비켜! 오지 마 오지 말라고!"

어느새 가까지 다가온 괴물은 머리가 천장에 닿을 정도로 크고 흉측한 생김새를 자랑했다.

입가를 타고 흘러내리는 걸쭉한 액체가 바닥에 주저앉아 비명을 지르고 있던 여인의 발에 떨어지자 멍하니 자신의 발에 묻은 액체를 바라보던 여인이 비명을 지르기 위해 크게 숨을 들이켰다.

그러나 그 여인은 원하던 소리를 지르지 못했다. 순식간에 그녀를 들어 올린 괴물이 그녀의 머리를 단숨에 씹어 먹어버렸기 때문이었다.

뿌직~! 뿌찍!

머리가 사라진 단면에서 간헐적으로 피가 뿜어져 나오고 있었다. 아직 제 기능을 상실하지 않은 심장이 마지막 발악을 하고 있는 중이었다.

"흐끅…… 흐끅……."

"흐힉~! 사……살려줘!"

"꺄아악! 꺄악! 꺄아아아악!"

머리가 사라진 여인에게서 뿜어져 나온 피가 조금 전까지만 해도 쾌적하던 지하철 벽면을 타고 흘러내리자 B급 호러무비에서나 볼 것 같은 그로테스크한 풍경이 펼쳐졌다.

"우욱~! 욱! 우웨에엑!"

역한 피비린내가 빠져나갈 곳을 찾지 못한 채 내부를 가득 채우자 이를 참다못한 한 중년남성이 바닥에 주저앉아 토악질을 해댔다.

"크르르르르! 크크크!"

어느새 그 여인을 모조리 씹어 삼킨 괴물이 도망갈 곳이 없어 통로를 향해 뭉쳐 있는 사람들을 보며 기분 좋다는 듯 여인의 붉은 살점이 묻어있는 이를 드러내며 소리 내어 웃었다.

웃음? 그건 웃음이 분명했다. 순식간에 실내에 있는 사람들을 모조리 도살할 수 있는 괴력이 있음에도 불구하고 공포에 떠는 사람들의 반응을 즐기며 한 사람 한 사람 장난치듯 죽이고 있었기 때문이었다.

"으아아악! 놔! 놓으라고! 이 괴물아! 놓으란 말이야!"

한쪽 다리를 잡힌 채 거꾸로 대롱대롱 매달린 한 회사원이 들고 있던 손가방을 휘두르며 발악을 했다. 그러나 그러기도 잠시 괴물에게 양 다리를 잡힌 채 반으로 분리된 그는 더 이상 아무런 말도 할 수 없었다.

"꺄아아아아아!"

그 처참한 광경에 한 아줌마가 비명을 지르며 혼절하고 말았다.

"으드득!"

그 괴물이 반으로 갈라진 남자를 들어 입에 넣어 통째로 씹어 먹는 소름끼치는 소리가 울려 퍼지는 장내에는 작게 흐느끼는 사람들의 울음소리 외에 더 이상 아무런 소리도 들리지 않았다.

딱딱딱딱……

다리에 힘이 풀려 수화기를 부여잡고 바닥에 주저앉은 백유건은 자신의 의지와 상관없이 쉴 새 없이 부딪히며 소리를 내는 턱이 그렇게 원망스러울 수 없었다.

그 소리 때문에 괴물의 시선이 자신에게 머물렀기 때문이었다.

쿵! 쿵!

얼마나 무게가 많이 나가는지 그 괴물이 한발 한발 걸음을 옮길 때마다 지하철 바닥이 꺼질 듯 삐걱거렸다.

"꺄아악!"

내게 다가오는 괴물의 모습에 놀란 여고생이 바닥에 주저앉은 채 날카로운 비명을 질러대자 나를 바라보고 있던 괴물의 눈이 아래로 향했다.

"으아아아아~!"

다음 목표를 그 여고생으로 정했는지 중간에 있던 배가 많이 나온 중년남성이 어울리지 않는 날렵한 움직임으로 바닥을 기어서 반대쪽을 향해 도망치고 있는데도 그 녀석은 중년 남성을 향해 눈길하나 주지 않았다.

"제…… 젠장!"

이대로 가다가는 저 여고생도 조금 전에 죽은 이들과 다를 바 없을 것이 뻔했다.

다리 사이에 머리를 파묻고 소리를 지르고 있는 그녀의 등에 매달린 가방위에 작은 슈퍼맨 마크가 애처롭게 흔들렸다.

"나도 이…… 이렇게 죽고 싶지는 않다고!"

좌우 그 어디를 둘러봐도 그녀를 도울 사람이 보이지 않았다. 그리고 그 어디에도 도망칠 곳은 없었다.

사람들은 마치 그 여고생이 자신들에게 올까봐 겁에 잔뜩 질린 얼굴을 한 채 반대 방향으로 우르르 몰려갔다.

'크! 어차피 다음엔 당신들이라고!'

어차피 죽는다고 생각이 되자 마음이 이상하리만큼 차분하게 가라앉았다.

마침 자신의 발치에 떨어져 있는 검은색 긴 우산이 그의 눈에 들어왔다.

'크크크크 이걸로 저 놈을 상대할 수나 있겠어?'

매번 예고 없이 비가 쏟아질 때면 지하철역 안에 있는

매점에서 내놓고 파는 싸구려 우산하나로 저 괴물을 상대하려 하다니 백유건은 스스로 생각해봐도 어처구니가 없어 웃음을 터트렸다.

그래도 아무것도 없는 맨손보다는 나을 터. 푸들거리는 손으로 우산을 움켜쥔 백유건은 여고생을 향해 손을 뻗는 괴물을 향해 큰 소리를 지르며 달려가 그대로 미끄러지며 녀석의 가랑이 사이로 빠져나왔다.

"허억……허억……."

별다른 행동을 하지 않았음에도 불구하고 마치 백 미터를 전력질주 한 것처럼 숨이 가빠져왔다.

"크아아아아아!"

내가 자신을 피해 도망간 것이 못내 못마땅하다는 듯 거칠게 포효하는 녀석의 괴성이 울려 퍼지자 온 몸이 뻣뻣하게 굳어 잘 움직여지지가 않았다.

"뭐…… 뭐야 대체에~!"

마치 가위에 눌렸을 때처럼 잘 움직이지 않는 몸을 억지로 풀어보기 위해 몸부림치던 백유건은 갑자기 눈앞이 어두워지자 두려움에 사정없이 흔들리는 눈을 들어 자신 앞에 서있는 괴물을 바라보았다.

'2미터? 그 이상?'

보통 일반적인 성인보다 큰 편인 백유건보다 한참 위에서 그를 내려다보고 있던 녀석의 피 묻은 손이 그의 머리로 향했다.

• ⁂ •

덥썩!

"끄아아아아! 놔! 놓으란 말이다!"

엄청난 힘이 머리를 죄기 시작하자 본능적으로 악을 쓰며 괴물의 손에서 빠져나가기 위해 발버둥 치던 백유건은 자신의 발이 바닥에서 서서히 떠오르고 있는 것을 느꼈다.

손에 들고 있던 우산은 애써 챙겨들고 있던 것이 무색하리만큼 허무하게 부서져버렸고 머리를 거머쥔 녀석의 손은 아무리 거세게 발버둥 쳐도 풀릴 기미가 보이지 않았다.

꾸우우욱……

"으악! 으아아악! 으아아아아아악!"

녀석의 힘이라면 단숨에 머리를 부숴버릴 수 있을 텐데도 일부러 그의 비명을 즐기는 듯 죽지 않을 정도의 세기로 서서히 머리를 조이며 계속해서 고통을 가해왔다.

백유건의 머리에 있는 구멍이란 구멍에서 피가 흐르기 시작하고 얼마 지나지 않아 차츰 정신마저 혼미해지기 시작했다.

'이대로 죽는 건가?'

백유건이 희미해지는 의식 속에서 실낱같이 이어지던 삶에 대한 희망을 놓으려던 그 순간 한줄기 기적과도 같은 일이 그에게 일어났다.

서걱!

"꾸웨에에에엑!"

날카로운 절삭음과 동시에 백유건은 자신의 머리에서 느껴지던 고통이 순식간에 사라지는 것을 느꼈다.

엉덩이가 바닥에 부딪히며 전해져오는 고통을 느낄 겨를도 없이 바닥에 주저앉아 마구 버둥거리며 자신의 머리에 매달려 있던 괴물의 손을 벗겨냈다.

흐릿한 시야 속에서 그는 자신의 앞을 가로 막고 서있는 한 남성의 뒷모습을 볼 수 있었다.

그가 잠시 자신을 돌아보며 뭐라 말하는 것 같았지만 뭐라고 하는지 잘 들리지 않았다.

'뭐……라는 거야……?'

결국 그는 그 생각을 끝으로 정신을 잃고 그대로 바닥에 쓰러졌다.

"어이? 괜찮나? 어이? 뭐야. 기절한 거야?"

바닥에 쓰러진 채 기절한 그를 일별한 남자는 잘려나간 손목을 부여잡고 자신을 경계하고 있는 괴물을 앞에 두고서도 전혀 긴장하지 않는 듯 여유로운 모습으로 주변을 살펴보았다.

거대한 도를 어깨에 올린 채 살해당한 사람의 숫자를 파악해 나가던 남자는 나직이 혀를 차며 나머지 사람들을 향해 말했다.

“지금 즉시 통로를 열어드리겠습니다. 다치지 않게 차례대로 빠져나가세요. 그리고 밖으로 나가시면 저희 측 요원들이 대기 하고 있을 겁니다. 간단한 검사 후에 바로 집으로 귀가하실 수 있도록 조치할 테니 잘 협조해주시기 바랍니다. 이런 이런…… 또 내 소개를 빠트렸네. 쩝~ 뭐 입고 있는 옷을 보면 아시겠지만 제 이름은 김철환. 가드 소속 요원입니다.”

가드의 내부 규정에 따라 사건 현장에 나설 때마다 자신의 이름과 소속을 밝혀 일반인들의 불안감을 없애는데 최선을 다해야 하는 현장요원으로서 위에서 제정한 이 방침이 무척이나 마음에 들지 않는 김철환이었다.

그마저도 수차례 경고를 받고 벌금까지 물고 나서야 마지못해 덧붙일 정도였으니 이만큼이나마 신경 써서 이야기를 해준 것은 그가 보기에도 꽤나 인상적(?)으로 날뛰어 준 녀석 덕분에 사람들이 공포에 질린 얼굴을 하고 있었기 때문이었다.

평소 그답지 않은 친절한 말투는 그 나름대로 신경 쓴 결과라 할 수 있었다.

물론 다른 이들이 볼 때는 극히 불손한 언행이었지만 사람들의 상태는 그에게 그런 것들을 따질 만큼 여유롭지 못했다.

푸쉬익~!

바람 빠지는 소리와 함께 굳게 닫혀있던 통로의 문이 열리자 사람들은 서로 먼저 나가겠다며 그 좁은 통로를 가운데 두고 마구 엉켜들었다.

"쯧쯧쯧. 그러게 네 놈이 얼마나 날뛰었으면 저분들 상태가 저러냐? 응?! 이 냄새나는 괴물 새끼야! 여기가 어디라고 기어 들와서 지랄을 떤 거야? 응?! 아주 사타구니부터 머리까지 두 쪽을 내줄까? 앙?!"

사람들이 모두 밖으로 나서자 자연스럽게 기세를 발하며 괴물의 시선을 붙잡아 두었던 김철환이 그의 거대한 거검을 가볍게 늘어뜨리며 살짝 자세를 낮췄다.

"다른데서 설쳤으면 꽤나 많이 잡아먹고 힘을 키웠겠지만. 여기서 나를 만난 것이 네놈의 불행이다. 잘 가라! 하압~!"

그대로 땅을 박차며 놈을 향해 강하게 돌진한 김철환은 바닥에 닿을 듯 늘어진 거검을 녀석의 사타구니를 향해 거칠게 휘둘렀다.

이미 손목이 잘릴 때 내부에 침투해 들어간 김철환의 이능에 의해 몸 내부가 엉망이 되어 있던 괴물은 이렇다 할 반격조차 하지 못한 채 그대로 양단되었다.

"어이! 내부 정리됐다. 들어와서 정리하라고 하고. 그건 그렇고 도대체 이 녀석이 지하철 안에는 어떻게 들어온 거야?"

귓속에 넣어둔 수신기를 통해 본부와 교신하던 김철환의 미간이 찌푸려졌다.

"그게 가능해? 서울 도심에서 발생하는 이레귤러(irregular)는 더 이상 없는 거 아니었어? 쳇! 알았다 알았어. 근데 얘는 어쩌냐?"

괴물의 피를 잔뜩 뒤집어 쓴 채로 바닥에 누워있는 백유건을 바라보던 김철환이 못마땅하다는 듯 대꾸했다.

"당연히 마셨겠지. 아예 피를 뒤집어쓰고 누워 있구만…… 그냥 지금 처리하고 사망자 명단에 추가하면 안 되겠냐?"

순간 바닥에 누워있던 백유건이 움찔거렸지만 이어폰 너머의 상대와 대화를 하던 그는 이를 미처 보지 못했다.

그의 말에 상대가 뭐라고 큰소리를 쳤는지 인상을 쓰던 김철환이 두 손을 가볍게 들어 올리며 대꾸했다.

"알았다. 알았어. 아~ 글쎄! 알았다니까. 데리고 갈게. 어허~! 속고만 살았냐? 데리고 간다니까! 그래. 알았어. 어. 그래 이따가 보자."

통신 채널을 종료한 뒤 바닥에 누워있던 피투성이의 백

유건을 잠시 내려다본 그는 길게 한숨을 내쉬더니 가볍게 그를 들어 올려 그대로 어깨에 둘러멨다.

"쩝. 그냥 처리하고 가면 편할 것을……."

아쉽다는 듯 입맛을 다시는 그의 말에 어깨에 축 늘어져 있던 백유건이 다시 한 번 움찔거렸으나 인공 텔레포트 포탈을 여느라 정신을 집중하고 있던 그는 이를 미처 알아채지 못했다.

곧이어 파랗게 빛나는 포탈이 생성되자 김철환이 그 속으로 거침없이 발을 내디뎠다.

• ☘ •

"으으으음……."

흐릿한 시야가 점차 또렷해지며 눈부신 형광등의 불빛이 눈 속으로 따갑게 파고들었다.

손을 들어 눈을 가리고 있던 백유건은 이내 몸을 일으켜 자신이 누워있는 침대 외에 아무것도 없는 커다란 방안을 훑어보았다.

한쪽 벽면에는 영화에서나 보던 커다란 유리가 자리 잡고 있었다.

'설마 저 안에서 지켜보고 있다거나 그런 건 아니겠지?'

그런 그의 생각을 읽기라도 한 듯 천장 구석에 매달려있던 스피커에서 부드러운 여인의 음성이 들려왔다.

"백유건씨? 정신이 좀 드시나요?"

"네? 아……네. 그런데 여긴 어디죠? 병원인가요?"

"뭐…… 비슷해요. 곧 검사 결과가 나올 테니 그때까지 조금 불편하시더라도 기다려주시길 바랍니다."

"검……사요? 무슨 검사? 그건 그렇고 그 괴물은?"

검사라는 말에 잠시 어리둥절해진 백유건은 자신이 정신을 잃기 전 괴물을 처리하기 위해 나타났던 가드의 요원이 있었다는 사실을 기억해냈다.

"그 괴물은 저희 가드의 현장 요원에 의해 처리되었습니다. 백유건씨는 현재 정부와 맺어진 협약에 따라 몬스터의 피에 감염 되었는지 그 유무를 파악한 뒤 향후 거취에 대해 결정하도록 되어있기에 이곳에 머물고 있는 거예요. 다른 질문 있나요?"

"감염? 제……가 감염되었다는 건가요?"

"뭐 당장 변이가 일어나거나 한건 아닌 걸로 봐서 감염된 걸로 보이지는 않지만 이런 문제는 확실히 해야 하니까요."

흠칫!

그녀의 말 속에 담겨있는 의미를 제대로 파악한 백유건은 놀란 얼굴로 사방을 다시금 둘러보았다.

새하얀 벽으로 둘러싸인 방, 손잡이조차 보이지 않는

보기에도 무척이나 튼튼해 보이는 문, 게다가 마치 거울처럼 자신의 놀란 얼굴을 보여주고 있는 커다란 유리.

꿀꺽.

만약 자신이 감염된 걸로 파악된다면?

아마도 살아서는 이 방을 나갈 수 없을 것 같다는 불길한 예감이 뇌리를 스쳐갔다.

그 순간 왠지 모르게 귀에 익숙한 한 남성의 음성이 스피커를 통해 들려왔다.

"여~ 아직 살아있구나? 너무 쫄지 말라고. 지금까지 변이가 일어나지 않은 거면 감염되지 않았을 확률이 높으니까."

"누…… 누구?"

"하긴 기억 못하려나? 너 기절한 사이에 구출해서 데리고 온 가드 요원 김철환이라고 한다. 어이~ 아디나? 이거 서로 모습 볼 수 있게 못하나?"

"이익~ 그렇게 남의 이름 함부로 부르지 말라고욧! 저쪽에서 다 듣잖아요."

"어~ 어이! 지금도 마이크 켜져 있는데?"

"우와아악!"

우당탕~ 삐익~~!

나긋하던 목소리의 주인공이라고 믿어지지 않을 만큼 앙칼진 목소리가 스피커를 부술 듯이 흘러나오다 거친 굉음과 함께 신경에 거슬리는 신호음이 그 뒤를 이었다.

"흠흠…… 그럼 백유건씨. 가드 요원 김철환의 정식 요청에 따라 미러창을 개방합니다. 한발짝 뒤로 물러나주시길."

왠지 모르게 부끄러움이 느껴지는 그녀의 말에 따라 한 발 뒤로 물러서자 커다란 유리가 작은 스파크를 일으키며 점차 투명해졌다.

"여~! 이제 좀 알아보겠냐?"

그 안에는 자신을 향해 손을 흔들고 있는 건장한 체구의 남성과 그런 그를 못마땅하다는 듯 흘겨보고 있는 붉은 머리의 여인이 앉아있었다.

"아?"

그의 말에 백유건은 자신이 기절하기 직전 보았던 그의 모습을 떠올릴 수 있었다.

"저……기 구……해주셔서 감사합니다."

그 자리에서 그를 죽이려고 했었던 김철환이 그의 예의 바른 인사에 머쓱한 얼굴로 대충 손을 흔들어 보이며 말했다.

"뭐~ 딱히 인사 받을 만한 일은 아니었다. 낯간지럽게 남자끼리 그런 건 생략하자고. 하하하하."

"네? 아……넵."

"아디나. 저렇게 멀쩡한 얼굴로 대화를 주고받을 정도라면 아무 이상 없는 거 아냐? 집에서 걱정할 텐데 어서 보내주자고.”

“이익! 그게 어디 제 마음대로 되는 일인 줄 아세요? 상부에서 내려온 지침대로 안하면 저나 철환요원님이나 그대로 모가지라고요 모가지!”

“쩝. 그러면 어쩔 수 없지. 근데 너 그렇게 자꾸 인상 쓰면 주름 생긴다?”

“진짜! 저리 안가요?! 매사에 도움이 안 된다니까 아무튼!”

“푸하하하하 그렇게 히스테리 부리면 시집도 못 갈지 몰라.”

“아악! 더 이상 못 참아!”

“이크! 도망가자!”

삐빅! 삐빅!

그 순간 익숙한 기계음이 들려오자 사납게 굴던 그녀가 언제 그랬냐는 듯 정색을 하며 종이를 토해내고 있는 기계 앞으로 달려갔다.

“응? 이건?”

“왜? 무슨 결과 길래 그래? 어라? 이런 경우는 드물지 않나?”

두 사람의 대화를 통해 무언가 잘못됐다는 걸 느낀 백유건이 떨리는 목소리로 조심스럽게 질문했다.

“뭐…… 뭐가 잘못됐나요?”

그의 말에 종이를 바라보고 있던 김철환이 눈을 들어 의미심장한 얼굴로 그를 쳐다보았다.

가만히 마이크의 버튼을 끈 그가 혼잣말을 하듯 중얼거렸다.

"지금처럼 일손이 모자라는 상황에서 환영할 일이려나?"

"지부장님께서는 무척 좋아하실 것 같은데요? 응? 그렇지 않아도 벌써 보고를 듣고 이리로 오고 계신답니다."

"쳇~! 여전히 재빠르시구만."

피익~!

김빠지는 소리와 함께 그들이 있던 방의 문이 열리며 말쑥하게 차려입은 중년 신사가 안으로 들어왔다.

"여~ 철환! 설마 또 내 욕하고 있었던 건 아니지?"

"그럴 리가 있겠습니까? 그 유명한 실드 대한민국 지부의 지부장께 감히 어느 누가 입방정을 떨 수 있겠습니까요?"

"큭! 씨끄럽다 임마. 평소대로 해라 그냥~ 대놓고 빈정거리기는…… 그래 저 사람이 백유건?"

"네. 지부장님 근 이십 년 만에 나타난 적응자입니다."

"호오~ 간략하게 보고받긴 했지만 어느 정도 길래 그래?"

그의 물음에 아디나가 손에 들린 종이를 쳐다보며 대답했다.

"흐음~ 이정도면 거의 완벽하게 적응한 케이스인데요? 상대 몬스터가 B급 트롤이라는 걸 감안하면 놀라울 정도예요."

"그래? 잠깐 대화를 나눠도 될까?"

"네 물론이죠 지부장님."

아디나가 자신을 향해 미소를 지어보이는 지부장의 말에 얼굴을 붉히며 꺼져있던 마이크 스위치를 올렸다.

"아아…… 백유건씨 들립니까?"

"네? 넵."

갑자기 말이 들리지 않고 자신을 두고 뭐라고 대화를 나누는 그들의 모습에 몹시 불안해진 백유건은 말끔하게 정장을 차려입은 사람이 나타나 두 사람과 대화를 주고받자 긴장감이 극에 달해 자신도 모르는 사이에 손톱을 물어뜯고 있었다.

"저는 이곳 지부를 맡고 있는 박태민이라고 합니다. 일단 만나 뵙게 돼서 반갑습니다. 보다시피 서로 악수를 나눌 수는 없지만 말이죠. 하하하하."

"아……네. 반갑습니다."

"몹시 불안하실 텐데 단도직입적으로 말씀드리겠습니다. 저희와 계약합시다!"

"네?"

• ⁂ •

정신을 차릴 새도 없이 어어~ 하는 사이에 원래 입었던 옷으로 갈아입은 백유건은 지부장실에서 그와 마주 앉아 그가 따라준 고급 자스민 차를 손에 들고 향을 음미하고 있었다.

"그러니까 제가 그 몬스터……."

"트롤입니다."

"아? 네. 그 트롤의 피에 감염되긴 했는데 보통의 경우처럼 변이가 되지 않고 적응을 했다는 건가요?"

"그렇습니다. 보통 저희 가드에는 선천적으로 타고나는 능력자들과 백유건씨처럼 후천적인 요인에 의해 만들어지는 능력자들. 이렇게 두 부류의 요원들이 활동하고 있습니다. 후자에 해당되는 능력자들의 숫자는 극히 적은 편이긴 하지만요."

"저……기, 저는 싸움을 잘할 줄 모르는데요?"

"하하하하 그렇지 않아도 백유건씨가 우산을 들고 트롤에게 달려들던 모습을 폐쇄회로를 통해 봤습니다. 무척이나 인상적이더군요."

"아…… 네."

지금 생각해봐도 미친 짓이 분명한 그 모습을 봤다니? 백유건의 얼굴이 붉게 달아올랐다. 그리고 새삼 잊고 있었던 처참했던 지하철 내의 모습이 떠올랐다.

그런데 이상하게도 그때를 떠올렸음에도 불구하고 공포를 느끼거나 흥분되기는커녕 지나치게 차분해진 마음 상태 때문에 도리어 어리둥절해진 백유건이었다.

그런 그의 모습을 가만히 지켜보고 있던 박태민이 특유의 웃음을 지어보이며 말을 이었다.

"그 정도 용기라면 충분히 적응할 수 있을 겁니다. 자세한 내용은 천천히 적응해 갈 수 있도록 저희가 도울 거구요."

"만약…… 제가 거절한다면 어떻게 되죠?"

"몬스터의 피에 적응하는 사람이 무척이나 드물기는 하지만 그렇다고 해서 평범한 일상으로 돌아갈 수 있는 건 아닙니다. 어쨌거나 감염된 건 사실이니까요."

"그 말은?"

"수십 년 전에 적응자로 판명됐던 이가 평범한 생활로 돌아가고 싶어 해서 간단한 감시체계만 갖춘 뒤 그가 원한대로 돌려보냈던 적이 있었습니다."

"그……래서요? 그 사람은 어떻게 됐나요?"

"흠…… 죽었습니다. 정확하게 말하자면 자신의 가족들을 모조리 찢어죽이고 그 사실을 견디지 못해 스스로 목을 부러뜨려 자살했습니다."

"헉!"

"안타까운 일이지만 가드의 요원이 되어 훈련 받는 것을 거부한다면 저희 측에서 행할 수 있는 방법은 한 가지 뿐입니다."

"그게 뭐죠?"

"감금합니다. 뭐 그렇다고 해서 일반 감옥처럼 쇠창살이 쳐져있는 방안에 가두거나 하진 않습니다. 최소한의 생활을 할 수 있도록 만들어진 구역에서 평생을 살아가야 합니다."

"그……그 방법을 선택한 사람이 있긴 했나요?"

"의외로 그런 분들의 숫자는 꽤 됩니다. 현재 저희 지부 지하에도 세 분의 적응자들이 나름대로 잘 지내고 계시죠."

"언제까지 결정해야 합니까?"

"백유건씨의 마음이 정해질 때까지 충분한 시간을 드립니다. 가족들에게는 국가에서 요청한 일을 돕고 있다고 미리 연락이 갔을 겁니다. 그러니 그 점은 너무 염려하지 않으셔도 됩니다."

'미령이 누나가 화가 많이 났겠는 걸?'

보나마나 정부에서 소식을 가져온 사람의 멱살을 붙들고 못 믿겠다며 당장 목소리를 들려달라고 난리를 부렸을 터였다.

어차피 자신을 걱정해줄 부모님은 자신이 어렸을 적에

사고가 나서 돌아가신지 오래였고 그 이후 자라난 고아원이 원장 수녀님께서 돌아가신 이후 함께 자라던 미령이 누나에게 인계되면서부터 원래 대로라면 성인이 되면서부터 나왔어야 될 그곳에서 허드렛일을 도우며 눌러 앉아 있던 차였다.

스스로의 능력으로 중, 고등학교과정을 검정고시를 통해 단숨에 패스하고 여세를 몰아 그 어렵다던 로스쿨에 수석으로 합격했던 미령이 누나는 고아원에서 자라나던 모든 아이들의 우상이었다.

날고 기는 이들이 모인 그곳에서 단 한 번도 수석의 자리를 놓치지 않았던 누나는 검찰이나 알아주는 법무법인의 러브콜을 모조리 거부한 채 모두의 기대를 깨고 변호사의 길을 택했다.

그 이유는 단순했다.

자신의 동생들을 먹여 살려야 한다는 사명감 때문이었다. 고아원의 한 켠에 있던 창고를 청소해서 사무실로 사용하며 수녀님을 도와 함께 고아원을 운영해가던 누나는 수녀님께서 돌아가신 이후부터는 고아원의 대표로서 당당하게 수많은 동생들을 먹여 살렸다.

'너! 유건이! 일당은 제대로 쳐서 줄 테니까 괜히 밖으로 나돌면서 찌질 하게 살 생각하지 말고 여기서 살아. 알았냐?'

성인이 돼서 나갈 생각을 하고 있던 자신을 불러 허리에 손을 올린 뒤 일갈하던 누나의 모습을 떠올리다보니 자신도 모르게 웃음이 터져 나왔다.

"그 웃음은…… 긍정적인 의미로 받아들여도 될까요?"

"한 가지만 묻겠습니다. 이곳 소속 요원이 되면 예전처럼 식구들과 함께 지낼 수 있나요?"

"저희 측에서 실시하는 모든 훈련을 마치시게 되면 얼마든지 집으로 돌아가실 수 있습니다. 다만 저희들과 연결되는 통신 채널은 항상 열어두셔야 합니다. 그것만 주의하시면 딱히 행동하는데 금제를 가하거나 하는 일은 없을 겁니다."

"하죠! 그 훈련 언제부터 받을 수 있습니까?"

단호하게 대답하는 백유건의 모습에 만족스러운 웃음을 지은 박태민이 앞에 놓여있던 전화기의 호출버튼을 누르자 앳된 여성의 음성이 들려왔다.

"네 지부장님."

"그 서류 좀 가져오도록 해요."

"알겠습니다."

"후후후 잠시만 기다리시죠. 정식으로 계약서부터 작성하고 나면 나머지 절차는 자연스럽게 진행될 테니까요."

그렇게 잠시 기다리는 사이 둘 사이에 흐르는 어색함을 떨쳐내기 위해 식어버린 재스민 차를 물처럼 들이 키고 있자니 앳되어 보이는 아가씨가 품에 서류철을 들고 들어와 지부장에게 건네고 돌아갔다.

"일단 처음에 보이는 서류가 주계약서입니다. 그 밖의 계약들은 원하실 경우에 따라 나중에 추가하셔도 됩니다. 일단 먼저 살펴보시도록 하시죠."

지부장의 친절한 설명에 따라 서류에 눈을 돌리자 깔끔하게 정리된 다양한 항목들이 보였다. 그 중에서도 단연 눈에 띄는 항목이 있었다.

"등급에 따라 연봉이 다른가보죠?"

"물론입니다. 능력에 따라 거기에 맞는 대우를 받는 건 당연한거니까요. 게다가 몬스터를 처리한 뒤 거기에서 얻게 되는 부산물을 통해 얻게 되는 이익은 정확하게 반반으로 나눈답니다."

잘못 본 것이 아니라면 계약서에 명시되어 있는 최하 등급의 가드 요원이 받는 연봉이 어지간한 대기업에 다니는 직원들의 연봉보다 두 배 이상 많았다.

"등급은 어떻게 매겨집니까?"

"앞으로 받게 되실 다양한 검사들을 통해 나타난 결과를 종합해서 매기게 됩니다."

"그렇군요. 여기다가 사인하면 되나요?"

"아? 그러실 필요 없이 거기 끝부분에 손가락을 가져다 대시면 자동으로 계약됩니다."

"여기요?"

그가 가리키던 자리에 손가락을 가져다 대자 그곳에서부터 기이한 열기가 느껴지는가 싶더니 이내 온 몸으로 퍼져나갔다.

"이……게 무슨?"

"하하하하 처음에는 다들 그렇게 당황하시더군요. 그 계약서 이면에는 언약 마법진이 새겨져 있습니다. 그곳에 새겨진 조항들 중 하나라도 어기게 될 경우 심령에 커다란 타격을 받게 되어 있지요. 그리고 동시에 그 사실이 저희 측에 통보됩니다. 물론 죽을 정도는 아닙니다만…… 듣기로는 그에 준할 정도로 괴롭다고 하니 조심하시길 바랍니다."

'그런 말은 없었잖아!'

얼굴빛 하나 변하지 않은 채로 말하는 지부장의 뻔뻔한 얼굴에 대고 그렇게 소리치고 싶었지만 어차피 이미 계약을 한 몸. 이제부터 자신의 상사가 되는 그에게 밉보여서 좋을 것은 없었기에 이를 속으로만 삼키는 백유건이었다.

"그럼 오늘은 여러모로 힘드셨을 테니 편히 쉬시고 내일부터 안내에 따라 검사를 받을 수 있도록 하시죠. 부디 좋은 등급을 받게 되시기를 바랍니다."

"네. 감사합니다."

그렇게 인사를 하고 밖으로 나서자 조금 전에 들어와

서류를 전해주었던 여인이 기다리고 있다가 숙소로 안내했다.

"적응자시라고 들었어요."

"네. 그렇다더군요."

"우와! 적응자에 대해서는 그동안 말로만 들었는데 이렇게 직접 보게 될 줄은 몰랐네요?"

그렇게 말하며 자신을 위 아래로 훑어보는 그녀의 시선에 불편한 심기를 드러내며 기침을 하자 이내 자신의 실수를 깨달은 그녀가 귀여운 얼굴로 눈을 찡긋거리며 말했다.

"헤헤~ 미안합니다. 겉으로 보기에는 다를 바가 없는데 적응자라고 하기에 좀 살펴보느라 그랬어요. 기분 나쁘셨다면 용서하세요."

"적응자는 뭔가 다른가 보죠?"

"물론이죠! 대부분의 적응자들은 선천적인 능력자들과 달리 엄청나게 강하거든요. 물론 다 그런 건 아니지만요."

백유건은 자신의 눈치를 보며 조심스럽게 말을 이어나가는 그녀의 모습이 무척이나 귀엽다고 생각했다. 마치 주인의 눈치를 보는 강아지 같다고나 할까?

"그런가요?"

"뭐~ 전해지는 말에 의하면 선천적으로 강한 무언가를 지니고 있기 때문에 몬스터의 피를 이겨낼 수 있다고 하더라고요. 그러니까 그만큼 강할 수밖에 없겠죠. 그밖에 여러 가지 요인이 있다고는 하지만…… 그건 저도 잘 모르거든요."

그녀의 말에 별로 달라진 것을 느끼지 못한 백유건은 가만히 고개를 끄덕이며 그녀의 뒤를 따라 갔다.

"여기예요. 그럼 편히 쉬세요. 제가 이번 검사가 끝날 때까지 백유건씨의 안내를 맡기로 했어요. 제 이름은 하루나(陽菜)예요. 그럼 내일 뵐게요."

어딘지 모르게 말투가 어눌하다 싶었는데 혼혈이었나?

그녀의 이름을 중얼거리며 방안으로 들어선 백유건은 생각보다 깔끔하게 정돈되어 있는 내부의 모습에 만족하며 그대로 침대에 던지듯 몸을 뉘였다.

"후우~ 대체 이게 무슨 일이람."

하루아침에 인생이 송두리째 뒤바뀐 느낌이 들었다. 자신은 그대로인 것 같은데 이미 주변의 모든 것은 달라져 있었다.

"가드라니……."

매번 뉴스에서만 듣던 그 이름이 앞으로 자신이 일해야 할 직장의 이름이 되다니 인생은 한치 앞도 알 수 없다던 누군가의 말이 오늘만큼 절실하게 와 닿은 적은 없었다.

그렇게 눈을 감고 있던 백유건의 의식이 규칙적인 숨소리와 함께 저 깊은 밑바닥으로 침잠해 들어갔다.

• ☘ •

"크르르르르……."

"헉!"

샛노란 눈으로 자신을 쳐다보고 침을 흘리던 괴물의 낮은 으르렁 거리는 소리가 바로 옆에서 들리듯 귓가에서 울려났다.

깜짝 놀라 소리를 지르며 자리에서 일어난 백유건이 놀란 눈으로 사위를 둘러보았다.

괴물의 모습은 없고 잠들기 전에 봤던 정갈한 실내의 모습이 눈에 들어왔다. 누운 그대로 불을 그대로 켜둔 채 깜빡 잠이 든 모양이었다.

"뭐야? 꿈 인건가? 후우~"

시간을 보니 새벽 4시10분을 가리키고 있었다. 흥건하게 젖은 옷을 벗어버리고 샤워를 하고 나오니 다시 잠들기엔 애매한 상황이 되어버렸다.

"7시쯤 데리러 온다고 했으니 조금 시간이 남네."

침대 맡에 걸터앉아 수건으로 젖은 머리를 털어내던 백유건은 지하철에서 있었던 일들을 떠올렸다.

"이상하네…… 내가 원래 이렇게 침착했었나?"

눈앞에서 산채로 사람이 잡아먹히는 장면을 목격했다.

지하철 내부를 가득 채운 피비린내와 역한 악취에 욕지기가 올라올 정도였지만 지금에 와서 돌이켜보니 마치 흔한 B급 호러 영화 한편 본 정도의 감흥밖에 아무런 느낌이 없었다.

“외상 후 스트레스인지 뭔지 라는 증상이 있다던데 너무 큰 충격을 받아서 정신이 어떻게 된 거 아냐?”

백유건은 엄청난 일을 겪었음에도 불구하고 지나치게 차분한 스스로의 모습이 왠지 모르게 낯설게 느껴졌다.

“그러고 보니 계약할 때나 그 이후에도 전혀 불안해하거나 두려움을 느끼거나 하지 않았네?”

평소 A형이라서 소심하다는 말을 자주 들을 정도로 섬세한 면을 지니고 있었던 그로서는 지금의 상태가 영 어색했다.

친구 집에서도 잠자리가 낯설어 잠을 잘 못잘 만큼 예민한 편이었는데 이곳에서는 자리에 눕자마자 잠들어 버린 걸 보니 뭔가 평소와 다르긴 다른 것 같았다. 딱히 뭐가 달라진 건지는 잘 모르겠지만 확실히 자신의 내부에서 무언가 변하긴 한 것 같았다.

“흠…….”

자신의 두 손을 내려다보며 가볍게 한숨을 내쉰 백유건은 내심 이런 자신의 변화가 마음에 들었다. 매번 주변 사람들의 시선을 지나치게 의식하며 소극적으로 지내던 자신의 모습이 마음에 안 들었었는데 왠지 모르게 이번 일을 겪으면서 자신이 원하던 모습으로 변화된 것 같은 느낌이 들었기 때문이었다.

"적응자라 그런 건가?"

제대로 할 줄 아는 것이 아무것도 없었던 자신이 몬스터의 피에 감염되지 않고 적응해 냈다는 사실이 무척 놀라웠다.

"굼벵이도 구르는 재주가 있다더니……."

가끔 방송을 통해 몬스터의 피에 감염되어 변이된 이들이 사살되었다는 뉴스를 본적은 있었지만 설마 자신이 그런 경우를 맞이하게 될 것이라고는 꿈에도 생각해보지 못했었다.

"크~ 마도공학의 선두주자인 신대한민국의 수도 가운데서…… 그것도 가장 안전하다고 소문난 지하철에서 몬스터를 만나다니…… 나도 참 재수가 없기는 어지간히 없구나. 적응한 걸 보면 그 반대인 것 같기도 하고……."

그렇게 멍하니 앉아서 상념에 잠겨있는 사이 시간이 다 됐는지 하루나가 그를 데리러 왔다.

그녀의 안내에 따라 걸음을 옮기며 두리번거리는 그의 모습이 우스웠는지 조금 앞서 걸어가던 하루나가 작게 웃으며 말했다.

"이곳에 처음 방문한 사람들은 백유건씨처럼 한결같이

주변을 두리번거리느라 정신없답니다. 그만큼 이곳 벽면 전반에 걸쳐 새겨져 있는 마법진이 만들어내는 광경은 정말 멋지죠."

그녀의 말에 백유건의 고개가 절로 끄덕여졌다. 그녀의 말처럼 주변 벽면을 가득 채우고 있는 형이상학적인 문양들과 그곳에서 발산되는 형형색색의 빛들이 그로 하여금 벽면에서 눈을 뗄 수 없게 만들었기 때문이었다.

"이건 무슨 역할을 하는 거죠?"

"여러 가지가 있지만 제가 알고 있는 사실은 별로 없어요. 그래도 확실한 건 외부의 무언가로부터 기지를 보호하고 있다는 거예요."

"그렇군요……."

그렇게 은은하게 빛나는 통로를 가로지른 두 사람이 도착한 곳은 무척이나 넓은 방이었다. 그곳에서는 흰 가운을 입은 백금발의 미인이 두 사람을 기다리고 있었다. 그런 그녀의 뒤로 여러 사람들이 다양한 기계장치들을 점검하느라 바쁘게 움직이고 있었다.

"어서 오세요! 백유건씨. 저는 오늘 진행될 검사의 총책임을 맡은 닥터 레나 박이라고 해요. 편하게 레나라고 부르세요. 겉보기에는 오리지널 외국인 같지만 사실 혼혈이에요. 그러니 너무 부담스러워 하지 않아도 좋답니다. 후훗~!"

무언가 무척이나 들떠 보이는 그녀의 인사에 어색하게 답한 백유건을 향해 그녀가 매력적인 웃음을 지으며 가늘고 긴 손가락이 유난히 돋보이는 손을 내밀었다.

어정쩡한 자세로 그녀의 손을 잡자 레나가 보기보다 강한 힘으로 단숨에 백유건을 이끌었다.

"지금부터 여러 가지 검사를 하게 될 거예요. 후후~ 그렇게 긴장할 필요는 없답니다. 때리거나 물지 않을 테니까요."

그렇게 말하며 부드러운 손길로 백유건의 가슴을 쓸어내리자 당황한 그가 벌게진 얼굴을 한 채 더듬거리며 그녀의 이름을 불렀다.

"저……기 레나 박사님?"

"응? 아?! 오해하지 마세요. 지금 일차적으로 백유건씨의 몸 상태를 체크한거니까요. 음…… 생각보다 적응률이 높네요? 흠~ 겉으로 보기에는 별다른 징후가 없는걸 보니 내부적인 성질만 변하는 타입인 건가?"

알 수 없는 혼잣말을 하며 고개를 갸웃거리는 그녀의 앞에서 어정쩡하게 서있던 백유건은 그녀의 손짓에 따라 순식간에 달라붙은 건장한 남자들에 의해 십자 모양으로 만들어진 기계에 결박된 채로 매달리고 말았다.

"저……기요? 대체 무슨 검사를 하시 길래?"

"후훗~ 그건 잠시 후에 알게 될 거예요. 스테파니? 준비

됐나요?"

그녀의 물음에 커다란 뿔테안경을 쓴 여인이 안경을 고쳐 쓰며 대답했다.

"네. 모든 준비가 끝났습니다."

"그럼 시작하도록 하세요. 일단 회복력 테스트부터 해보도록 하죠. 흐응~ 이곳 지부에 와서 트롤의 피에 적응한 사람을 만나게 될 줄이야. 복권이라도 하나 사둘걸 그랬나 봐요. 당신에게 기대가 크답니다. 백유건씨 후훗~! 그럼 시작하세요."

그녀와 스테파니라는 여인 사이에 오고가는 대화를 모두 알아들을 수는 없었지만 백유건은 자신의 등줄기를 타고 오르는 불길한 예감을 느낄 수 있었다. 그리고 불행히도 그 예감은 적중했다.

"끄아아아아아아!"

갑자기 온 몸에서 전해져오는 짜릿한 기운에 손가락 하나 까딱할 수 없을 만큼 단단하게 결박된 백유건이 할 수 있는 것이라고는 비명을 질러대는 것 밖에 없었다.

"지금 전해지고 있는 전격 마법의 레벨이 몇이죠?"

"4레벨입니다. 통상적인 마법사들이 사용하는 수준입니다."

스테파니의 대답에 고개를 끄덕이며 모니터에 표시되는 상태창을 바라보고 있던 레나의 얼굴에 이채가 떠올랐다.

"순식간에 타버린 신경들이 그보다 더 빠른 속도로 복구되고 있네요. 이건 마치 비디오를 거꾸로 돌리고 있는걸 보고 있는 기분인데요? 백유건씨 지금 기분이 어때요?"

백유건은 처음의 짜릿한 기운에 머릿속이 새하얗게 타들어가는 고통을 느꼈지만 조금 시간이 지나자 점차 고통이 적어지는가 싶더니 지금은 그저 병원에서 물리치료 받을 때나 느꼈던 정도의 자극만이 느껴질 뿐이었다.

"처음에는 괴로웠는데 지금은 조금 간……지러운데요?"

"멋져요! 4레벨에 해당하는 전격마법을 간지럽다고 말하다니? 유럽 쪽 가드 요원들이 들으면 기겁하겠는걸요?"

"그…… 뭐가 이상한 건가요?"

이제는 간지러운 걸 넘어서서 시원하다는 느낌까지 드는 백유건이었다.

"이상하긴요! 멋져요! 그럼 다음 단계로 넘어가 볼까요?"

반짝이는 눈으로 자신을 쳐다보는 레나의 눈빛에 얼굴이 붉어진 채로 어쩔 줄 몰라 하던 백유건은 자신의 앞에 나타난 로봇 팔에 들린 날카로운 예기를 풀풀 풍기는 일본도를 보고 자신도 모르게 침을 꿀꺽 삼켰다.

"저……기? 이……걸로 뭘 하려는 거죠?"

"걱정하지 마세요. 제 생각이 맞는다면 아마도(?) 별일 없을 테니까요. 그럼 스테파니? 시작하세요."

"아……마도?"

그녀의 말에 스테파니가 고개를 끄덕이며 장치를 조작하자 보기만 해도 오금이 저려오는 날카로운 검을 쥐고 있던 로봇 팔이 그의 복부를 향해 검을 찔러왔다.

"우와아아악! 대체 뭐……하는 겁니까? 컥!"

그런 그의 외침에도 아랑곳 하지 않고 날아든 일본도가 그의 배를 뚫고 들어가자 그곳으로부터 뜨거운 꼬챙이로 살을 지지는 것 같은 뜨거움과 얼음덩어리로 문지르는 것 같은 차가움이 동시에 느껴졌다.

그것도 모자라서 스테파니의 조작에 따라 로봇 팔이 검을 위로 그어 올렸다.

"크억! 쿨럭!"

내장을 헤집으며 돌아다니는 칼날로 인해 정신이 아득해져가던 백유건은 입으로 피를 토해내며 서서히 흐려지기 시작한 눈을 힘겹게 들어 올리며 자신을 죽이라고 지시한 레나를 원망서린 눈으로 쳐다보았다.

'젠장 속았구나. 이렇게 허무하게 죽다니…… 죽다니……죽…… 응?'

입에서 세차게 흘러나오던 핏물이 언제 그랬냐는 듯이 그쳐버렸다. 그리고는 복부에서 시작된 시원한 느낌과 함께 끔찍하던 고통이 점차 사그라졌다.

"지……금 봤어요? 스테파니? 정말 경이로울 정도의

회복 속도군요!"

자신의 앞에 있는 모니터를 뚫어져라 쳐다보는 레나가 너무 놀란 나머지 말까지 더듬어가며 탄성을 터트렸다.

"백유건씨? 지금 기분이 어때요?"

"그……게 처음에는 불로 지진 것 같이 아프더니 지금은 뭔가 시……원한데요?"

"멋져요! 정말이지 최고예요! 그럼 마지막 단계만 남았으니 조금만 참아주세요 백유건씨. 그럼 스테파니 마지막 과정을 시작하세요."

"넵! 최종 단계 시작합니다."

힘차게 대답한 스테파니가 뭔가 조작하자 보기에도 무식하게 커 보이는 주사기를 든 로봇 팔이 백유건의 눈앞에서 멈춰 섰다. 그 안에는 짙은 녹색의 액체가 가득 들어있었다.

"이……건 뭔가요?"

불안함에 떨리는 목소리로 물어오는 백유건을 향해 매력적으로 웃어 보인 레나가 별거 아니라는 듯 가볍게 대꾸했다.

"각종 포이즌과 톡신, 베놈 등을 합쳐놓은 거예요. 쉽게 말하자면 독으로 만든 종합선물세트 같은 거죠."

"도……독이요?"

"지금 백유건씨의 몸 상태라면 충분히 극복해 낼 거예요.

그러니 너무 걱정 마세요. 헤헤…….”

자신을 향해 윙크를 날리는 그녀의 모습이 마치 전설 속에나 존재한다는 악마 서큐버스 같아보였다.

“지……금 그…… 그걸 말이라고 합니까?!”

백유건이 소리를 지르며 지금까지와 같이 발버둥 쳤지만 이에 아랑곳하지 않는 스테파니가 로봇 팔을 조작해 커다란 주사 바늘을 그의 허벅지를 향해 들이밀었다.

“크윽!”

바늘이 그의 허벅지를 뚫고 들어가자 날카로운 통증이 느껴졌다. 그리고는 동시에 싸한 느낌이 허벅지를 타고 온몸으로 퍼져나갔다.

“헛! 컥! 크헉!”

말로 설명할 수 없는 다채로운 증상을 보이며 발버둥치는 그의 모습을 무심한 표정으로 지켜보고 있던 레나는 모니터에 여러 가지 수치를 가리키는 그래프가 나타나자 이를 바라보며 놀라움을 금치 못했다.

“맙소사! 그 많은 독들을 이렇게 단 시간에 중화시키다니…… 게다가 그 짧은 시간에 항체까지 형성했어!”

언제 괴로워했었냐는 듯 어리둥절한 얼굴로 주변을 둘러보는 백유건을 향해 천천히 다가간 레나 박사가 손짓하자 근처에 대기하고 있던 요원들이 결박되어 있던 그의 손발을 풀어주었다.

"이……제 끝난 건가요?"

괴로웠던 순간들이 마치 꿈이었던 것처럼 제대로 실감이 나지 않았던 백유건은 어리둥절한 얼굴로 그녀를 바라보며 조심스럽게 물었다.

분명 죽을 만큼 괴로운 통증들을 경험했음에도 불구하고 그녀를 향한 분노나 억울한 감정이 전혀 느껴지지 않고 오히려 담담하기까지 한 그의 모습에 강한 위화감을 느낀 레나가 심각한 표정으로 스테파니를 향해 말했다.

"스테파니. 김대건 박사님께 연락 좀 드리세요. 정확한 건 살펴봐야 알겠지만 정신적인 부분에도 변화가 있는 것 같네요. 심층 분석이 필요할 것 같다고 말하면 알아서 준비하실 거예요."

"넵. 지금 당장 연락하겠습니다."

백유건을 향해 가까이 다가온 레나가 이상하다는 듯 그를 향해 물었다.

"제가 가한 고통들에 화가 나지 않나요? 묶어 놓고 보통 사람이라면 몇 번은 죽었을 만한 일들을 했는데?"

"그…… 그게 아까 고통스러울 때는 죽여 버리고 싶다는 생각이 들긴 했었는데 말이죠. 이상하게도 지금은 아무렇지도 않네요? 아프긴 했었는지 잘 실감 나지도 않고요. 하하하 제가 생각해도 좀 이상하긴 하네요."

뒷머리를 긁적이며 어색하게 웃는 백유건의 모습에 깊

은 한숨을 내쉰 레나가 그의 어깨를 부드럽게 두드리며 말했다.

"일단 오늘 일정은 이걸로 끝이에요. 정확한 등급은 정신적인 부분에 대한 심층 분석이 이루어진 다음에 매겨질 것 같으니 이만 가서 쉬셔도 좋습니다."

"아. 네. 그럼 가 봐도 되는 건가요?"

"네. 물론이죠. 그리고 한 가지 더……."

"네?"

"일부러 괴롭히기 위해 그런 건 아니었어요. 절차상 반드시 거쳐야 하는 과정이었으니 이후에도 서로 간에 나쁜 감정이 생기지 않았으면 좋겠네요."

"아? 네 알겠습니다. 그런데…… 혼자 돌아가면 되는 건가요?"

"여기 스테파니가 숙소까지 안내해 드릴 거예요. 스테파니? 부탁해요."

"네. 백유건씨? 저를 따라오시면 됩니다."

앉아 있을 때는 몰랐는데 두터운 뿔테 안경을 제외하고는 무척이나 육감적인 몸매를 자랑하는 스테파니가 남다르게 탄력 있는 엉덩이를 좌우로 흔들어가며 앞장서서 걸어갔다.

꿀꺽~!

일부러 그런 것은 아니었겠지만 그 뒤를 따라가는 백

유건은 자신도 모르게 자꾸 그녀의 엉덩이로 향하게 되는 시선을 억지로 돌리느라 진땀을 빼야 했다.

• ⁂ •

찻잔에서 모락모락 피어오르는 연기를 타고 부드러운 재스민 향이 실내를 가득 채웠다.

이를 들어 가까이 가져가 숨을 들이키며 향을 음미하던 박태민이 한 모금 머금고 천천히 잔을 내려놓자 잠자코 기다리고 있던 레나가 그를 향해 말했다.

"오빠가 시킨 대로 하긴 했는데 편한 방법 놔두고 굳이 옛날 방식대로 고통을 줄 필요가 있었나 싶네?"

"우리 레나가 마음이 편치 않았나보구나?"

"당연하지! 내가 무슨 세디스트(Sadist)도 아니고 고통을 주면서 즐거워하진 않는다고."

"물론 최신 방법을 이용하면 고통을 주지 않고도 그의 상태를 체크할 수 있었겠지만 그를 스스로의 상태에 맞게 자각시키는 데는 무척 오랜 시간이 필요했을 거야. 너도 알다시피 지금 우리에게는 그럴만한 여유가 별로 없잖아. 그냥 백유건 그 친구에게 속성코스를 소개했다고 생각해라. 결과적으로는 좋았잖아? 안 그래?"

"그건 그렇지만……."

"왜 뭐 걸리는 거라도 있었어?"

"결과만 놓고 보면 트롤의 특질을 온전히 이어받아서 안정적으로 적응해 낸 것 같긴 한데……."

"그런데?"

"뭔가 꺼림칙 하단 말이지. 적응 속도도 일반적인 경우와 달리 너무 빠르고 게다가 굳이 안정화 작업을 거치지 않아도 될 정도로 상태가 안정되어 있기도 하고…… 만약 엊그제 실려 온 사람이라는 사실을 몰랐으면 적응한지 몇 년은 지난 줄 알았을 거야."

"뭔가 더 있다는 건가?"

"뭐, 지금으로서는 추측일 뿐이긴 하지만…… 뭔가 걸리기는 해."

"레나가 그렇다면 백유건 그 친구는 한동안 주기적으로 검사받도록 조치하지."

"응, 고마워 오빠."

"천만에. 정기검진이라고 말하면 별다른 위화감 없이 자발적으로 검사를 받게 할 수 있을 거야. 그건 그렇고 결과적으로 몇 등급이나 받을 수 있을 것 같아?"

"음~ 사실 신체적인 능력이 발현된 능력자는 다른 능력자들에 비해 그 평가가 좀 박하잖아. 감정적인 면에서 뭔가 좀 결여된 것 같아 보이긴 했는데…… 그거야 결과가 나와봐야 알 테고…… 그걸 모두 감안하면 음…… B+등급 정도? 거기다가 그 경이적인 회복능력이 더해지면 순식간에 에이스로 등극할 수도 있지 않을까 싶은데?"

"그 정도면…… 어디보자~ 철환이 녀석한테 교육 좀 시키라고 하고 적당히 실전 몇 번 치르고 나면 곧바로 현장요원으로 투입이 가능하겠군. 이 수치대로라면 어지간한 상처쯤은 알아서 회복할 테니 오히려 잘됐어. 좀 거칠게 다뤄도 될 것 같으니 말이야. 정신적인 부분이야…… 그 정도면 폭력성향에 휘둘리는 다른 이들에 비해 양호한 정도고."

"과연 귀찮은 거 싫어하는 철환 오빠가 시키는 대로 할까?"

"어쩌겠냐? 직장에서는 직급이 깡패인데. 감봉한다고 그러면 투덜대면서도 잘 챙겨 줄 거다. 그러게 누가 지부장 자리 걷어차고 현장요원으로 남으래? 덕분에 유럽에서 잘 지내고 있던 나만 귀찮은 일 떠맡아서 억지로 점잖은 척 하려니 죽겠구만."

언제 그랬냐는 듯 거칠게 넥타이를 풀어 헤치며 탁자위에 두 다리를 올린 박태민이 인상을 쓰며 투덜거렸다.

"쿠쿠쿡~ 어째 어울리지도 않게 멋지게 차려입고 무게 잡고 있는다 했다."

"야~ 모름지기 지부장이라면 이정도 이미지 관리쯤은 해줘야 된다고! 누군 이러고 싶은 줄 아냐? 철환이 그 자식만 아니면 지금쯤 카리브해에서 끝내주는 미인 무릎에 누워 일광욕이나 하고 있을 텐데…… 젠장! 다시 생각하니 열 받네."

· ⁂ ·

흠칫!

"뭐…… 뭐야?"

백유건 건으로 인해 김대건 박사로부터 상담요청을 받아 그의 방으로 걸어가던 김철환은 갑자기 엄습해오는 불길한 느낌에 몸서리치며 놀란 얼굴로 사방을 둘러보았다.

주변에는 익숙한 마법진과 그곳에서 간헐적으로 뿜어져 나오는 형형색색의 빛만이 주변을 밝힐 뿐 아무것도 보이지 않았다.

"흠…… 요즘 잠을 잘 못 잤더니 몸이 허해졌나? 쩝. 보약이라도 지어먹을까?"

소리 나게 고개를 꺾으며 걸어가던 김철환은 김대건이라는 문패가 걸려있는 방문 앞에 서서 가볍게 두드렸다.

"들어오세요."

문을 열고 안으로 들어가자 백발이 무척이나 잘 어울리는 김대건 박사가 쓰고 있던 안경을 벗으며 그를 반겼다.

"어서 오게나. 그간 잘 지냈나?"

"뭐~ 여전하죠. 잘 지내셨습니까?"

"그런 말은 따로 와서 해야 하는 거 아닌가? 이 친구 너무 무심하군 그래. 허허허허. 자자. 이쪽으로 앉게나."

"쩝~ 죄송합니다."

김대건 박사의 농 섞인 질책에 자리에 앉은 김철환이 뒷머리를 긁적이며 사과했다.

거칠 것 없는 김철환이 예를 갖추는 몇 안 되는 인물들 중 하나가 바로 김대건 박사였다.

"허허허허 괜찮네 괜찮아. 적적한 노인의 투정이라 생각하게나. 그건 그렇고 여전히 잠은 잘 못자고 있나보구먼."

김철환의 눈 밑으로 짙게 드리어진 다크 서클은 그의 검게 탄 얼굴빛에 가려져 잘 알아보기 힘들었지만 이를 단번에 알아본 김대건 박사가 걱정스러운 얼굴로 물어온 것이었다.

"아…… 뭐 그렇죠…… 여전히 쉽지 않은 일이더군요."

"시간이 흐르다보면 자연스럽게 무뎌지게 될 걸세. 그래도 예전보다는 훨씬 좋아 보이는구먼. 허허허허"

그의 말대로 붉게 충혈 된 눈으로 광기를 풀풀 풍기며 돌아다니던 예전의 그의 모습과는 확실히 달라 보이기는 했다.

"그…… 그때는 제 정신이 아니었으니까요. 박사님을 만나지 못했다면 이렇게 살아가지도 못했을 겁니다. 다시 한 번 감사드립니다."

자리에서 일어나 정중하게 고개를 숙여 인사하는 그를 향해 어정쩡하게 일어서 인사를 받은 김대건 박사가 손사래를 치며 여전히 고개를 들지 않고 있는 그를 억지로 자리에 앉혔다.

"그건 그렇고 오늘은 백유건 그 친구 건으로 몇 가지 물어볼 말이 있어서 불렀다네."

"네 알고 있습니다. 오래간만에 적응자가 나와서 그런지 지부 전체가 들떠있더군요."

"자네가 출동한 현장에서 데리고 왔다고 들었네만?"

"쩝…… 사실은 감염된 걸로 생각하고 가볍게 처리하려다가 주워왔죠."

"허허허허 자네답구먼 그래. 그때 처리한 몬스터가 트롤이라지?"

"오크인줄 알고 출동했는데 현장에 도착해 보니 그렇더군요. 트롤은 무척 보기 힘든 몬스터인데 어찌 서울 한복판에, 그것도 지하철 안에 나타났는지……."

"자네가 아니었으면 소중한 현장 요원을 잃을 뻔 했어."

"상성 상 우위를 점했으니 가볍게 처리했지 아니었으면 아무리 저라고 해도 고전을 면치 못했을 겁니다."

"연구소 친구들이 아주 좋아 죽으려고 하더구먼. 희귀한

재료를 공짜로 얻었다고 말이야. 이번일 덕분에 자네에게 술 한 잔 산다는 사람들이 꽤나 많아졌어. 허허허허."

"그러면 뭐합니까? 실제로 만나면 말 한마디 못 걸 텐데."

"그거야 자네가 눈에서 힘을 조금만 빼면 될 거 아닌가?"

"그게 어디 그리 쉽습니까?"

"어려울 건 또 뭐고?"

"크흠흠…… 그건 그렇고 물어볼 말이 있다고 하지 않으셨습니까?"

"거~ 사람하고는…… 허허허허 그래 그 친구에게 간단한 검사를 했는데 조금 특이한 점이 발견돼서 말일세."

"특이한 점이라면?"

"그에게서는 보통 적응자들에게서 통상적으로 나타나는 광기나 폭력성들이 전혀 없었다네."

"그럼 좋은 거 아닌가요?"

"그게 다가 아니니 그렇지. 특이하게도 특정 부분에 있어서 마치 감정이 거세되기라도 한 듯 아무런 반응을 보이지 않는다는 것이지."

"그게 뭡니까?"

"심리적인 통증을 전혀 느끼지 못하더군."

"그게 무슨 말씀이신지? 잘 이해가 안갑니다만……."

"쉽게 말해서 마치 도를 닦는 사람들이 오랜 시간 고련을 거쳐야만 오를 수 있는 경지인 부동심을 가진 것 같단 말일세. 어지간한 일에는 동요조차 하지 않더군."

"흠…… 적응자에게는 그런 일도 있나보군요?"

"육체적인 고통이든 심적 고통이든 고통은 사람이 살아가는데 있어서 반드시 필요한 요소라네. 모두들 고통을 원하지는 않지만 말이야. 헌데 그 백유건이라는 청년은 그 험한 일을 당했음에도 불구하고 아무런 정신적 외상이 없었네. 마치 영화를 보고 난 사람처럼 그때 일을 회상하는 대도 무척이나 무덤덤하더군. 보통 그런 특징들이 연쇄살인범들에게서 자주 나타난다는 걸 생각하면 주의를 기울일 필요가 있다고 보네."

"정상은 아니군요."

"그렇지. 이러한 변화가 후에 어떤 결과를 초래하게 될지 무척이나 염려가 되는군. 앞으로 자네가 그의 곁에서 잘 살펴주게나."

"제가요? 제 할 일도 많은데 언제 그 친구를 돌아볼 수 있겠습니까? 차라리 다른 사람을 알아보시는 것이 나을 겁니다."

"아직 소식을 듣지 못한 것 같군. 백유건 그 친구는 한동안 자네를 따라다니며 수습 기간을 가진다고 하던데?"

"에엑?! 그 무슨 말도 안 되는?! 이런 제기랄!"

"자네가 데리고 왔으니 끝까지 책임지는 것이 도리가 아니겠나? 모쪼록 주의 깊게 살펴주게나. 이상한 징후라도 보이면 바로 알려주도록 하고."

자신의 말에 제대로 대꾸조차 하지 않은 채 급히 문을 박차고 달려가는 김철환을 향해 목소리를 높여 마지막 말을 전한 김대건 박사는 얼굴에 떠올라있던 장난스러운 표정을 지우며 자리로 돌아가 책상위에 놓여있던 안경을 고쳐 썼다.

"그리고…… 이제 그만 자기 자신을 용서해 주게나."

그의 책상위에는 지금보다 더 젊어 보이는 김대건 박사를 가운데 두고 환하게 웃는 김철환과 부드러운 미소를 짓고 있는 아름다운 여인의 모습이 담겨있는 사진이 투박한 액자에 담겨 있었다.

• ⁂ •

"저기요! 멈추세요! 아무리 철환 요원님이라고 해도 그렇게 막무가내로 들어가시면 안된다고욧!"

투쾅!

소란스러운 소리가 들리는가 싶더니 지부장실의 문이 커다란 굉음과 함께 부서질 것처럼 거칠게 열렸다.

"야! 박태민!"

"여~ 왔냐? 벌써 소식이 들어갔나? 아직 정식으로 인사 발령이 나지는 않았는데? 너답지 않게 꽤 빠르다?"

"그 애송이를 나한테 떠넘기는 이유가 뭐냐?"

"걔도 근접 격투 타입이니까."

"근접 격투 타입의 요원이 어디 한 둘이냐?"

"나름 소중한 적응자라고. 위에서 그 친구한테 관심이 많아. 그러니 아무한테나 맡길 수 있겠냐. 네가 주워 왔으니 책임지고 잘 가르쳐서 쓸 만하게 만들어봐라."

"싫다면?"

"일 년 정직에 더해서 육 개월 감봉."

"젠장! 악마 같은 자식!"

"그러게 누가 지부장 자리 걷어차래? 지금도 늦지 않았다. 걍 니가 지부장 해라."

"쳇! 대체 어느 정도까지 가르쳐야 하는데?"

"훗! 지부장 자리가 그렇게 싫으냐?"

"시끄러우니까 잔말 말고 묻는 말에나 대답해라."

"단독으로 현장에 투입될 정도?"

"쳇! 금방 끝내지는 못하겠군."

"대충하지 말고 잘 챙겨줘라. 혹시 아냐 우리 지부의 새로운 간판스타가 탄생할지?"

"퍽이나. 그건 내가 알아서 할 일이고. 더 이상 할 말 없으면 간다!"

김철환이 그 말을 끝으로 방에서 나가버리자 열려있는 방문을 바라보며 박태민이 조용히 중얼거렸다.

"이 참에 예전 모습으로 돌아오면 더 좋고……."

#2. The Target

NEO MODERN FANTASY STORY

정원자

#2. The Target

김대건 박사와 장시간에 걸친 상담 이후 방안으로 돌아온 뒤 침대에 누워 상념에 잠겨있던 백유건은 뭔지는 정확히 알 수 없지만 자신의 내부에서 무언가가 변했다는 것을 느낄 수 있었다.

"흠~ 뭔가 변하긴 한 것 같은데 이상하게 마음은 평안하단 말이야. 썩 나쁜 것 같지는 않지만……."

그런 그의 귀에 자신의 방으로 다가오는 발소리가 들려왔다.

"응? 누가 오나?"

잠시 후 점차 가까워지던 발소리가 자신이 있는 방문 앞에서 멈추는가 싶더니 이내 거칠게 방문이 열렸다.

"백유건?"

그의 물음에 백유건이 일어나다 만 어정쩡한 자세로 그를 돌아보며 대답했다.

"네?"

"따라 나와라."

"어…… 어딜?"

"가보면 알아."

"……."

김철환이 자기가 할 말만 하고 몸을 돌려 나가버리자 어리둥절해 있던 백유건이 급히 신발을 신고 그를 따라 나섰다.

"B+다."

"네?"

"네 등급 말이야."

"아? 네."

"보통 B등급부터는 단독으로 현장에 나갈 수 있는데 너는 아직 경험이 없어서 당분간은 나랑 같이 다니게 됐다."

"아! 잘 부탁드립니다."

"이미 구면이니 새삼스럽게 소개하고 그럴 필요는 없겠지?"

"네. 물론이죠. 근데 지금 어디로 가시는 건지?"

"현장. 용산 쪽에 범인이 몬스터로 의심되는 살인 사건이 벌어졌다. 너 운전할 줄 알지?"

"네? 뭐~ 일단은……."

면허를 따고 난 뒤 실제로 운전을 해본적은 몇 번 없지만 자전거처럼 안한다고 해서 잊어버리거나 하는 건 아니니까.

"헛!"

백유건은 빠른 속도로 자신의 얼굴을 향해 날아오는 물건을 얼떨결에 낚아채고는 어리둥절한 얼굴로 김철환을 바라보았다.

"이제부터 운전은 네가 해라."

그의 말에 손을 내려다보니 평소에는 그저 쳐다보기만 했었던 프로펠러 모양의 엠블럼이 새겨진 키가 올려져있었다.

부우우웅!

엑셀을 지그시 밟자 미끄러지듯이 달려 나가는 고급 세단의 세련된 반응에 속으로 휘파람을 불어댄 백유건이 옆자리에 앉아 좌석에 파묻히듯 몸을 누인 김철환을 곁눈질로 훔쳐보았다.

팔짱을 끼고 있는 그의 팔을 따라 시선을 돌리자 보기에도 단단해 보이는 근육들이 끼워 맞추기라도 한 듯 제법 강렬한 인상을 전해주었다.

"앞에 봐라. 그러다가 사고라도 나면 골치 아프다."

눈을 감은채로 건네는 김철환의 목소리에 놀란 백유건이 흠칫거리며 전면으로 시선을 돌렸다.

"너, 고아라며?"

"네? 아……네."

"그런 것 치고는 구김이 없네?"

"아하하하하…… 뭐…… 처음부터 그런 건 아니었습니다."

백유건의 어색한 웃음에 한쪽 눈을 뜨고 가만히 그를 쳐다보던 김철환이 자신의 시선에 어쩔 줄 몰라 하는 그의 모습에 피식 웃음을 터트렸다.

"솔직히 뭔가를 차근차근 가르친다는 건 내 성격이랑 맞지 않으니까 알아서 보고 배워라."

"네."

긴장한 티가 역력한 그의 목소리에 눈을 감은 김철환의 입고리가 호선을 그리며 올라갔다.

최고급 세단답게 꽤나 속도를 내고 있음에도 불구하고 차 내부는 조용하기 그지없었다.

[목적지에 도착했습니다.]

네비게이션에서 들려오는 여자의 목소리에 눈을 뜬 김

철환이 거칠게 문을 열고 밖으로 나섰다.

차에 부착되어 있는 가드 표식 덕분에 사건 현장 코앞까지 차를 몰고 들어갈 수 있었다. 차 문을 열자마자 내부로 비릿한 혈향이 훅하고 밀려들어왔다.

살짝 인상을 찌푸린 백유건이 그를 따라 차에서 내렸다. 차에서 내리자마자 그의 눈에 들어온 것은 여기저기 아무렇게나 널려있는 사체와 한 사람 몸에 들어있었다고 믿겨지지 않을 만큼 사방에 흩뿌려져 흘러내리고 있는 많은 양의 핏물들이었다.

어지간한 사람이라면 곧바로 뱃속에 든 것들을 게워낼 만큼 참혹한 현장이었지만 이를 바라보고 있는 백유건의 눈에 자리한 것은 짙은 호기심이었다.

그런 그의 모습을 유심히 지켜보고 있던 김철환의 눈이 순간이었지만 차갑게 빛났다.

그에게 한차례 눈길을 준 김철환이 이내 고개를 돌려 자신에게 다가와 고개를 숙이고 있는 현장 지휘자를 바라보았다.

"그렇지 않아도 기다리고 있는 중이었습니다."

가드는 그 특성상 기존 국가 체계와는 구별된 독립적인 시스템으로 운영되고 있지만 일반적인 사건이 아닌 그들이 전담하는 사건에 관해서만큼은 절대적인 권한을 부여받는다.

일반적인 사고(思考)의 범주를 넘어서는 사건들을 직면하게 된 대부분의 일선 경찰들은 그 정신적인 충격에서 쉽게 벗어나지 못하는 경우가 많았다.

그런 면에서 볼 때 지금 김철환에게 사건을 설명하고 있는 최철준 형사는 제법 강단이 있는 인물임에 틀림이 없었다. 이를 증명이라도 하듯 시간이 제법 흘렀음에도 불구하고 아직도 구석에서 토악질을 하고 있는 몇몇 형사들의 모습이 드문드문 눈에 들어왔다.

한참동안 설명을 들으며 고개를 끄덕이던 김철환이 어느새 두 사람의 곁에 다가와 쭈뼛거리고 서서 한쪽 귀를 기울이고 있는 백유건을 바라보며 물었다.

"어떻게 생각하냐?"

"뭐……뭘 말입니까?"

"다 들었을 거 아냐? 모르는 척 하기는…… 쯧!"

"아? 아하하하, 저기 그게……."

"괜히 어렵게 생각하지 말고 그냥 생각나는 대로 말해봐라."

그의 말에 마음이 한결 편해진 백유건이 한차례 심호흡을 한 뒤 입을 열었다.

"대체 어떻게 하면 사람이 저렇게 걸레처럼 찢겨질까? 뭐 그런 생각이 들었습니다."

"뭐~ 대충 덤프트럭이 들이 받는 정도의 힘으로 양쪽에서 잡아당기면 가능할 꺼다."

"그…… 그게 가능 합니까?"

"오크나 트롤은 조금 힘들어도 오우거 정도면 충분히 가능하지. 계속 그 힘을 유지하진 못해도 순간적인 힘은 꽤 되니까."

"오우거요?"

"지하철에서 니가 만난 녀석 있지?"

"네."

"그게 트롤이고, 오우거는 그놈의 세 배에서 네 배 정도 되는 힘을 가진 녀석이다. 덩치도 두 배 이상이고."

한 번도 본적 없는 미지의 존재를 단순히 그의 말만 듣고 머릿속에 그려내기란 쉽지 않은 일이었다.

"그만 가자."

입을 벌린 채 멍하니 서있는 그의 어깨를 가볍게 두드린 김철환이 사건 현장에서 제법 벗어나 있는 골목 쪽으로 발걸음을 옮겼다.

그를 따라 급히 걸음을 옮긴 백유건은 구석에 자리한 커다란 배수로 뚜껑위에 쪼그려 앉아 있는 김철환을 발견했다. 그 위에 앉아 무언가 생각에 잠겨있던 그가 심각한 표정으로 말했다.

"이 통로가 어디로 연결되지?"

"네? 그건 저도 잘……."

"그래. 아무래도 이곳을 통해 이동한 것 같다."

그제야 김철환이 자신이 아닌 누군가와 대화 하고 있다는 것을 깨달은 백유건이 머쓱한 얼굴로 뒷머리를 긁적였다.

"뭐? 지하철? 이런 제기랄. 지금 즉시 이 통로 도면부터 전송하고 지하철역과 가장 가까운 출구를 찾아봐. 뭐? 당연한거 아냐? 먹을 것들이 지천에 널려서 우글거리는데 너 같으면 그냥 지나가겠냐? 닥치고 보내라는 거나 빨리 보내."

한차례 으르렁 거리고 몸을 일으킨 그가 보기에도 육중해 보이는 배수로 뚜껑을 한손으로 들어 올리며 그 안으로 몸을 날렸다.

"에?"

그 자리에 홀로 남겨진 백유건은 한참동안 멍하니 서 있다가 이내 무언가를 결심한 듯 이를 악다물고 그가 사라진 통로를 향해 조심스럽게 발걸음을 내딛었다.

• ⁂ •

거미줄처럼 얽혀 있는 연결 통로를 통해 역사 내에 발을 내디딘 백유건은 앞서간 김철환의 기척이 손에 잡힐 듯 가깝게 느껴져서 한 번도 헤매지 않고 이곳까지 올 수 있었다는 사실에 무척 놀랐다. 이사한 집조차 길을 자주 잊어버려 헤매곤 하던 자신이 아니었던가?

'적응자가 되면 이런 장점도 생기나?'

흠칫!

머리를 긁적이며 잠시 고민하던 그의 콧속으로 비릿한 혈향이 밀려들어왔다.

엄청난 양의 핏물을 바로 코앞에 가져다 댄 것 같은 지독한 냄새였다. 백유건은 갑자기 지끈거리는 관자놀이를 엄지로 눌러가며 냄새의 진원지를 향해 달려갔다.

까앙! 깡!

볼을 타고 흐르는 바람의 결이 느껴질 만큼 빠르게 달리는 그의 귓가로 쇠가 부딪히는 것 같은 파공성이 점차 크게 들려왔다.

"대체 뭐야! 이 빌어먹을 놈의 정체는?!"

익숙한 음성. 앞서간 김철환의 목소리였다.

코너를 돌자 아무렇게나 찢겨나간 사체들이 여기 저기 널려있는 그로테스크한 장면이 제일 먼저 눈에 들어왔다. 그리고 바닥을 흥건하게 적신 채 여기 저기 고여 있는 핏물들과 그 가운데서 사납게 검을 휘두르는 김철환과 검붉은 녹색의 근육덩어리 괴물을 볼 수 있었다.

"오크?"

그가 알고 있는 평범한(?) 오크와는 외양이 많이 달랐지만 딱히 다른 몬스터를 알고 있는 것이 아니라서 정확한 정체를 짐작하기 힘들었다. 그런 그의 의문을 풀어주기라도 하듯이 사납게 검을 휘두르는 김철환의 입에서 욕설이 터져 나왔다.

"이 빌어먹을 변종 오크 새끼야! 네놈의 정체가 도대체 뭐냐고?!"

어지간한 오크 정도는 단숨에 두 동강 내버릴 만큼 강력한 그의 검격이 공중에서 멈춰 섰다. 그의 검을 멈춰 세운 것은 여기 저기 이빨이 나간 기형검이었다. 그런데 크기가 김철환의 것보다 훨씬 거대했다.

"크르……."

'비웃었다?'

백유건의 눈에 들어온 뾰족하게 튀어나온 송곳니를 드러내며 입술을 비틀어 올리는 녀석의 모습이 마치 상대를 비웃는 것처럼 보였다.

말로 설명할 수는 없었지만 녀석은 평범한 오크와는 무언가 많이 달라보였다.

"이런 시팔! 백업은 아직이야? 뭐?! 그 애송이가 무슨 도움이 된다고 지랄이야? 아무리 못해도 A등급 이상이라고!"

거칠게 욕설을 내뱉은 그가 검에 손을 대고 뭐라고 중얼거리자 이내 믿을 수 없는 광경이 펼쳐졌다.

"검에 불이 붙었네?"

멍하니 입을 벌린 채 그 광경을 바라보고 서있던 백유건이 중얼거린 것처럼 김철환의 검이 맹렬하게 타오르는 파란 불꽃에 둘러싸여 있었다.

"꺼져버려, 이 개자식아!"

"크륵?!"

그를 상대하던 변종 오크(?) 녀석도 무언가 위기감을 느꼈는지 긴장한 표정으로 신중하게 검을 들어올렸다.

이를 보고 있던 백유건은 갑자기 녀석의 얼굴에서 이런 표정들을 감지해 내는 자신의 정신상태가 정상인지 의심스러워졌다.

'아닐 거야, 아무렴 아니고 말고…….'

스스로에게 부질없는 되새김을 하며 전장에 눈을 돌린 그는 엄청난 속도로 움직이는 김철환과 변종 오크의 격전을 하나도 빠짐없이 지켜볼 수 있었다.

그 스스로 아직 자각하지 못하고 있지만 그의 이러한 비정상적인 시력은 이미 정상인의 범주를 한참 벗어나 있었다.

"오! 와우! 오호!"

마치 격렬한 UFC경기를 지켜보는 것처럼 몸을 움찔대며 감탄사를 터트리는 그에게 고개를 돌린 김철환이 침을 튀기며 소리를 질러댔다.

"이런 빌어먹을! 야! 이 새끼야! 그러고 쳐 보고만 있지 말고 뭐라도 해라!"

"아?"

멍하니 대꾸한 그가 이내 정신을 차리고 주변을 둘러봤다. 마침 박살난 벤치에서 떨어져 나온 지지대가 눈에 들어왔다. 구부러져 있는 폼이 어째 알루미늄같이 약해보였지만 그래도 맨손보다는 나아보였다.

주춤거리던 그가 두 사람의 공격 반경 안으로 발을 내디디자 김철환을 상대하던 변종 오크가 미간을 꿈틀거리며 조금씩 뒤로 물러섰다. 그로인해 팽팽하던 공방에 작은 틈이 만들어졌다.

"잘했다 애송이! 차아압!"

그 틈을 타 주문을 읊조린 그가 상대를 향해 나머지 한 손을 내뻗자 이내 격렬하게 타오르는 화염이 전면으로 뻗어나갔다.

"크허허허엉!"

뒤로 물러서던 변종 오크는 갑작스레 자신을 덮쳐오는 화염을 미처 피하지 못하고 거대한 검을 바닥에 꽂아 넣은 채 그 뒤로 몸을 숨겼다.

그러나 그 거대한 덩치가 그 검에 모두 가려지기는 힘들었을 터. 아니나 다를까 거센 불길이 지나가고 난 뒤 드러난 녀석의 모습을 바라보니 중심부를 제외한 모든 부위가 검게 그을린 채 연기를 뿜어내고 있었다. 비틀거리는 모습이 제법 타격을 입은 것 같아 보였다.

"크르……."

나직이 으르렁 거리는 녀석을 향해 김철환이 굵은 땀방울을 닦아가며 혀를 내둘렀다.

"뭐 저런 괴물 같은 녀석이 다 있어? 이 마법은 특별히 현진형님이 인챈트 해준 고급 마법인데…… 그걸 버텨? 한낱 오크 새끼가?"

"크으…… 인간, 제법이다."

"에엑? 마……말한 거야? 지금 말을 한거야? 야! 애송이? 너도 들었지? 방금 저 녀석이 말한 거? 어?"

"네? 아! 네……넵 분명히 들었습니다."

얼떨결에 대답한 백유건은 그 순간 김철환의 눈이 유난히 반짝거린다고 생각했다.

"퉤~! 너 오늘 죽었다고 복창해라! 어차피 살려줄 생각은 없었지만 너 잡아가면 한동안은 일 안하고 놀고먹어도 뭐라 할 사람 하나도 없겠다."

주변에 흥건하게 고여 있는 핏물을 한차례 둘러본 그가 비릿하게 웃으며 귀에 꽂혀 있던 귀걸이 하나를 뽑아냈다.

우웅!

그 순간 그를 중심으로 강력한 바람이 사방으로 몰아쳤다.

"어? 어…… 어!"

그 바람에 밀려 엉덩방아를 찧은 백유건이 정신을 차리고 전면을 바라보자 눈에 보일만큼 유형화된 기운에 휩싸인 김철환이 변종 오크를 향해 쇄도하고 있었다.

· ⁂ ·

장장 1시간여에 걸친 치열한 공방이 마무리 될 때 즈음 그들의 주변에는 가드에서 파견된 요원들로 물 샐 틈 없는 포위망이 형성되어 있었다. 두 괴물(?)간의 엄청난 격전으로 인해 역사 내부는 엉망이 되어 있었다.

퍼어어엉!

강렬한 충격음과 함께 검게 그을린 거대한 무언가가 한참을 뒤로 날아가 바닥에 그대로 처박혔다.

"허억 허억~ 이런 지독한 새끼……."

입에 단내가 날 정도로 검을 휘둘러본 게 언제였던가? 숨겨놓았던 모든 마법들까지 꺼내 쓰고 나서야 겨우 상대를 제압할 수 있었다. 철환은 녀석과 싸우는 내내 두 번째 봉인을 풀고 싶은 유혹에 시달려야만 했다. 그만큼 이번에 만난 변종 오크는 강했다. 오크 특유의 타고난 전투 감각에 오우거에 버금가는 괴력을 지닌 녀석과 싸우느라 모든 밑천을 드러낼 수밖에 없었다.

"어이~ 애송이?"

지친 모습으로 몸을 돌이킨 그가 멍한 얼굴로 서있는 백유건을 불렀다.

"네? 네넵!"

"밥 먹으러 가자. 배고파 죽겠다."

"……."

대한민국 가드 지부에서 에이스라 불린다는 김철환, 그가 지닌 진면목을 빠짐없이 생생하게 지켜본 백유건이 두근거리는 가슴을 부여잡고 무언가 기대에 찬 눈으로 그를 쳐다보다가 이내 맥이 풀린 얼굴로 그를 따라 나섰다.

두 사람이 향한 곳은 서민들이 즐겨 찾는 저렴한 음식점인 김밥천당이었다.

십 인분은 될 것 같은 많은 음식을 한꺼번에 시킨 김철환은 음식이 나오는 족족 입안으로 밀어 넣기 바빴다.

"후루룩~! 쩝쩝…… 응? 너는 안 먹냐?"

방금 나온 떡라면이 뜨겁지도 않은 지 곧바로 입안에 우겨넣던 그가 멍하니 앉아있는 백유건을 향해 물었다.

"아하하하…… 저는 뭐~ 한 게 없잖습니까?"

"적당한 때 잘 개입해줬잖아. 그거면 됐지 뭘 그래. 보통 그런 놈들이 내뿜는 기세 때문에 일반적인 사람들은 제대로 움직이기 힘들거든…… 그 정도면 잘 한거다. 애송이 치고는 말이지."

오랜만에 원 없이 검을 휘둘러서 그런지 엄지를 치켜세우며 그를 칭찬하는 그의 모습이 평소와 달리 무척이나 기분 좋아보였다.

"그렇게 말씀해주시니 감사합니다."

"어~ 그래. 뭐 그런 걸 가지고 감사할거까지야. 후루룩~"

남은 국물을 빠짐없이 들이 키고 나서 그 사이에 나온 오무라이스를 입안으로 우겨넣는 그를 바라보며 백유건은 조금 전의 격렬했던 전투를 떠올렸다.

'그건 그렇고 어떻게 그 모든 걸 다 지켜볼 수 있었던 거지?'

마치 비디오를 재생하듯 생생하게 그려지는 전투 장면들이 그의 머릿속을 차례차례 스쳐지나갔다.

'이것도 적응자라서 그런 건가?'

대수롭지 않게 여기며 지나간 백유건과 그런 사실을 꿈에도 모른 채 먹는 일에 집중하고 있는 김철환 두 사람의 인연이 그렇게 조금씩 얽혀져갔다.

· ⁂ ·

실드 대한민국 지부로 귀환한 두 사람을 반겨준 것은 지부장 박태민이었다.

"여~ 오늘도 한건 했더구나?"

앞서 걸어오는 김철환을 보고 반갑게 말을 건네는 박태민을 향해 뒤따라오던 백유건이 고개를 숙였다.

"오! 유건 군도 수고가 많았어요. 첫 경험이었을 텐데 잘 해줬다고 들었습니다. 앞으로도 기대가 큽니다."

"아? 감사합니다."

"웬일로 바쁘신 지부장님께서 이 누추하신 곳까지 몸소 행차하셨습니까?"

"큭! 오랜만에 봉인도 풀고 신나게 한판 했다며 뭐 그렇게 비비꼬고 난리냐? 그건 그렇고 그 변종 오크 녀석 어떻디?"

"그거야 검사 결과 받아보면 알거 아니냐?"

"그런 종이 쪼가리 보다 직접 싸워본 네 말이 더 낫다는 게 이곳의 지부장님의 생각이다. 됐냐?"

"크크큭, 그러냐? 아주 황공무지로소이다."

"흰소리 그만하고 어땠어?"

"항마력은 어지간한 마법사 찜 쪄 먹을 정도였고, 격투 능력은 오크 한 부대 가져다 놓으면 5분도 안되어 모조리 썰어버릴 정도였다. 게다가 보고도 믿겨지진 않았는데…… 말을 하더라."

"보고서에 간단하게 쓰여 있긴 하던데, 진짜냐?"

"그래 직접 들은 나도 믿어지지 않지만 어눌한 발음이긴 했어도 말을 하더라. 정확하게 말이야. 그렇지 않냐?

애송이?”

“아? 맞습니다. 말하는 걸 분명하게 들었습니다. ‘크으…… 인간, 제법이다.’ 라고 한 걸로 기억합니다.”

마치 성대모사를 하듯이 미간을 찌푸린 채 변종 오크의 말투를 흉내 내는 그의 모습을 묘한 얼굴로 쳐다보던 박태민이 웃으며 그의 어깨를 두들겨주었다.

“후후훗, 그래요 감사합니다.”

그런 그를 가만히 바라보던 박태민이 의아한 얼굴로 자신을 쳐다보는 백유건을 향해 한차례 윙크를 날리고는 서둘러 자리를 벗어났다.

“수고 많았다. 애송이. 피곤할 텐데 오늘은 이만 들어가서 쉬어.”

“네, 감사합니다. 수고 많으셨습니다.”

공손하게 인사하는 그를 향해 가볍게 손을 들어 답한 김철환이 자신의 숙소를 향해 걸어갔다.

방안에 들어와 침대에 쓰러지듯 몸을 던져 머리를 괴고 누운 백유건이 낮에 있었던 격렬했던 싸움을 천천히 되새겼다.

검을 내지를 때의 자세, 발 구름, 호흡과 흐르는 땀방울. 이 모든 것들이 이내 그의 머릿속에 생생하게 그려졌다.

적응자가 아닌 이들은 결코 상상할 수 없는 그들만이 지니고 있는 절대 감각이 백유건의 내부에서 자연스럽게 깨어나고 있는 중이었다.

사실 적응자에 대해서는 알려진 것들보다 알려지지 않은 내용들이 더 많았다. 그 뛰어난 마학(魔學)으로도 그 정체를 제대로 파악해 낼 수 없는 존재들이 바로 적응자였다. 여기에는 그럴만한 이유가 있었는데 애초에 전 세계에 퍼져있는 적응자의 숫자가 손에 꼽을 정도로 적은데다가 이를 보유한 나라들에서 그들에 대한 정보를 기밀로 처리해 공유하기를 꺼려했기 때문이었다.

적응자로서 유전자 레벨로 각인된 몬스터의 본질에 백유건의 육체가 적응하는 데에는 일정 시간이 필요했다. 서서히 변화하던 백유건의 육체가 놀라운 두 존재의 전투를 되새기며 자신도 모르게 잠든 사이 빠른 속도로 변해갔다.

김철환이라는 무인의 놀라운 실력을 목격함으로서 그의 내부에 잠들어있던 무언가가 의식의 수면 위로 급격하게 부상하기 시작했다.

김대건 박사가 우려하던 심리적인 변화는 시작에 불과할 만큼 본격적으로 변화하기 시작한 그의 육체는 가히 존재의 혁신이라 불릴만했다.

뇌리에서 빠른 속도로 스쳐지나가는 지난 전투의 장면들에 따라 팔 다리가 미세하게 움찔거렸다. 혈류의 흐름이 두 배 이상 빨라지고 근육의 밀도가 변하기 시작했다. 힘줄의 탄성이 몇 배 이상 늘어나고 신경다발이 전혀 다른 형태로 모습을 바꾸었다. 몬스터의 그것과 유사하지만 전혀 다른 형태로의 변화가 밤새도록 쉬지 않고 지속되었다.

이러한 역동적인 내부적인 변화가 전혀 느껴지지 않을 만큼 잠들어있는 백유건의 얼굴은 지극히 평온해 보였다.

• ⁂ •

다음날 이른 아침부터 눈을 뜬 백유건이 침대 맡에 걸터 앉아 기지개를 폈다.

"으하아암…… 오늘따라 유난히 개운한 걸? 간밤에 뭐 좋은 꿈이라도 꾼 걸까?"

간단하게 씻고 나온 그가 수건으로 몸을 닦으며 고개를 들자 정면에 자리한 시계 앞자리 숫자가 이제 막 6으로 바뀌고 있었다.

오늘 오전에는 거의 모든 지부 사람들이 참여하는 전투 교육 시간이 잡혀 있었다. 이는 가드 내에 속한 이들이라면 지휘 고하를 막론하고 누구나 참여하도록 되어있는 의무사항이었다.

자신의 취향대로 채워져 있는 냉장고 문을 열고 잘 익은 사과하나를 꺼내들고 한입 베어 물자 달콤한 과즙이 입 안 가득 퍼져나갔다.

"흐흥흥흥~♪"

휘황찬란하게 빛나는 복도를 걸어가는 그의 입에서 저절로 콧노래가 흘러나왔다.

"이른 아침인데 무척이나 기분 좋아 보이네요? 처음 나간 현장에서 뭐 좋은 일이라도 있었나보죠?"

그런 그의 귓가로 맑은 목소리가 들려왔다.

"아? 레나 박사님. 좋은 아침입니다. 아하하하."

"후훗~ 네, 좋은 아침이네요. 대련장으로 가는 길이죠?"

"네, 같이 가실까요?"

"좋죠. 어제 처음 치고는 잘 대처하셨다고 칭찬이 자자하던데 그래서 그렇게 기분이 좋은가 봐요?"

그녀의 칭찬에 머쓱해진 백유건이 뒷머리를 긁적이며 말했다.

"딱히 한 것도 없는 걸요. 철환 요원님께서 처음부터 끝까지 다 처리하신 일이라 저는 뭐……."

"훗, 그 정도면 처음 치고는 무척이나 잘 대처한 편인걸요. 이건 비밀인데요 그 철환 요원님이 처음 현장에 나갔을 때는……."

갑자기 목소리를 낮추고 주변을 두리번거리는 그녀의 말에 귀가 쫑긋 선 백유건이 덩달아 고개를 숙이며 귀를 가까이 대자 그녀가 짓궂은 얼굴로 말을 이었다.

"이건 정말 비밀인데요, 오줌을 지렸다는 소문이 있어요. 다들 쉬쉬하는 걸 보면 소문이 사실인 것 같더라고요. 근데……."

"죽고 싶나?"

"히끅!"

"헉!"

뒤에서 들려온 서늘한 말에 놀란 두 사람이 동시에 뒤를 돌아다보자 김철환이 무표정한 얼굴로 두 사람을 내려다보고 있었다.

"히끅! 철……환 요원님. 아…… 안녕하세요?"

"안녕하십니까~아!"

멈추지 않는 딸국질로 인해 입을 가린 채 인사를 건넨 그녀가 주춤거리며 뒤로 물러서는가 싶더니 이내 도망치듯 대련장을 향해 달려갔다.

홀로 남은 백유건이 그의 눈치를 보며 눈을 데굴데굴 굴리고 서있자 거대한 김철환의 손이 그의 머리를 에워싸며 내려 짚었다.

'흐익~!'

"잘 잤냐, 애송이? 어제는 제법 잘 처신했다. 앞으로 기대가 크다."

호되게 야단이라도 맞을 줄 알고 자라처럼 목을 집어넣은 채 눈을 질끈 감고 있던 그가 놀란 눈으로 쳐다보자 피식 웃은 김철환이 그의 어깨를 한 차례 두드려준 뒤 그를 스쳐지나갔다.

'그 소문이 사실이었던 건가?'

멍하니 서서 당사자가 알았다면 당장에 허리를 반으로 꺾어버렸을지도 모르는 위험한 생각을 이어가던 백유건이 저만치 앞서간 그를 따라 재게 발을 놀렸다.

"가…… 같이 가죠!"

대련장에 도착하자 아직 이른 시간임에도 불구하고 제법 많은 인원들이 모여 각자 몸을 풀어가며 담소를 나누고 있었다.

김철환과 백유건이 대련장 입구에 모습을 드러내자 웅성대던 장내가 쥐 죽은 듯이 조용해졌다. 김철환이야 워낙 오래전부터 이곳 가드 대한민국 지부의 에이스로 활약해 왔던 인물이니 새삼스러울 것도 없었지만 그의 옆에 입을 헤 벌리고 주변을 두리번거리는 적응자라는 이름의 존재가 그들의 관심을 끌었기 때문이었다.

최초 평가 등급 B, 잠재 능력을 고려한 최종 평가 등급에서 B+를 부여받은 대형 루키의 등장에 조용해졌던 장내가 다시금 소란스러워졌다.

아무런 이능 없이 육체적인 능력만으로 B등급을 받은 경우는 전 세계적으로 봐도 유례가 없을 만큼 파격적인 경우인데다가 거기에 더해 적응한 몬스터가 트롤이었기에 부여된 자체 치유 능력은 가히 사기에 가까울 정도라고 관계자들이 수군거리는 걸 들은 이들이 한둘이 아니었기 때문이었다.

본의 아니게 관심의 대상이 된 백유건은 자신을 향해 뜨거운 눈길을 보내는 사람들의 시선에 몸 둘 바를 몰라 하며 몸을 배배꼬아댔다.

따악!

"아욱!"

뒤통수에 작렬한 묵직한 일격에 눈앞에서 별이 번쩍이자 이내 머리를 부여잡고 쪼그려 앉은 백유건의 귀에 김철환의 목소리가 들려왔다.

"정신 차려라, 애송이. 초장부터 얕잡아 보이면 먹힌다."

"에?"

알 수 없는 말을 던져놓고 앞장서서 걸어가는 그의 곁으로 급히 따라 붙은 백유건이 조심스럽게 질문했다.

"그런데 먹힌다는 말이 무슨 뜻입니까?"

"공식적으로는 사라졌지만 과거에만 해도 능력자들끼리 서로 먹고 먹히는 일이 비일비재했었다. 저들 중에서 그런 방법을 통해 능력을 키워온 이들이 한둘이 아니다. 겉모습에 혹해서 멍청하게 굴다가는 쥐도 새로 모르게 사라지는 수가 있으니 정신 차려라. 애송이. 너 같은 애송이

는 그들에게 있어서 군침 도는 만찬이나 마찬가지니까.”

“꿀꺽! 네……넵.”

갓 입대한 신병처럼 군기가 바짝 든 그의 모습에 피식 웃은 김철환이 저만치서 몸을 풀고 있는 제임스를 향해 반가운 얼굴로 다가갔다.

“여~ 어제도 한건 했다며? 다들 부러워하는 눈치다. 크크큭.”

“새끼, 이빨 까기는…… 이번에 갔던 일이 생각보다 빨리 끝났나보다?”

“유럽 쪽 애들이 좀 까칠하긴 해도 일처리 하나는 확실하잖냐. 덕분에 제때 힘 좀 쓰고 금방 돌아올 수 있었다. 근데…… 저 녀석이냐? 이번에 새롭게 등장했다는 적응자가?”

말하다 말고 쭈뼛거리고 서있는 백유건을 흘낏 쳐다본 제임스가 김철환을 향해 물었다.

“어, 맞아. 그러고 멍청하게 서있지 말고 인사해라. 이쪽은 제임스. 불을 잘 다루기로 유명한 녀석이다. 저 유들유들한 혓바닥에 놀아나다가는 뼛가루도 못 남기고 홀랑 타버릴 수 있으니까 조심하고.”

“새끼~ 겁주기는 크크크, 반갑다. 제임스라고 한다. 들은 것처럼 불을 주로 다루지. 너는 이름이……?”

“백유건입니다. 잘 부탁드립니다.”

백유건은 김철환과 스스럼없이 어울리는 그의 소탈한 모습에서 호감을 느꼈다. 덕분에 자연스럽게 긴장이 풀려서 어색하지 않게 인사를 건넬 수 있었다.

"너 육체 능력자라며? 회복이 특기고."

"아직은 잘 모르겠지만 그렇다고 들었습니다."

"하긴, 아직 피부로 와 닿기엔 좀 이른 감이 있지. 아무튼 잘 부탁한다. 요즘 육체파들이 줄지어 은퇴하는 바람에 골치 아픈 일들이 많았는데 모쪼록 중간에 어이없이 뒈지지 말고 잘 커줘라. 뭐~ 철환이 녀석이 어련히 알아서 잘 가르치겠지만."

"은퇴?"

가드 요원이 은퇴 한다는 말을 처음 들은 백유건이 반문하자 옆에 서있던 김철환이 대답했다.

"죽었다고."

"아?! 그렇군요."

"원래 전면에 나서서 직접적으로 녀석들과 전투를 벌이는 육체 능력자들은 수명이 길지가 못해. 저 녀석처럼 원거리에서 지원하는 놈들이 오래 살지."

그의 말에 백유건의 시선이 그에게 닿자 제임스가 어깨를 으쓱거렸다.

그들이 그렇게 대화를 나누는 사이 하얀 색 한복을 잘 차려입은 노인이 대련장 안으로 들어섰다. 그와 동시에 여기 저기 흩어져있던 모든 대원들이 기립해 그를 향해 고개를 숙였다.

평소 거칠 것 없이 행동하던 김철환도 이때만큼은 예를 다해 고개를 숙였다. 눈치껏 인사를 하며 다른 사람들을 따라 고개를 든 백유건이 말했다.

"저분은 누구시죠?"

• ⁂ •

"무신(武神)이다."

"무신이요?"

"그래, 보기에는 저렇게 왜소해 보여도 혼자서 여기 있는 모든 대원들을 가볍게 상대할 만큼 대단한 분이시지."

"호오~"

김철환의 극찬에 백유건의 눈빛이 호기심으로 반짝였다. 구석에 설치되어 있는 작은 단에 올라선 노인이 가볍게 헛기침을 하고는 입을 열었다.

"반갑다. 살아있으니 이렇게 다시 만나게 되는구나. 성철이 녀석은 은퇴한 게냐?"

주변을 살피던 그가 중간에 서있는 커다란 덩치의 중년의 사내를 향해 묻자 그가 굳은 얼굴로 고개를 끄덕인다.

"녀석, 그렇게 나서지 말라고 했건만. 쯧쯧쯧쯧. 커흠~!

그건 그렇고 이번에 새롭게 등장했다는 적응자가 누구냐?"

한차례 기침을 하며 자연스럽게 대화의 주제를 바꾼 그가 주변을 두리번거리자 사람들의 시선이 자연스럽게 백유건을 향했다.

"호오~ 네 녀석이 이번에 새롭게 등장했다는 적응자냐?"

제대로 대답을 못하고 우물쭈물 거리는 백유건의 등을 곁에 서있던 김철환이 살짝 밀자 자연스럽게 한발 앞으로 나선 그가 대답했다.

"백유건이라고 합니다."

"유건이라…… 좋은 이름이로고. 그래 어디 나와 한번 겨뤄보자꾸나."

말을 마친 그가 기분 좋게 웃으며 단에서 내려서자 평소 손을 쓰지 않기로 유명한 그의 파격적인 행보에 놀란 사람들이 두 사람을 가운데 두고 자연스럽게 뒤로 물러서서 원을 이룬 채 바닥에 앉았다. 그들에게 있어서 무신의 움직임은 단 한순간도 놓칠 수 없는 무(武)의 정석과도 같았다. 이런 기회는 자주 오는 게 아니었기에 둘러앉은 이들의 눈빛이 기대감에 반짝였다.

"가까이서 보니 눈빛이 아주 좋구나. 그래 어디 한번 마음껏 덤벼 보거라."

"에? 그게…… 저기……."

"응? 왜 그러느냐?"

"저는 싸울 줄 모르는데요?"

눈부시게 발전한 신 대한민국의 수도 서울에서 지극히 평범하게 지내던 청년이 싸우는 법을 제대로 배울 일이 없는 건 어쩌면 당연한 일이었다. 그나마 배운 거라곤 어릴 때 억지로 배운 태권도가 다였으니 덤비라는 노인의 말에 고민하던 그가 자신의 상태를 솔직하게 말한 것이었다. 왠지 모르게 그래야만 할 것 같다는 생각이 들었기 때문이었다.

"허허~! 맑구나…… 맑아. 뭐든 좋으니 최선을 다해 공격을 해 보거라. 혹여나 내가 다칠지도 모른 다는 생각은 접어두고."

말을 마치며 강하게 진각을 밟은 노인에게서 시작된 뜨거운 열풍이 사방으로 뻗어나갔다.

"헛!"

"나는 네가 걱정할 만큼 약하지 않단다. 아이야."

온 몸의 솜털이 저절로 곤두설 만큼 강렬한 기세였다. 노인에게서 뿜어져 나온 뜨거운 바람이 온 몸을 휘감고 지나가자 지난 밤 변화를 마친 그의 육체가 주인의 의지와 상관없이 반응하기 시작했다. 제일 먼저 그의 심장이 세차게 고동치기 시작했다.

씨익~!

푸들거리던 백유건의 입이 호선을 그리며 보기 좋은 미소를 그렸다. 그의 변화된 육체가 팽팽하게 당겨졌다. 그 순간 그의 머릿속에 떠오른 것은 지난 격전에서 김철환이 보여주었던 강렬한 일격이었다.

파앙!

마치 용수철이 튀어나가듯 전면의 노인을 향해 폭사된 백유건의 육체가 터질 것 같이 내부에서 꿈틀대는 거력을 주먹에 담아 뿜어냈다.

그의 주먹이 지나간 자리에서 탄내가 풍겨날 만큼 강렬한 지르기였다. 대기를 가르는 정권의 충격파가 방사형으로 뿜어져 나가며 주변에 앉아있던 대원들의 온 몸을 때렸다.

"호오~ 제법인 걸?"

그런 그의 일격에 제임스의 입에서 저절로 감탄사가 흘러나왔다. 여유로운 그와 달리 마치 또 다른 자신을 보고 있는 것 같은 백유건의 일권에 놀란 김철환이 자리에서 벌떡 일어났다.

'설마…… 파공권(波空拳)?'

눈에 보이지 않을 만큼 빠른 일권을 가볍게 피해낸 노인을 향해 물 흐르는 것처럼 자연스러운 연환격이 사정없이 쇄도했다.

"허허허허! 좋구나! 좋아!"

그의 모든 공격을 시종일관 여유롭게 받아 넘기는 노인의 입에서 흥에 겨운 목소리가 흘러나왔다.

'뜨겁다!'

백유건의 심장에서 뿜어져 나온 피가 단숨에 온 몸을 돌아 다시 제자리로 돌아왔다. 그럴 때마다 그의 가슴에서 피어오른 기이한 열기가 그의 온 몸으로 퍼져나갔다. 결국 이를 참지 못한 백유건의 입에서 사나운 포효가 터져 나왔다.

"크아아아!"

대부분의 몬스터들이 지니고 있는 공격기인 피어(Fear)가 사방을 향해 매섭게 몰아쳤다.

저릿저릿.

주변에서 두 사람의 공방을 지켜보고 있던 대원들이 저마다 긴장한 채 주춤거리며 뒤로 물러섰다. 마치 네임드급 몬스터와 대치하고 있는 것 같은 긴장감이 느껴졌기 때문이었다.

김철환의 옆에서 두 사람의 대련을 여유로운 표정으로 지켜보고 있던 제임스의 손에서도 작은 불꽃이 피어올랐다가 사그라졌다. 노인의 얼굴에서 웃음이 사라진 것도 그즈음이었다.

터어엉!

가죽 북 터지는 것 같은 소리와 함께 미친 듯이 손발을 놀리던 백유건의 몸이 뒤로 십여 미터는 날아가 그대로 바닥에 처박혔다. 날아간 백유건과 반대로 가볍게 내밀고 있는 노인의 주먹에서는 작은 연기가 피어올랐다. 지극히 깔끔한 발경(發勁)이었다.

상고시대 때부터 전해져 내려왔다고 알려진 고무술 진무도(眞武道)의 현 계승자가 바로 그였다. 대체로 군문에 몸담은 이들에게 암암리에 전승되던 진무도의 놀라운 위력을 한눈에 알아본 대한민국 가드 지부의 수뇌부들이 삼고초려를 통해 모셔온 것이 벌써 8년 전 일이었다.

진무도 38대 계승자 권승혁. 그를 아는 모든 이들이 경외심을 담아 그를 향해 무신(武神)이라 불렀다. 그는 현존하는 가장 높은 등급의 능력자 코드명 광무제(狂武帝) 남궁룡과 더불어 가드 내에서 육체를 사용하는 이들 중 가장 뛰어난 무력을 가진 인물로 꼽힌다.

그런 그가 내뻗은 일권이 결코 평범할 리가 없었으니 그의 주먹에 맞아 십여 미터를 날아간 적응자가 멀쩡할 거라 생각하는 사람은 아무도 없었다. 이를 증명하기라도 하듯이 주변에서 이를 지켜보던 대원들이 웅성거리기 시작했다.

"후후훗, 손에 와 닿는 감촉이 일품이로구나. 엄살 그만 떨고 썩 일어서지 못하겠느냐?"

노인의 말에 사람들의 시선이 일제히 죽은 듯이 엎어져 있는 백유건을 향했다.

“아우우우우! 아프다고욧! 으아아아아! 아파 죽겠네…… 응? 어라? 이제 안 아프네?”

• ⁂ •

발경의 여파로 인해 터져나간 상의가 누더기처럼 그의 상체에 걸쳐있었다. 드러난 그의 복부에 선명한 주먹 자국이 흐릿하게 보였다가 금세 사라졌다.

“껄껄껄껄. 재미있는 녀석이로고. 어디 다시 한 번 덤벼보거라.”

까딱거리는 노인의 손을 보고 사납게 달려드는 백유건의 모습은 마치 투우사를 향해 달려드는 황소와도 같았다.

“호오~ 이 녀석 보게나?”

권승혁은 맹렬하게 달려드는 백유건의 몸놀림이 방금 전과 확연하게 달라졌다는 것을 느낄 수 있었다.

‘그 짧은 시간에 성장했다는 건가?’

권승혁은 자신의 미간을 향해 날카롭게 쇄도하는 손날을 쳐내며 그가 보여주는 놀라운 성장속도에 나직이 감탄했다. 적응자는 각자 고유의 특성을 지니기 때문에 공통분모를 찾아보기 무척이나 힘든 존재였다. 때문에 이는 백유건 그만이 지니는 특질이라고 봐야할 테지만 적응자라는 존재를 처음 접하는 권승혁으로서는 모든 적응자가 다 그렇다는 착각(?)을 할 수 밖에 없었다. 나중일이지만 이러한 사소한 오해로 인해 유럽에서 활동하는 전대 적응자가 1년이 넘도록 병상 신세를 져야 하는 일이 벌어지기도 했다.

빠각!

두 사람의 주먹이 부딪히며 사람의 신체끼리 부딪혀서 나는 소리라고는 믿을 수 없을 만큼 강렬한 충격음이 발생했다.

"놈! 어디 이것도 한번 받아내 보거라."

강렬한 진각을 통해 전해진 지기(地氣)가 그의 발을 타고 올라 비틀린 허리와 어깨 손목을 타고 전사(纏絲)의 흐름을 이끌어냈다.

퍼퍼퍼펑!

거의 동시에 울려 퍼지는 충격음과 함께 그의 주먹 끝에서 정점에 다다른 전사경(纏絲勁)이 백유건의 온 몸을 사정없이 두들겨댔다.

공중에 뜬 채로 정신없이 두들겨 맞던 백유건이 실 끊어진 연처럼 뒤로 한참을 날아갔다.

우당탕탕~

오랜만에 느껴보는 손맛에 흥이 오른 권승혁이 다음 공

격을 준비할 때 그의 앞에 박태민이 나타나 고개를 저었다.

"이미 정신을 잃었습니다. 어르신."

"응? 이번에는 못 일어나는 건가? 쩝. 이거 나 혼자 너무 기분을 냈나보군 그래."

그가 입맛을 다시며 대련장을 가득 채우고 있던 기세를 갈무리하자 그제야 기세의 압박에서 벗어난 대원들이 여기저기서 바튼 숨을 내쉬었다. 폭풍이 지나간 것 같은 광경을 한차례 둘러본 뒤 쓰러져 있는 백유건의 모습에 시선을 돌린 박태민이 쓰게 웃으며 대기하고 있던 구급 대원들을 향해 고갯짓을 했다.

축 늘어져 보기 흉한 몰골로 실려 나가는 백유건의 얼굴에 희미한 미소가 지어져 있었다.

'이번 적응자는 무섭군. 아니, 적응자라는 존재 자체가 그런 거려나?'

고개를 흔들어 상념을 털어낸 박태민이 나서서 혼란스러운 장내를 정리하고 나자 비로소 정신을 차린 대원들이 각자 맞는 상대를 찾아 자유 대련을 시작했다. 무신을 상대로 호쾌하게 맞붙은 백유건의 모습에 피가 끓어오른 탓인지 격렬해진 대련으로 인해 그날따라 의무실은 때 아닌 환자들로 인해 몸살을 앓아야 했다.

대련 시간이 끝난 뒤 권승혁의 부름에 다가간 철환이 공손하게 고개를 숙였다.

"그래 조부께서는 잘 계시더냐?"

"네, 여전히 정정하십니다."

"그래? 허허허허 그 친구에게도 세월이 비껴가려고 그러나?"

"그동안 잘 지내셨습니까? 자주 찾아가 뵙지 못해서 죄송합니다."

"응? 네 녀석이 날 찾아와서 뭐하려고? 너는 더 이상 나한테 배울게 없다하지 않았느냐? 그 안에 담긴 괴물을 제어하려면 매일을 절치부심하며 단련을 해야 할 게야."

"네, 명심하고 있습니다."

공손하게 고개를 숙이며 답하는 김철환을 따뜻한 눈길로 쳐다보던 권승혁이 재미있는 장난감을 발견한 아이처럼 눈을 반짝이며 그에게 말했다.

"그건 그렇고. 방금 그 녀석 말이다."

"유건이 말씀이십니까?"

"그래, 그 하는 행동이 꼭 너희 집안사람 같았다만……."

"아닙니다."

"허~! 그럼 조금 전에 보여준 모습은 대체 뭐란 말이더냐?"

"그건 저도 잘 모르겠습니다."

"하늘이 내린 무재(武才)라 이건가? 아니면 적응자라는 존재에게 무언가 숨겨진 비밀이라도 있는 건가?"

"……."

대답 없는 철환을 가만히 바라보던 그가 말을 이었다.

"녀석의 내부에도 짐승이 도사리고 있더구나. 어떤 녀석일지는 모습을 드러내봐야 알겠지만……."

"그렇습니까?"

"그래, 그 누구보다도 네 녀석이 잘 알 테니 놈에게 먹히지 않도록 잘 다독여 주려무나. 보아하니 본성이 무척이나 맑은 아이더구나. 잘 가르치면 제법 사람 구실을 할 것 같았다."

"명심하겠습니다."

"흠."

가볍게 손짓으로 답한 채 도포 자락을 휘날리며 걸어가는 그의 뒷모습을 향해 철환의 고개가 깊숙이 숙여졌다.

여느 때와 같이 재스민 향기가 가득한 지부장 실내에서 조금 전의 격투 장면을 촬영한 동영상을 지켜보던 박태민이 곁에 서서 내내 말이 없던 김철환을 향해 물었다.

"네 평소 전투 모습 맞지? 이거."

그의 물음에 김철환이 무겁게 고개를 끄덕였다.

"믿어지지 않지만 단 한번 지켜본 걸 그 짧은 시간에 자신의 것으로 만들었다는 건가?"

"형(形)은 같지만 질(質)은 다르다."

굳게 닫혀있던 김철환의 입이 열리며 의미심장한 말을 토해냈다.

"그래, 자세히 보니 그렇군. 하지만 그 형(形)이라는 게 이렇게 단 시일에 익힐 수 있는 거였나? 더군다나 다른 사람도 아니고 네 녀석껄?"

"보통은 불가능하지……."

권승혁의 마지막 일격을 맞고 뒤로 날아가는 백유건의 모습을 지켜보던 박태민이 영상을 정지 시키고 소파에 깊숙이 몸을 묻었다. 식어버린 찻잔을 들어 단숨에 들이 킨 그가 깊은 한숨을 내쉬며 말했다.

"과연…… 적응자라 이건가?"

"다른 나라에 있는 녀석도 이랬나?"

"적응자라는 게 솔직히 변종이나 다름없어서 말이야. 공통점을 찾는 다는 것부터가 애초부터 말이 되지 않는 일이지."

"그렇군. 앞으로 어쩔 거냐?"

"잘 지켜봐야지. 그래봐야 어차피 네 녀석이 1차 봉인을 해제한 수준에 불과한 정도니까. 아직까지는 통제 가능한 범위 안에 있다고 본다."

"만약 잡아먹힌 채로 폭주한다면?"

"처리해야지."

"……."

말없이 고개를 끄덕인 김철환이 지부장 실에서 나와 자신의 처소로 걸음을 옮겼다. 그리고는 조금 전 자신의 친우에게 한 말을 되새겼다.

'그래 분명 질(質)이 달랐다. 같은 동작이었지만 그 안에 담긴 것은 분명 달랐다.'

조금 전 격투에서 애송이는 오직 자신의 가문을 통해 내려오는 비전(祕傳)이 아닌 다른 무언가를 통해 완벽에 가까운 형을 구현해 냈다.

'그것이 가능한 일인가?'

스스로 질문을 던진 김철환이 이내 고개를 내저었다. 본질과 형은 둘이되 둘이 아닌 하나와 같았다. 마치 빈틈없이 맞물려 돌아가는 열쇠와 자물쇠처럼…… 그런데 그 녀석은 마치 유능한 열쇠공처럼 전혀 다른 열쇠로 굳게 닫혀있는 자물쇠를 열어버렸다.

'녀석도 괴물이 돼버린 건가? 나와 같은 부류의?'

걸음을 멈춘 채 자신의 양 손을 내려다보던 김철환이 상념을 털어버린 뒤 언제 그랬냐는 듯 예전의 모습으로 돌아왔다.

천장에 새겨져 있는 마법진을 통해 이런 그의 모습을 무심한 얼굴로 빠짐없이 지켜보고 있던 박태민이 무표정한 얼굴로 손에 들린 재스민 차를 천천히 들이켰다.

* * *

미국 뉴욕 맨해튼에 있는 국제연합본부.

이스트 강을 바라보고 서 있는 사무국 빌딩(Secretariat Building) 28층에 위치한 사무실의 창가에 서서 쿠바산 시가를 피우고 있는 중년 남자가 있었다. 등을 보인 채 서 있는 그를 향해 깔끔한 검정색 수트 차림의 사내가 조심스럽게 다가가 인사를 했다.

"적응자 여부 확인 됐습니다."

"흐음…… 소문이 사실이었나 보군. 앞으로 더는 없을 거라 하지 않았던가?"

"대체적으로 그렇게 판단하고 있었기는 하나 절대적인 의견은 아니었으니까요."

"아무튼 머리만 쓸 줄 아는 녀석들은 결정적인 순간에 헛다리를 짚는단 말이지."

"어떻게 하실 생각이십니까?"

"그 적응자의 혈액 샘플을 확보할 수 있겠나? 다른 몬스터도 아니고 트롤일세. 이는 어쩌면 우리를 위해 하늘이 보내주신 선물인 것 같다는 생각이 드는군 그래"

"그쪽 지부에 숨어든 저희 쪽 사람의 인증 레벨이 아직 조금 모자랍니다."

"흐음…… 그렇게 돈을 들여놨는데도 그 정도인가?"

"아무래도 가드 내에서는 안전하기로 손꼽히는 곳이니까요."

"쳇! 노란 원숭이 새끼들이 언제부터 그렇게 콧대가 높았다고 말이지."

그의 말에 고개를 숙인 채로 쓰게 웃은 사내가 미리 준비한 서류철을 건넸다.

"어쩌면 공식적인 루트를 통해 얻을 수도 있을 것 같습니다."

그가 건넨 서류를 훑어보던 남자의 눈이 커졌다.

"이 정보를 모두가 공유할 수 있도록 전 세계적인 의견을 모아 압박을 가한다라…… 꽤나 쓸 만한 의견이군. 헌데 러시아 놈들이 이 계획대로 협조하겠나?"

"그쪽 적응자의 상태가 요즘 꽤나 불안정하다고 들었습니다. 그런 판국에 트롤에 적응한 적응자의 혈액 샘플이면 옳다구나 하고 달려들 겁니다."

"그들이 적극적으로 움직여 준다면야 해볼 만하겠어."

"닥터 볼코프의 말에 의하면 최근 답보상태에 빠진 수퍼 솔져 프로젝트에 새로운 활로가 될 수 있을 거라더군요."

"흠…… 좋아. 자금이 얼마가 들어가든지 상관없으니 무조건 확보하도록 하게."

"네, 알겠습니다."

조심스레 문을 닫고 나가는 사내의 모습을 일별한 남자가 다시금 노을 져 아름다운 황금빛을 뿌려대는 창밖을 바라보며 반쯤 타버린 시가를 입에 물었다.

• ☘ •

"으헉!"

비명을 지르며 벌떡 일어나 방어 자세를 취한 백유건이 눈에 익숙한 주변을 멍한 얼굴로 두리번거렸다.

'여긴?'

그제야 이곳이 대련장이 아닌 자신의 방이라는 사실을 깨달은 백유건이 길게 한숨을 내쉬며 침대에 쓰러지듯 몸을 뉘었다. 기절해 있는 사이 전신에 가해진 충격이 모두 해소되었기에 권승혁과의 격렬했던 공방이 마치 꿈인 것처럼 아련하게 느껴졌다.

'짜릿했지…….'

백유건이 권승혁의 위력적이었던 지르기를 회상하며 배를 쓰다듬었다. 시퍼렇게 물들었던 멍은 사라졌지만 복부에서부터 시작해서 전신으로 퍼져나가던 짜릿했던 감각은 지금까지도 여운으로 남아 있었다.

'무신이라 했던가? 그런 대단한 사람과 겨룰 수 있었다니…….'

이전의 자신과는 180도 달라진 자신의 현실이 새삼스럽게 느껴졌다.

누운 채로 팔을 들어 힘껏 주먹을 쥐었다. 변화된 근육이 조여지며 무엇이든지 부숴버릴 수 있을 것 같은 힘이 손아귀에서 느껴졌다.

"아직 뭐가 뭔지는 잘 모르겠지만…… 나쁘지 않은 걸?"

쿵쿵쿵.

거칠게 문을 두드리는 소리에 상념을 털어버리고 자리에서 일어난 그가 문을 열자 김철환의 모습이 보였다.

"벌써 완쾌됐나보군, 하긴 뭐 레나가 침을 튀겨가며 회복력 수치가 어마어마하다고 호들갑을 떨어댔으니……."

멀쩡해 보이는 그의 모습을 위아래로 훑어보던 김철환이 고개를 끄덕이며 그를 향해 커다란 가방을 가볍게 던졌다.

이를 받아든 백유건은 예상보다 묵직하게 느껴지는 무게를 느끼며 의아한 얼굴로 그를 바라보았다.

"현장에서의 대처 능력도 그렇고 어제 있었던 대련도 그렇고…… 더 이상 수습 딱지를 달고 있지 않아도 좋다더구나. 그건 모든 요원들에게 정식으로 배급되는 장비다. 10분 안에 나갈 준비하고 나오도록."

"어……딜?"

백유건이 손안에 들린 검은 색 가방과 몸을 돌려 나가는 그를 번갈아 쳐다보며 묻자 문이 닫히기 직전 그의 목소리가 들려왔다.

"현장."

• ⁂ •

운전석에 앉아 네비에 미리 입력되어있는 목적지를 향해 운전을 하던 백유건이 무언가 불편한 듯 이리 저리 몸을 비틀어댔다.

그런 그를 슬쩍 바라본 김철환이 머리를 괴고 누운 자세 그대로 손을 뻗어 그의 뒤통수를 가볍게 두드렸다. 보기에는 가벼운 손짓이었지만 연신 몸을 비틀어대던 그에게는 눈앞에서 별이 번뜩일 만큼 강한 충격이었다.

"아욱!"

"첫날만 불편하니까 조금만 참아라 애송이. 그거 그래뵈도 제법 괜찮은 방어구라고."

"그…… 그렇습니까?"

"하루 정도 입고 있으면 알아서 몸에 맞게 변형된다고 하니까."

"꼭 직접 입어본 적이 없는 사람처럼 말씀하십니다?"

"나 같은 사람은 그런 옷이 필요 없거든."

그의 말에 속으로 나직이 투덜거린 백유건이 불편한 듯

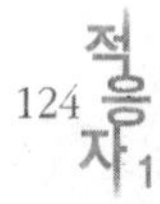

자꾸 엉덩이를 들썩거렸다. 그런 그의 모습에 실소를 머금은 김철환이 말했다.

"총은 처음 쏴봤나?"

"군대에서 쏴본 거 말고는 처음입니다만."

"아? 그 구닥다리?"

그의 나른한 말투에 가슴에서부터 무언가가 욱하고 치밀어 올랐지만 속으로 투덜거리기만 할 뿐 반박할 수가 없었다.

그도 그럴 것이 마학(魔學)이 도입된 이후 모든 무기가 새롭게 변화되어 기존의 무기들은 모조리 용광로에 들어가 재활용되는 신세를 면할 수 없었기 때문이었다. 기존의 무기 체계로는 몬스터들에게 제대로 된 효과를 볼 수 없었기에 수많은 군인들의 손을 거쳐 갔던 무기들은 이제 박물관에서나 찾아 볼 수 있는 구세대의 유물이 되고 말았다.

수많은 과학자들이 마학을 도입하여 만들어낸 K시리즈 중에서 가드 요원들을 위해 개량을 거듭한 뒤 탄생한 것이 오늘 백유건이 지급받은 KG-09이었다.

일반인으로서는 그 반동을 견뎌내지 못하기에 어지간한 군인들 조차 혀를 내두르는 무기가 바로 G라는 코드가 부여된 무기들이었다.

"헌데 조금 큰 것 같다는 생각이……."

실제로 그에게 보급된 여러 가지 무기들 중에 가장 큰 녀석이 KG-09이었는데 기존의 소총보다 몸통이 두 배 정도는 두터워 보였다. 게다가 그만큼 무겁기도 했다.

"아? 그거? 애송이 네 녀석이 지닌 회복력과 적응력, 그리고 근력등을 토대로 컴퓨터가 제시한 최적의 조합이라고…… 레나가 그러더라."

"크흠, 그렇습니까?"

"크크크크 나도 우리 지부 내에서 09시리즈를 다루는 녀석이 또 나올 거라고는 짐작도 못했다. 어때? 직접 다뤄보니까 제법 화끈하지?"

사격 연습장에서 첫발을 쏜 뒤 바로 빠져버린 어깨를 맞추느라 호들갑을 떨었던 순간을 떠올린 백유건이 쓰게 웃으며 고개를 끄덕였다.

비단 그것뿐만 아니라 가장 기본적인 KG-03모델의 경우에도 생긴 건 권총만한 크기에 불과하지만 반동은 어지간한 소총 못지않아서 푸들거리는 팔을 들고 수백 발을 쏘고 난 뒤에야 겨우 표적지 근처에 맞출 수 있었다.

의기소침해진 그를 슬쩍 바라본 김철환이 조금 전과 달리 가볍게 그의 어깨를 두드렸다.

"걱정하지 마라. 사실 가드 내에서 보급된 무기를 사용하는 사람들의 비율은 얼마 안 되니까."

"에?"

멍하니 되묻는 그를 향해 김철환이 설명을 보탰다.

“사실 그 무기는 직접적으로 전투에 참여하기 힘든 보조계나 정신계쪽 능력자들을 위해 개발된 거거든. 헌데 개발 목적과는 달리 그 위력이 제법 괜찮기도 하고 조금 다운그레이드 하면 일반인들도 별 어려움 없이 쓸 수 있는 편이라서 현장을 어시스트 하는 스텝들이 대부분 사용하고 있는 실정이지. 너나 나처럼 근접전투계열에 속한 사람들은 딱히 필요를 못 느끼니까.”

“그렇군요.”

“뭐 그렇다고 다루지 말라는 법은 없으니까 알아서 하라고. 후훗.”

가볍게 웃은 김철환이 고민하는 그의 뒷머리를 가볍게 헝클어놓은 뒤 다시금 눈을 감고 뒤로 눕다시피 몸을 기댔다.

못마땅한 얼굴로 그런 그를 흘깃 쳐다본 백유건이 발에 힘을 주어 깊숙하게 엑셀을 밟았다. 그럼에도 불구하고 소리 없이 미끄러지듯 달려 나가는 최신형 고급 승용차의 기분 좋은 승차감에 다소 기분이 누그러졌다.

· ⁂ ·

올림픽대로를 타고 한참을 달려가다가 도착한 곳은 강남에 위치한 코엑스 몰(Coex Mall)이었다. 때 이른 시각이라

주차장은 제법 한산했다. 미리 출동해있던 경찰의 안내에 따라 이동하자 저번에 만났던 최철준 형사가 그들을 반겼다.

"여~ 자주 보니 반갑습니다 그려?"

장난기 어린 김철환의 인사에 최철준 형사가 깊숙이 고개를 숙였다. 자신과 달리 지극히 공손한 그의 인사에 머쓱해진 김철환이 뒷머리를 긁적이며 말했다.

"사건 현장은?"

"아직입니다."

"이번엔 운이 좋군. 사건이 벌어지기 전에 도착했으니."

그의 말처럼 보통 각 지부에 속한 가드 요원들은 중앙본부에 존재하는 예지 능력자들인 오라클(Oracle)을 통해 사건이 벌어지게 되는 시간과 장소를 제공받아 출동하게 되는데 정보가 전달되는 게 보통 한두 시간 전이라 제때 출동하지 못하거나 혹은 전달받은 시간이 틀린 경우들이 있어서 매번 인명피해를 보고난 뒤에야 현장에 도착하게 되었기 때문이었다.

"장소는?"

"A블럭과 D블럭 사이라고 합니다."

최철준 형사의 말에 미간을 찌푸린 김철환이 걸음을 옮기며 투덜댔다.

"쳇, 그놈의 장소하나 정확하게 못 알아내나?"

말이 A블럭과 D블럭 사이지, 그 넓은 공간을 모두 감시

하기란 쉬운 일이 아니었기 때문이었다.

“애송이. 너는 D블럭 쪽으로 가라.”

“몬스터가 나타나면 어쩌죠?”

“어쩌긴 싸우는 거지.”

“아……네. 헌데 놈이 나타난 걸 어떻게 알 수 있습니까?”

그의 물음에 김철환이 의미심장한 웃음을 지으며 대답했다.

“그건 자연스럽게 알게 될 거다.”

고개를 갸웃거리며 D블럭을 향해 발을 옮기자 아직까지 무슨 일이 벌어지는지 모르는 일반인들이 가드 전용 전신 슈트를 입고 불편한 듯 어기적거리며 걸어가는 그를 이상한 눈으로 쳐다보았다.

예지 능력이라는 게 변수가 많은 관계로 몬스터가 아예 등장하지 않는 경우도 허다했기 때문에 일반 시민의 대피는 몬스터의 등장이 확실시 된 이후에 체계대로 진행되는 경우가 대부분이었다.

그리고 초보인 백유건은 아직 모르는 얘기지만 가드 전용 전신 슈트는 그 탁월한 방어력에도 불구하고 전신에 달라붙는 극악의 디자인 때문에 대부분의 가드 요원들에게 거부당한 전력(?)이 있었다. 그렇기 때문에 사타구니 부위를 잡아당기며 어정쩡하게 걸어가는 그를 바라보는 사람들의 시선이 경외가 아닌 경계의 빛을 띠고 있는 것이었다.

제법 눈썰미가 좋은 사람이라면 목깃에 새겨져있는 가드 특유의 방패 문양을 알아보았겠지만 중요한 부위(?)가 도드라진 채로 어기적거리며 걸어가는 그의 모습에서 그 부분에 시선이 집중되기는 무척 어려운 일이었다.

"자연스럽게 알게 된다니 대체 그게 무슨…… 응?"

D블럭에 도착해서 근처 벤치에 걸터앉은 백유건이 투덜거리는 찰나 머리카락이 쭈뼛거리며 곤두설 만큼 강렬한 느낌이 전신을 관통했다.

"이건?"

자리에서 벌떡 일어나 커다랗게 치켜뜬 눈으로 사방을 둘러보는 그의 귓가에 날카로운 비명이 들려왔다.

"꺄아아아아!"

"괴…… 괴물이야!"

가볍게 투덜거리며 비명이 들려오는 곳으로 달려가자 진한 피비린내와 함께 공포에 질린 채로 도망치는 사람들의 모습이 눈에 들어왔다.

"크르르르르!"

반으로 찢겨나간 여인의 사체를 입안에 우겨넣고 뜯어먹고 있는 녀석과 그 옆에서 도망치는 사람들을 향해 거대한 손을 휘두르는 녀석까지 모습을 드러낸 몬스터의 숫자는 둘이었다.

둘 중 한 놈의 모습이 무척이나 익숙했다. 지하철에서

자신을 찢어 죽이려고 하던 바로 그놈이었다.

"빠득!"

어금니가 부서질 정도로 악다문 그가 등에 매고 있던 배낭에서 KG-09을 꺼내들었다. 놈의 정체를 알고 나서 흥분한 것과 별개로 그의 머리는 차갑게 가라앉았다. 사격 연습 중에서 그나마 적중률이 가장 높았던 앉아 쏴 자세를 취한 뒤 지체 없이 방아쇠를 잡아당겼다.

퍼어엉!

한번 충전하면 총 10번을 사격할 수 있는 KG-09의 총구에서 거대한 청색 에너지 덩어리가 빛살과 같은 속도로 발사되었다.

"크으윽!"

백유건은 총에서 전해진 거대한 반동으로 인해 뒤로 두 바퀴나 굴러야했다. 다행히 침착하게 조준을 하고 쏜 덕분에 날아간 에너지 탄이 지금 막 도망치는 여성의 머리채를 잡아당기려고 손을 뻗은 녀석의 팔을 소멸시켜버렸다.

곧바로 몸을 일으켜 앞으로 달려가는 그의 손에는 김철환의 것과 꼭 닮은 검이 들려있었다.

"어딜!"

들고 있던 시체를 모조리 씹어 삼킨 녀석이 바닥에 누워 신음하고 있는 다음 상대를 향해 손을 내 뻗었다. 달리던 여세를 몰아 공중으로 날아오른 백유건이 놈을 향해 사납게 검을 내리 그었다.

"크륵?"

까강!

어느새 꺼내 든 것인지 몰라도 여기 저기 사납게 날이 솟아있는 기형도가 그의 검을 막아내었다.

지난 번 사건에서 처음 모습을 드러냈던 변종 오크보다 덩치는 조금 작지만 그보다 더 날렵해 보이는 녀석이 백유건의 검을 떨쳐내고는 사납게 검을 몰아쳤다.

눈으로 좇기에도 힘든 사나운 검격을 빠짐없이 맞받아치는 백유건의 모습은 가드 대한민국 지부에서 알아주는 실력자인 김철환의 그것과 무척이나 닮아있었다.

검을 내뻗는 형태는 똑같았지만 이를 뒷받침 하는 것은 온 몸에서 용솟음치는 미지의 힘이었다.

한참 검격을 주고받던 백유건은 뒷머리가 곤두서는 느낌에 다급히 고개를 숙이고는 상대의 옆구리 사이로 한 바퀴 몸을 굴려 전장에서 벗어났다.

아니나 다를까 어느새 잘려나간 팔을 재생한 트롤 녀석이 휘두른 팔에 그의 머리카락 한 움큼이 잘려나가 공중에 흩날렸다. 조금만 늦었으면 그대로 머리가 터져나갔을 터였다.

"크르…… 저 인간 내가 맡는다. 너는 목표물을 쫓아라."

"응? 목표물? 헛!"

검을 든 변종 오크가 저번 녀석에 비해 좀 더 또렷한 발음으로 말을 하자 마치 이를 알아듣기라도 한 것처럼 고개를 끄덕인 트롤 녀석이 뒤쪽으로 달려갔다.

오크 녀석의 말에 자기도 모르게 반문한 백유건은 순식간에 목울대를 향해 날아든 기형도를 피해 다급히 바닥을 굴러야했다.

"크륵, 인간 제법이다."

"네놈 따위한테 칭찬 듣고 싶지 않아고~오!"

거대한 송곳니를 씰룩거리는 녀석의 얼굴을 향해 사납게 검을 휘두른 백유건이 여세를 몰아 쉴 새 없이 검을 날렸다.

"비켜라 애송이! 폭염(暴炎)!"

저번의 일도 있고 해서 미리 준비해둔 화염계 상위 마법인 폭염이 공중에 새겨진 마법진을 통해 현실에 모습을 드러냈다.

김철환의 목소리가 들리는 것과 동시에 유건의 뇌리에서 경고성이 울려댔다. 백유건이 그 즉시 검이 맞부딪히는 반동을 이용해 뒤로 몸을 날렸다. 후끈한 열기가 그 뒤를 이어 밀어닥쳤다.

"쿠오오오오오!"

천장에 닿을 만큼 거대한 불기둥이 변종 오크 녀석을

둘러싸고 맹렬하게 타올랐다. 그 가운데서 포효하는 녀석의 외침이 무척이나 고통스럽게 느껴졌다.

"어찌된 거냐 애송이?"

앞머리가 그슬린 채 엉망이 된 얼굴로 그를 돌아본 백유건이 다급한 목소리로 외쳤다.

"하…… 한 놈이 도망쳤어요! 무…… 무슨 목표물을 찾아 간다던데."

시커멓게 변한 그의 얼굴을 거칠게 닦아낸 김철환이 시원하게 웃으며 그의 어깨를 두드렸다.

"잘했다! 애송이. 다음은 나한테 맡겨라."

말이 끝나는 것과 동시에 땅을 박찬 그의 신형이 어느새 저만치 멀어져 있었다. 그제야 다리에 힘이 풀린 백유건이 그대로 바닥에 주저앉았다.

아직도 타오르는 불기둥에서 전해지는 후끈한 열기로 인해 연신 굵은 땀이 흘러내렸다. 그런 그의 얼굴 앞에 생수병 하나가 모습을 드러냈다.

"응?"

"수고 많으셨습니다. 목마르실 텐데 일단 드시죠."

"아……네, 감사합니다."

그제야 밀려오는 목마름에 뚜껑을 딴 백유건이 병에 든 생수를 단숨에 들이켰다.

"하나 더 드릴까요?"

"네, 감사합니다."

조금 전과 달리 천천히 몸을 들이키는 그의 곁에 털썩 주저앉은 최철준 형사가 전면을 가리키며 말했다.

"저 불기둥은 볼 때마다 사람 속을 시원하게 해주는군요."

"네?"

의아한 얼굴로 반문하는 백유건의 눈동자에 사납게 번들거리는 최철준 형사의 눈빛이 비쳐들었다.

"망할 괴물새끼들을 흔적도 없이 태워버리거든요. 놈들에게 걸맞은 최후가 아니겠습니까? 후후훗."

자조 섞인 그의 웃음에 무언가 사연이 있다는 것을 직감한 백유건이 말없이 고개를 끄덕였다.

"지난번에는 수습이신 거 같더니 정식 요원이 되셨나 봅니다?"

그의 물음에 백유건이 의아한 얼굴로 쳐다보자 그가 턱짓으로 그의 목에 달려있는 가드 마크를 가리켰다. 그제야 이해한 백유건이 가볍게 고개를 끄덕이자 최철준 형사가 말을 이었다.

"후훗, 몸매가 여과 없이 드러나는 터라 많은 분들이 기피한다고 하던데 용케 입고 다니십니다 그려."

"그…… 그런 겁니까?"

그의 말에 자신이 속았다는 것을 깨달은 유건이 자신을

향해 의미심장한 시선을 던지던 김철환을 떠올리며 속으로 욕을 퍼부었다. 그러면서도 그의 손은 여전히 죄여서 불편한 사타구니 부위를 잡아 당기고 있었다.

"그래도 그 정도 방어력을 제공하는 옷이라면 참고 입어줄만 하지요."

"꽤 잘 알고 계시는군요?"

"보조를 잘하려면 그 정도는 필수 아니겠습니까? 후후후."

"그렇군요."

그 순간 백유건의 귀에 꽂혀 있는 수신기에서 김철환의 커다란 목소리가 흘러나왔다. 오죽 컸으면 곁에 앉아있는 최철준 형사의 귀에까지 들릴 정도였다.

「애송이! 트롤 새끼가 그리로 간다. 여학생 하나 납치해서 가고 있으니까 조심하도록!」

· ∴ ·

머리가 다 지끈 거릴 정도로 큰 목소리에 인상을 찌푸린 백유건이 몸을 일으켜 접어놓은 검을 다시 꺼내들었다. 손바닥만 한 크기의 쇠몽둥이가 차례차례 펴지며 조금 전의 검의 형상을 갖췄다. 검을 꺼내들기 무섭게 바닥이 울리는

소리가 점차 가까워졌다.

"꺄아아아아~! 살려줘요!"

모습을 드러낸 트롤 녀석의 어깨위에 교복을 입은 여학생이 걸쳐진 채로 목이 찢어져라 비명을 지르고 있었다. 그런 녀석의 뒤로 김철환이 빠르게 달려오고 있었다.

"애송이! 막아!"

'뭘? 어떻게?'

생각할 겨를도 없이 바닥에 검을 꽂아 넣은 백유건이 본능적으로 강하게 진각을 밟았다. 진각을 통해 솟구쳐 오르는 힘을 허리를 틀어 어깨로 전달한 뒤 전면에서 달려드는 트롤의 복부를 향해 그대로 내질렀다.

물 흐르듯 자연스러운 힘의 전달이었다. 그 결과 드러난 것은 누군가의 것과 무척이나 닮은 깔끔한 발경(發勁)이었다.

터어엉!

가죽 북 터지는 소리와 함께 사납게 달려들던 트롤의 거체가 뒤에서 달려오던 김철환을 향해 날아갔다.

"이 새끼! 막으라니까!"

그대로 몸을 날려 트롤의 손을 베어낸 김철환이 어느새 기절한 여학생의 몸을 잡고 녀석을 뛰어넘었다. 실로 눈 깜짝할 시간에 벌어진 놀라운 광경이었다. 영화에서나 볼 법한 이 광경을 한순간도 놓치지 않고 지켜본 백유건이 자신도 모르게 중얼거렸다.

"대박이다 진짜……."

자신이 뭘 했는지도 모른 채 감탄하고 있는 그의 귓가로 사나운 목소리가 들려왔다.

"야~ 이 새끼야! 그러다가 인질이 죽으면 어쩌려고 그 무지막지한 걸 날려? 앙? 어라? 그러고 보니 너 발경도 할 줄 알았냐?"

여학생을 들쳐 매고 소리를 지르며 다가오던 김철환이 고개를 갸웃거리며 백유건을 향해 물었다.

"그……그게 저도 잘 모르겠는데요?"

"몰라? 그럼 방금 전에 그건 뭐였는데."

"그게…… 막으라고 하셔서 저도 모르게……."

"거참, 이 녀석 이거 물건일세…… 일단 그건 나중에 얘기하기로 하고 얘 좀 받아라. 무슨 여자애가 이렇게 무겁냐."

얼떨결에 여고생을 받아든 백유건의 눈에 여학생이 매고 있던 가방에 달려있는 슈퍼맨 마크가 눈에 들어왔다.

"응? 이건?"

어디선가 본 것 같은 느낌에 고민해봤지만 딱히 생각나는 게 없었다. 어느새 다가온 경찰들에게 조심스럽게 여학생을 넘긴 백유건이 김철환을 돕기 위해 바닥에 꽂혀 있던 검을 빼들고 앞으로 나섰다.

"너 이 새끼! 이젠 죽었다고 복창해라!"

다가가던 백유건은 그의 사나운 외침을 들으며 생각했다. 김철환 그는 흥분하면 욕부터 나오는 타입인 게 분명하다고……

서걱!

트롤의 품으로 파고든 김철환이 좁은 공간에서 용케 검을 휘돌려 녀석의 상체를 길게 베어냈다.

"이런 제길!"

뼈가 보일만큼 중상 상처였건만 마치 시간을 거꾸로 되돌리듯 순식간에 아물어버렸다.

"뭐가 이렇게 빨라?!"

아무리 트롤이라는 몬스터가 회복력이 좋다고 해도 눈앞에 있는 녀석의 회복속도는 지나치게 빨랐다. 그러고 보니 저번에 처리한 말하는 변종 오크 녀석도 그렇고 앞으로 몬스터들에게 많은 변화가 있을 거라더니 터무니없어 웃어 넘겼던 레나의 그 말이 맞는 것 같았다.

'2세대라고 했던가?'

이 세계에 넘어온 몬스터라는 이름의 하나의 종이 새로운 환경과 적에 대응해 발전한다는 그녀의 이론은 대부분의 마학협회에서 지지를 얻지 못한 채 조용히 묻혀버리고 말았지만 돌아가는 꼴을 보아하니 얼마 지나지 않아 다시금 주목받게 될 것이 분명해 보였다.

이는 전 세계에서 동시 다발적으로 일어나는 현상으로 최근 들어 기존 가드요원들의 사망률이 급증하고 있는 이유 중에 하나였다.

고개를 돌려 자신을 돕기 위해 다가오고 있는 백유건을 쳐다본 김철환이 거의 모든 상처를 회복한 트롤의 가슴을 어깨로 강하게 들이 받았다.

'몇 십년동안 나타나지 않았던 적응자, 저 녀석의 등장이 그 증거 중에 하나라고 했던가?'

트롤을 쫓기 위해 진즉에 빼내버린 두 번째 봉인의 빈자리를 매만지며 쓰게 웃은 김철환이 지난번과 같이 검에 마법의 불꽃을 덧씌웠다

"재생조차 못하게 불태워주마!"

맹렬하게 타오르는 청염을 두른 그의 거검이 엄청난 속도로 상대를 향해 날아들었다.

"크오오오오오!"

수십, 수백 개의 검상이 나타났다 사라지기를 반복하는가 싶더니 어느 순간을 기점으로 상처가 재생되는 속도보다 늘어나는 속도가 빨라지기 시작했다.

"마…… 말도 안 돼."

그를 돕기 위해 다가가던 백유건이 일정 거리를 두고 멈춰 섰다. 그리고는 멍하니 입을 벌린 채 지금까지와는 차원이 다른 김철환의 모습을 지켜보았다.

눈에 보이지 않을 만큼 엄청난 속도로 움직이는 그의 모습이 보인다는 것만으로도 대단한 사실이었지만 그런 사실과 달리 그 순간 그의 머릿속을 가득 채운 것은 지독한 패배감이었다. 이는 몬스터의 피에 적응한 이후 그가 가진 가장 근본적인 부분이 달라졌기 때문이었다.

숨이 멈추는 순간까지 멈출 줄 모르는 투쟁심.

그것이야말로 모든 몬스터들이 지니고 있는 본질이었다. 몬스터들은 그 태생부터가 태초의 혼돈에서 파생된 존재들이었기에 불완전한 자신들의 한계를 극복하기 위해 죽을 때까지 상대방을 물어뜯고 발버둥 치게 되어있었다.

이전의 유건이었다면 그저 멋있다고 생각한 채 넘겨버렸을 테지만 이미 본질적인 부분부터 변화되기 시작한 지금의 그는 아직 온전히 자각하지 못한 맹수와도 같았다.

그런 그의 앞에 감히 이빨을 드러내지도 못할 만큼 강한 존재가 그 힘을 온전히 드러내고 있었다. 유건으로서는 난생 처음 경험하게 되는 패배감 속에서 평소 지니고 있던 상식들과 상충되는 이러한 그의 내면의 부르짖음을 어찌 받아들여야 할지 무척이나 혼란스러웠다. 이러한 내면 상태를 반영하기라도 하듯 전면을 바라보는 유건의 눈빛이 불안하게 흔들렸다.

"차하압!"

푸르게 타오르는 김철환의 검이 지나갈 때마다 트롤의 몸에서 뿜어져 나오는 푸른 핏물이 그대로 증발해버렸다. 그리고 몸에 옮겨 붙은 작은 불꽃들이 상처의 회복을 집요하게 방해했다.

퍼스트 메이지(First Mage) 유현진에게 선물로 받은 마법의 불꽃인 청염(靑炎)은 그가 불의 정수를 연구하던 중에 부산물로 얻게 된 고대의 유산이었다. 이 파란 불꽃이 지닌 가장 큰 장점은 시전자의 의지를 반영한다는 데에 있었다.

지금은 상대의 상처를 회복하지 못하게 하고 싶다는 김철환의 의지가 그 불꽃 안에 담겨 있었다. 시전자의 의지를 담아 스스로 살아 움직이는 청염 덕분에 어지간한 능력자들도 상대하기를 꺼린다는 트롤을 일방적으로 몰아붙일 수 있었던 것이었다.

"마지막이닷! 이 개자식아!"

온 몸을 뒤덮은 청염으로 인해 제대로 몸을 가누지 못하는 트롤을 향해 강하게 바닥을 구른 김철환이 그 힘을 그대로 실어 횡으로 강하게 검을 휘둘렀다.

서걱!

소름끼치는 절삭음과 함께 어지간한 성인의 허리 두께만한 트롤의 두터운 목이 그대로 잘려나가며 한참을 날아가 바닥을 뒹굴었다.

"후우 후우……."

숨을 고르고 있는 그의 앞에 머리를 잃은 트롤의 거대한 몸이 줄 끊어진 인형처럼 힘없이 쓰러졌다. 어지간한 상처는 그대로 수복해 내는 녀석의 재생 능력도 머리가 잘려나간 이상 아무 소용이 없었다.

그가 전투를 끝내자 기다렸다는 듯이 주변에서 대기하고 있던 경찰들이 전장을 정리하기 시작했다. 동시에 가드에서 나온 스텝 요원들이 몬스터의 사체를 조심스럽게 수거하기 시작했다.

"애송이."

"네? 넵."

"어디 있냐?"

"네? 뭘 말씀하시는 건지?"

"그 여학생 말이야. 놈들이 쫓던 목표물."

"아! 그 여학생! 조금 전에 경찰 측에 넘겼는데요?"

따악!

그의 말이 전해지기 무섭게 옆을 지나가던 김철환의 손이 그의 뒤통수를 강하게 내리쳤다.

"아욱!"

"멍청하기는! 그러다가 못 찾기라도 하면 네 녀석이 책임질 거냐? 쯧쯧쯧. 어째 머리까지 녀석들을 닮아버렸는지……."

뒤늦게야 그의 말뜻을 깨달은 백유건이 인상을 찌푸린 채 그의 뒤를 따라 나섰다.

"그…… 그럴 리가 있겠습니까?"

왠지 모르게 항변하는 그의 목소리가 뒤로 갈수록 기어들어갔다. 그런 그의 말에 대꾸도 없이 걸어가던 김철환이 저만치 뒤에서 간이침대에 힘없이 누워있는 여학생을 발견했다.

"상태가 어떻습니까?"

그녀를 보살피던 구급 대원이 금세 철환의 정체를 알아차리고는 그에게 다가와 공손하게 대답했다. 이 근처에서 거대한 검을 들고 돌아다닐만한 사람이 가드 요원 말고는 없을 테니 일개 구급대원이 금방 그의 정체를 알아차린 것도 무리는 아니었다.

"정확한 건 병원에 가서 검사를 해봐야 알겠지만 지금까지 살펴본 바로는 너무 놀란 나머지 탈진했을 뿐 별다른 이상은 없습니다."

"그거 다행이군요. 그럼 잠깐 대화를 나눠도 될까요?"

"물론이죠."

자리를 비켜준 구급대원을 지나 그 여학생의 곁으로 다가간 김철환이 목소리를 가다듬고는 최대한 상냥한 어조로 말을 걸었다.

"안녕하세요. 가드 요원 김철환이라고 합니다. 잠시 대

화 좀 할 수 있을까요?"

"아…… 네. 구해주셔서 감사합니다. 김성희라고 해요. 한양예고 3학년입니다."

생각보다 침착한 그녀의 모습에 이채를 띤 김철환이 가볍게 웃으며 말했다.

"별말씀을요. 당연한 의무일 뿐입니다. 그것보다 놈들이 무슨 이유로 김성희양을 노렸다고 생각하십니까?"

"그건 저도 잘……."

"흐음…… 그래요. 어쩌면 모르는 게 당연할지도…… 몸에 큰 이상은 없다고 하니까 잠시 협조 좀 해주셔야겠습니다."

"네? 협조요?"

"금방 끝날 겁니다. 아마도요……."

뒷말은 거의 들리지 않을 만큼 작았다. 말을 끝낸 그가 손짓하자 뒤에서 대기하고 있던 가드 스텝 요원들이 그녀에게 다가와 설명을 한 뒤 이동침대를 밀고 이동했다.

"어디로 가는 거죠?"

그의 옆에서 조용히 서있던 백유건이 질문했다. 어딘지 모르게 익숙한 여학생의 모습에 자꾸만 마음이 쓰였다.

"어디긴, 본부지."

"아!"

"그건 그렇고, 이번에도 제법 잘했다 애송이. 이 흐름대로 가면 얼마 지나지 않아서 단독으로 임무를 수행할 수 있겠어. 머리가 나쁜 건 좀 흠이지만서도……."

"머…… 머리가 나쁘다뇨? 누가 말입니까? 저 이래 뵈도 중학교 3학년 때 아이큐가 137이나 나왔던 사람입니다."

"글쎄다, 그럼 몸만 아니라 머리까지 녀석들에게 적응해 버렸나보지 뭐"

"아~ 글쎄! 아니라니까요?"

"그렇다고 치자 그럼."

"그렇다고 치자뇨? 그게 무슨 말도 안 되는 소리입니까? 예? 어라? 말하다 말고 어디가세요."

"바보병 옮을까봐 도망간다. 왜?"

"이익! 뭐라고요!"

"어이쿠! 바보가 사람 치네?"

과장된 동작으로 허둥대며 도망치는 그의 모습에 장내를 정리하던 경찰들과 가드 스텝 요원들의 굳은 얼굴이 다소나마 펴졌다.

그들의 얼굴이 굳어있었던 이유는 여느 때보다 빠른 출동을 했음에도 불구하고 사망자가 13명이나 됐기 때문이었다. 거기에다 부상자까지 합치면 그 숫자는 엄청나게 불어났다. 그럼에도 불구하고 억지로나마 미소 지을 수 있는 것은 저들이 있었기에 그나마 이만한 피해로 끝낼 수 있었다는 사실을 잘 알고 있었기 때문이었다.

그런 두 사람의 모습을 지켜보며 쓰게 웃던 최철준 형사는 갑자기 엄습해오는 왠지 모를 불길한 예감에 가늘게 몸을 떨어댔다.

지금 당장은 눈에 보이지 않았지만 그의 예감처럼 전 세계에서 가장 안전하다고 소문난 신 대한민국의 수도 서울의 안전이 서서히 위협받기 시작하고 있었다.

· ⁂ ·

두 번째로 맞이하게 된 사건 현장에서 한 사람의 몫을 톡톡하게 해낸 백유건에게 정식으로 가드 요원 라이센스(Licence)가 부여됐다. 최첨단 기술로 만들어진 카드를 신기한 듯 바라보던 백유건이 이를 전해준 김철환을 향해 자신의 이름 앞에 새겨진 GK-38 이라는 고유 번호를 가리키며 물었다.

"이게 뭘 의미하는 거죠?"

"가드 한국 지부에서 탄생한 서른여덟 번째 요원이라는 소리다."

"가드 요원이…… 원래부터 그렇게 적었나요?"

"그 숫자로 어떻게 전국에서 등장하는 이레귤러(Irregular)들을 해결 하냐고?"

고개를 끄덕이는 백유건을 향해 쓰게 웃은 김철환이

말을 이었다.

"보통 C등급 이하의 몬스터들은 범세계적으로 새롭게 창설된 대 몬스터 위원회(CMC, Counter-Monster Committee)산하에 있는 특수 부대(SF, Special Force)에서 처리한다. 기존의 경찰과 군의 일부가 그리로 흡수, 재편 됐지. 그리고 현진형님이 만들어준 무기들이 놈들에게 제법 효과적이거든. 너를 비롯한 가드의 요원들은 대부분 C등급 이상의 몬스터가 나타났을 때에만 출동하게 되어있는 셈이지. 뭐…… 그쪽 윗대가리들은 그런 역할에 만족해하지는 않는 거 같다만 서도."

모든 몬스터들을 가드의 요원들이 상대하는 줄로만 알고 있었던 백유건으로서는 그동안 모르고 있던 사실에 연신 고개를 끄덕였다.

"이곳 서울에는 유독 등급이 높은 위험한 놈들이 자주 나타나기 때문에 가장 많은 숫자의 요원들이 상주하고 있지. 지방에 가면 한 두 명이 근무하는 경우도 많다. 게다가 진짜 실력자들은 대부분 중국과의 국경선에 배치되어 있어. 거기에 비하면 여기는 천국이나 마찬가지야. 대부분의 국민들은 정보통제 때문에 정확한 사항을 잘 모르고 있지만 지금도 그곳에서는 엄청난 규모의 전투가 매일같이 벌어지고 있다."

"오호~! 그렇군요."

"왜? 그리로 보내주랴? 그렇지 않아도 사람 좀 보내달라고 여기 저기서 난리들인데."

"아…… 아닙니다! 저는 여기가 좋습니다."

놀란 얼굴로 손 사레를 치는 그의 모습에 크게 웃은 김철환이 그의 어깨를 두드리며 문을 나섰다.

"뭐하냐? 어서 따라오지 않고."

"예? 아……예."

서둘러 그를 따라 나선 백유건이 앞서가는 김철환을 향해 물었다.

"어디로 가는 겁니까?"

"그 여학생 만나러."

"아! 괜찮은가요?"

"별다른 상처는 없는데…… 일단 만나보고 얘기하자."

자신에게 뭔가 할 말이 있는 것 같았지만 고개를 흔들며 앞서가는 그의 뒤를 따라 백유건도 서둘러 걸음을 옮겼다.

지부 내에 위치한 의무실.

단순한 의무실이라기보다는 규모나 구비된 장비들을 보면 어지간한 종합병원 못지않았지만 일반인이 아닌 가드의 구성원들을 위한 전용 시설이라는 점이 일반 병원들과 달랐다.

병실 안에 들어가니 눈을 감고 누워있는 여학생과 그녀에게 연결된 각종 기구들을 살펴보고 있는 닥터 레나의 모습이 눈에 들어왔다.

"에? 레나 박사님이 환자도 돌보시나요?"

"호호호, 이래 뵈도 미국에서 최연소로 의학박사 학위까지 딴 몸이라고요. 어지간한 돌팔이들 보다는 제가 훨씬 낫죠."

"아……예에~"

천연덕스러운 얼굴을 하고는 대놓고 자기 얼굴에 금칠을 하는 모습에 할 말을 잃은 백유건이 건성으로 대꾸했다. 하지만 레나는 그런 그의 반응에도 아랑곳하지 않은 채 자기 할 말만 계속 했다.

"바이탈 사인 모두 정상이에요, 김대건 박사님의 말씀에 의하면 정신적인 충격도 생각보다 크지 않다고 하더군요."

그녀의 말에 고개를 끄덕이던 김철환이 백유건을 돌아보며 말했다.

"어때? 저 여학생 어디서 많이 본 것 같지 않냐?"

그렇지 않아도 그런 생각을 하고 있던 백유건이 깜짝 놀라 휘둥그레진 눈으로 그를 쳐다보았다.

"어…… 어떻게 그걸……."

"짜식~ 놀라기는…… 잘 봐라. 너랑 같이 지하철에서

비명 질러대던 사람들 중에 하나잖아. 저 아이 구하려고 네가 우산 하나들고 달려들던 모습을 생각하면 아직까지도 웃기는 걸. 크크크크."

"아무튼 철환 요원님 짓궂은 건 알아줘야 한다니까요."

옆에서 그가 하는 말을 듣고 있던 레나가 고개를 흔들며 핀잔을 줬다. 그제야 누워있는 여학생의 얼굴이 낯익었던 이유를 알게 된 백유건이 놀란 얼굴로 김철환을 돌아보았다.

"우…… 우연인 건가요?"

많은 의미가 내포된 그의 물음에 김철환이 장난기가 싹 가신 얼굴로 대답했다.

"그럴 리가 있겠냐?"

"그……럼?"

"정확한건 더 조사해봐야 알겠지만 그 지하철 내부에서 트롤의 피에 감염된 게 너뿐만이 아닌 것 같다. 지금까지 아무런 증상 없이 지냈다는 사실도 놀랍지만 그것보다 놈들이 의도적으로 저 아이를 노렸다는 사실이 더 중요하지."

"노린 건가요?"

"갑자기 등장하기 시작한 변종 몬스터들과 새로운 타입의 적응자라…… 후후훗, 일이 아주 재미있게 돌아가고 있어."

대답대신 혼잣말을 하며 살벌한 눈빛을 한 채 웃고 있는 김철환의 모습을 가만히 지켜보던 백유건이 고개를 돌려 침대에 죽은 듯이 누워있는 여학생의 앳된 얼굴을 쳐다보았다.

"저 아이도 적응자인 건가요?"

그의 물음에 닥터 레나가 가볍게 미소 지으며 대답했다.

"첫 번째 조사 결과가 조금 이상하긴 하지만 현재로서는 그럴 확률이 높아요. 아직까지 아무런 자각증상이 없다는 게 특이하긴 하지만…… 원래 적응자라는 게 그때그때 증상들이 달라서 일반적으로 규정짓기가 사실상 불가능하거든요."

"그렇군요."

"그보다 놈들이 왜 저 아이를 노렸는지가 더 중요하죠. 어쩌면 이번일이 그간 이어져 왔던 놈들과의 전쟁이 전혀 다른 국면으로 전환되는 시작점이 될 수도 있어요. 그게 우리에게 득이 될지 실이 될지는 두고 봐야 알겠지만요. 그러니까…… 잘 부탁해요 후훗."

"네?"

"저 아이한테 유건씨는 영웅이나 다름없잖아요. 자신을 구하기 위해 우산 하나 손에 들고 그 무시무시한 몬스터한테 달려드는 남자라…… 아~! 생각만 해도 로맨틱하네요."

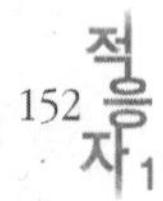

"엑?! 그…… 그게 무슨?"

"그럼 좋은 시간 보내세요~오! 아참! 그리고 여학생이 잠들어 있다고 못된 행동 하면 안돼요. 다 지켜보고 있다고요~ 후후훗!"

그녀의 손을 따라 시선을 돌리자 한쪽 구석에서 붉은 빛을 내뿜고 있는 CCTV가 눈에 들어왔다. 그녀의 짓궂은 말에 백유건이 할 말을 찾지 못해 허둥지둥 거리고 있는 사이 레나와 김철환이 밖으로 나가버렸다.

쿵하고 문이 닫히고 나자 적막한 실내에 기계에서 규칙적으로 들려오는 신호음과 가습기가 돌아가는 소리만이 들려왔다. 그 넓은 병실 안에서 한참동안 멍하니 서있던 백유건이 깊은 한숨을 내쉬며 여학생이 누워있는 침상 옆에 걸터앉았다.

"김성희라……."

그녀의 머리맡에 달려있는 네임카드에 김성희라는 이름과 18세라는 나이가 적혀있었다.

#3. 인연(因緣)

NEO MODERN FANTASY STORY

적응자

#3. 인연(因緣)

딩동댕~동~딩동댕~동

수업이 끝났음을 알리는 종이 울리자 선생님이 수업을 다 마치지 않았음에도 불구하고 아이들이 앞을 다투며 교실 밖으로 뛰쳐나갔다. 그런 아이들의 행동에도 불구하고 선생님은 그런 모습들이 익숙한 듯 그저 가볍게 웃을 뿐이었다.

점심시간.

아이들에게 있어서 매점을 향해 미친 듯이 달리게 만드는 결전의 시간이었다. 1초의 머뭇거림이 자신이 먹고 싶은 것을 손에 들고 승자의 웃음을 짓느냐 아니면 텅 비어버린 진열대를 바라보며 패배감에 괴로워하느냐의 차이를 만들어냈다.

급식을 위해 전 교생이 한자리에 모여 있던 A고등학교 식당에 발생한 이레귤러로 인해 전교생의 삼분의 일이 희생당하는 참사가 벌어진 뒤로 전국에서 행해지던 급식 제도는 역사의 뒤안길로 사라지게 되었다.

그 자리를 대신한 것은 과거의 유물로 여겨지던 도시락이었으니 뭇 어머니들이 매일 아침마다 흘리는 한숨으로 인해 아무 죄가 없는 남편들이 매일같이 시달린다는 근거 없는 소문이 퍼져나갔다.

아이들이 그 도시락을 점심시간까지 고이 간직한다는 것은 고양이에게 생선가게를 지키게 만드는 것만큼 어려운 일이었다. 일찌감치 선생님의 눈을 피해 비워버린 빈 도시락통만큼이나 배고픔에 시달리는 한창때의 학생들로 인해 매점은 매일같이 전쟁터로 변해버리고 말았다.

"에이~씨! 피자 빵은 왜 그렇게 금방 매진되는 거야!"

투덜대는 성희의 흐트러진 머리를 매만져주며 그녀의 단짝친구인 혜미가 한심스럽다는 듯이 말했다.

"어떻게 너는 매번 교실을 나가는 건 일등인데 매점에 도착하는 건 꼴찌냐?"

손에 들려있는 소보루빵을 허탈한 눈으로 내려다보던 그녀가 쓰러지듯 벤치에 몸을 누이며 한탄했다.

"어머니, 아버지! 어찌하려 이 소녀를 느림보로 낳으셨나요?!"

"쿠쿠쿠쿡, 너도 알긴 아는구나?"

그녀의 연극 대사를 읊는 것 같은 우스꽝스러운 행동에 혜미가 그녀의 곁에 걸터앉으며 배를 잡고 웃었다.

"너 자신을 알라! 이래 뵈도 나는 플라톤 아저씨의 말을 인정한다고!"

"아리스토텔레스 아니었냐?"

"그런가?"

"쯧쯧쯧, 소크라테스다 이 무식한 녀석들아"

고개를 갸우뚱거리는 두 사람의 뒤에서 한심하다는 듯 혀를 차는 소리가 들려왔다.

"어? 윤희야? 언제 왔어?"

누운 상태로 고개만 들고 그녀를 알아본 성희가 반갑다는 듯 손을 들어 흔들었다. 그런 그녀를 향해 윤희가 무언가를 집어던졌다. 무심결에 이를 받아든 성희가 이내 물건의 정체를 알아차리고는 누운 자리에서 벌떡 일어났다. 그 바람에 옆에 앉아있던 혜미의 치맛자락이 허벅지까지 밀려올라갔다.

"꺄악~!"

그녀가 소리를 지르던 말 던 감격에 찬 얼굴로 손에 들려있는 피자 빵을 바라보는 그녀의 몸이 기쁨으로 인해 가늘게 떨리고 있었다.

"으앙 윤희야~ 고마워! 근데 이거 어떻게 구했어? 엉?!"

그녀의 말에 가볍게 자신의 머리를 두드린 윤희가 별거 아니라는 듯 대답했다.

"사람이 머리를 써야지. 수업 끝나기 전에 배 아파서 의무실 좀 간다고 했지 뭐."

"뭐? 그게 먹혀?"

"수학시간이었거든."

"아~ 김쌤이었구나."

"조금만 참으라는 거 그날이라고 했더니 얼굴이 빨개지면서 얼른 가보라고 하던걸?"

"깔깔깔깔~ 그래? 그걸 봤어야 하는 건데 아쉽다 야."

한참을 웃으며 재잘대던 세 친구가 벤치에 앉아 땀을 뻘뻘 흘려가며 공을 따라 몰려다니는 남학생들의 모습을 구경했다.

"저게 그렇게 재미있을까?"

"저렇게 미친 듯이 몰려다니는 걸 보면 재미있기는 한가봐."

"하긴 너도 연습할 때 보면 미친년이 따로 없더라."

"무어라? 무엄한 지고 네년이 정녕 단매에 죽고 싶은 게냐?"

최근에 유행하는 사극 드라마의 유행어를 흉내 내는 성희의 모습에 두 사람 모두 기분 좋게 웃을 수 있었다.

"아무튼 너는 애가 너무 웃겨…… 그건 그렇고 계속 전공할 생각이야?"

"응, 그거 말고는 뭐 잘 할 수 있는 일도 딱히 없고…… 그리고 지금 수준만 잘 유지하면 장학금 받고 대학 진학할 수 있다고 하니까."

"다행이네. 왠지 모르게 부럽네."

쟁쟁한 집안 출신들로 가득한 예고 내에서 평범한 가정에서 자라난 세 사람이 친해지게 된 것은 어찌 보면 당연한 결과였다. 자꾸 개인 레슨을 받자고 권유하는 선생님들의 등살에 힘든 시기를 보내던 세 사람들 중 성희를 뺀 나머지 두 사람은 일찌감치 대학 진학을 포기한 상태였다.

이번에 새롭게 부임한 교사를 만나 실력을 인정받은 성희만이 대학 진학을 꿈꾸고 있었다. 이는 그녀를 가리키는 담당 교사가 유학길에서 돌아온 지 얼마 되지 않은 이 학교 내에서 유일하게 별도로 돈을 요구하지 않는 사람이었기 때문에 가능한 일이었다.

한숨을 내쉬며 말하는 혜미의 말에 나머지 두 사람의 마음이 무겁게 내려앉았다. 성희가 그런 그녀를 향해 무언가 말하려는 순간 소름끼치게 만드는 비명이 들려왔다.

"꺄아아아아악!"

폐부를 쥐어짜는 것 같은 강렬한 비명에 세 사람 모두 그 자리에서 벌떡 일어나 겁에 질린 얼굴로 사방을 두리번거렸다. 그 순간 학교 스피커를 통해 이레귤러의 발생을 알리는 날카로운 경고음이 울려 퍼졌다.

"서…… 성희야."

겁에 질린 얼굴로 자신의 소매를 잡아당기는 혜미의 손을 꽉 잡은 성희가 옆에서 굳은 얼굴로 자신을 쳐다보는 윤희에게 한차례 고개를 끄덕인 후 피난처를 향해 달렸다.

"헉헉헉헉, 다…… 다른 애들은 괜찮을까?"

운동장에 있던 다른 아이들과 앞서거니 뒤서거니 하며 달리던 세 사람의 눈에 피난처의 입구가 들어오자 조금씩 뒤처지던 혜미가 그 자리에 멈춰 서서 거친 숨을 내쉬었다. 그리고 앞서 달리다가 멈춰선 채 자신을 바라보고 있는 두 사람을 향해 물었다. 그런 그녀를 향해 성희가 입을 열어 무언가 말하려던 순간 그녀의 큰 눈이 부릅떠졌다. 거의 동시에 둔탁한 울림이 들려왔다.

퍼억! 휘이익~

앞에 서있던 두 사람의 머리 위를 넘어서 한참을 굴러간 물건이 저만치 앞서가던 여학생의 발치에 멈춰 섰다.

"꺄아아악! 꺄악! 꺄아악!"

자신의 발치에 와 닿은 물건의 정체를 알아본 여학생이 혼이 나간 듯 바닥에 주저앉아 뒤로 물러서며 연신 비명을 질러댔다. 그 물건의 정체는 잘려나간 혜미의 머리였다. 모든 구멍에서 피를 흘리고 있었다.

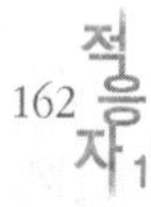

"허억!"

헛바람을 집어삼키며 멈춰선 성희는 머리를 잃은 채 서서히 무너져 내리는 혜미의 몸을 바라보며 급히 입을 틀어막았다. 피분수를 뿜어내고 있던 혜미의 몸을 들어 반으로 쪼개버린 괴물이 기절해버린 윤희와 그녀를 스쳐지나갔다. 그리고는 주저앉아 연신 소리를 질러대는 여학생을 향해 손을 뻗었다.

"안 돼! 오지 마! 오지 말라고! 커헉~ 크르륵!"

자신의 머리를 향해 손을 뻗는 괴물을 향해 소리를 지르던 여학생이 이내 목이 부러진 상태로 피거품을 내뿜었다. 그 거짓말 같은 광경에 주변에 서서 가위에 짓눌린 듯 꼼짝도 못하던 많은 학생들이 안전한 피난처를 바로 앞에 두고도 사방으로 미친 듯이 도망쳤다.

"크르르르르~"

거대한 입을 벌려 여학생의 머리를 통째로 씹어 삼킨 녀석이 입을 막은 채 흐느끼고 있는 성희를 향해 천천히 몸을 돌렸다. 이빨 사이로 길게 늘어진 머리카락이 바람을 타고 흔들렸다.

"흐흡……흑흑!"

몸을 덜덜 떨어가며 흐느끼는 그녀를 향해 B급 몬스터로 구별되는 트롤이 이를 드러내며 다가왔다.

딱딱딱딱……

자신의 의지와 상관없이 덜덜 떨리는 턱에서 이가 부딪히는 소리가 선명하게 울려 퍼졌다.

'웃……고 있다?'

그 순간 성희는 자신을 향해 팔을 뻗는 괴물의 일그러진 얼굴이 웃고 있는 것 같다는 생각을 하며 그대로 정신을 잃었다.

푸콰콰콰콰!

몬스터가 그녀의 머리를 향해 손을 뻗어가는 그 순간 엄청난 굉음과 함께 밀려온 후끈한 열기가 그녀와 몬스터 사이를 갈라놓았다. 새빨갛게 타오르는 화염에서 전해진 열기였다.

"그 더러운 손을 어디다 대려고?"

맹렬하게 타오르는 진홍빛 화염이 전혀 뜨겁지 않은 듯 불길 사이에서 몸을 드러낸 남자가 익살스럽게 웃으며 말했다.

뒤로 밀려난 녀석은 검게 그을린 채로 연기를 뿜어내고 있는 오른 팔을 바라보며 포효했다. 언제 그랬냐는 듯 불에 탄 상처가 재생되고 있었다.

"크오오오오오!"

운동장 전체가 쩌렁 쩌렁 울릴 만큼 거대한 포효에 귀를 막은 채 인상을 찌푸린 제임스가 양손 가득 불길을 피

워 올리며 자신을 향해 달려드는 트롤을 향해 천천히 걸어갔다.

푸화학~!

거대한 굉음과 함께 신화 속에서나 존재할 것 같은 거대한 불기둥이 하늘에 닿을 듯 드높이 솟아올랐다.

• ⁂ •

삐비비비, 삐비비비……

"헉!"

매일 같이 들어왔던 익숙한 알람소리에 놀라 벌떡 일어난 성희는 자신의 온 몸이 땀으로 범벅이 되어있다는 것을 깨달았다.

'꿈…… 인 건가?'

꿈이라고 치부해버리기엔 지나치게 생생했던 친구의 죽음.

멍한 머리를 흔들어 대던 그녀가 이불을 치워버리고 곧바로 욕실로 향했다. 욕실에 들어간 그녀는 거울을 바라보며 얼굴에 달라붙은 머리카락을 신경질 적으로 걷어냈다. 눈이 퀭한 것이 하룻밤 사이에 몇 년은 늙어버린 듯 초췌해 보였다.

아직은 차갑게 느껴지는 샤워기의 물줄기를 그대로

맞으며 한참을 서있자 그제야 멍했던 머리가 맑아지며 정신이 돌아오는 것 같았다.

머리를 말리며 마루로 나가자 식탁위에 잘 차려진 음식이 조금은 오래되 보이는 보자기에 덮여있었다.

할머니와 단 둘이 살게 된지도 벌써 9년이 지났다. 식탁에 앉아 항상 먹을 때 마다 얼굴에 미소가 지어지게 만드는 할머니 특유의 된장국을 떠먹자 비로소 깨어난 이후 내내 긴장 되어있던 몸이 풀어졌다.

언제나처럼 교복을 입고 문을 나선 그녀는 평소보다 힘없는 발걸음으로 전철역을 향해 걸어갔다. 플랫폼에 서서 멍한 얼굴로 전철을 기다리다가 몇 대나 놓쳐버린 뒤에야 올라탈 수 있었다. 비어있는 자리에 앉자마자 커다란 노란 가방을 끌어안고 머리를 파묻었다. 그 상태 그대로 손을 들어보니 며칠 전 친구가 발라줬던 노란색 메니큐어가 거의 다 지워진 채 그 흔적만이 남아 있었다.

싫다는 걸 억지로 발라주며 깔깔 거리던 혜미의 모습이 생각난 그녀가 힘없이 미소 지었다. 뭔가 거치적거리는 느낌에 손을 뻗어 만져보니 슈퍼맨 마크가 그려져 있는 동그란 배지가 가방 끝에 달려있었다.

이걸 달고 있으면 이레귤러에 노출됐을 때 슈퍼맨이 나타나서 도와줄 거라며 나중에 자기한테 고마워 할 거라고 으스대던 윤희의 목소리가 들리는 것 같았다.

이제 조금만 더 가면 유일하게 마음을 터놓고 지낼 수 있는 두 친구를 만날 수 있을 거란 생각에 마음이 편해진 그녀가 잠을 설쳐 무거워진 눈꺼풀을 이기지 못하고 이내 잠이 들고 말았다.

얼마나 잤을까? 갑자기 한쪽으로 몸이 쏠리는가 싶더니 둔중한 충격이 전해졌다. 지하철이 급정거를 했는지 이내 사람들이 웅성거리는 소리가 들려왔다.

"알. 알려드립니다. 종로3가 방향에서 C등급 몬스터가 나타났습니다. 이에 잠시 정차했다가 상황이 해결되는 대로 출발하도록 하겠습니다. 급정거로 인해 불편을 드려서 죄송합니다."

안내 방송이 끝나기 무섭게 창문 밖으로 짙은 회색의 철문들이 내려와 지하철을 감쌌다. 이게 말로만 듣던 보호 시스템인가 보구나 생각하며 무거운 눈을 뜨고 주변을 둘러보니 안내방송을 들은 사람들이 언제 그랬냐는 듯 각자 손에 들린 핸드폰으로 관심을 돌렸다.

'C등급 몬스터면 꿈속의 괴물보다는 약하려나?'

더없이 무거운 눈꺼풀은 그녀의 상념이 더 이상 이어지지 못하게 만들었다. 그녀는 가방에 얼굴을 파묻고 그대로 잠들었다. 얼마나 시간이 흘렀을까? 그녀가 잠에서 깬 것은 무언가 터져나가는 굉음에 이은 쇠가 긁히는 소름끼치는 소리 때문이었다.

그 가운데 꿈속에서 들었던 것 같은 괴물의 울음소리가 들려온 것 같았다. 정신이 번쩍 든 그녀가 자리에서 일어나자 이내 알 수 없는 불길한 느낌이 전신을 옭아매기 시작했다.

주춤거리며 본능적으로 다음 칸으로 가는 통로를 향해 뒤로 물러서고 있는 사람은 비단 그녀뿐이 아니었다.

취이익~! 스르르르! 쿠웅!

그런 그들의 발걸음을 통로를 폐쇄하는 두터운 철문이 막아섰다.

그녀가 몰려든 사람들 틈바구니에서 오도 가도 못하고 있는 사이 앞에서 뾰족한 비명이 들려왔다.

“꺄아아악!”

비명에 놀란 모든 사람들의 시선이 향한 곳에 꿈에서 보았던 그 몬스터가 침을 흘리며 주변을 돌아보고 있었다.

“크르르르!”

몬스터가 등장하자 몰려있던 사람들이 그 녀석에게서 조금이라도 멀어지기 위해 뒤로 물러서자 중간에 끼어있던 그녀는 이러다가 사람들 사이에서 눌려죽을지도 모른다는 생각이 들었다.

그 순간 지지직거리는 소음과 함께 안내 방송이 들려왔다.

“아……! 방금 열차 내부에 B급 몬스터인 트롤이 들어

왔다는 제보가 들어왔습니다. 승객여러분께서는 안전하게 차단된 실내에서 다시 문이 열릴 때까지 대기하여 주시기 바랍니다. 다시 한 번 말씀드립니다…… 방금…….”

안내 방송과 함께 비명을 지르기 시작한 사람들 가운데 서있던 젊은 청년이 뭐라 소리치는가 싶더니 이내 그들을 헤치고 벽에 달려있는 인터폰을 향해 달려갔다.

“지금! 이곳에 괴물이 나타났다고! 당장 통로부터 개방해! 당장!”

순간 내부에 있던 모든 사람들의 이목이 스피커로 쏠렸다.

“네? 무슨 말인지 잘 안 들립니다. 침착하시고 차분하게 설명하세요.”

“침착이고 지랄이고! 지금 다 죽게 생겼다니까! 어서 통로를 개방하라고! 이 미친 새끼야!”

입에 침을 튀겨가며 외치는 그의 외침에 한참 동안 침묵하던 스피커에서 머뭇거리는 지하철 운전사의 목소리가 들려왔다.

“죄……송하지만 그럴 수 없을 것 같습니다. 곧 가드의 요원이 도달할 테니 조금만 기다려 주시기 바랍니……다…… 죄송합니다.”

뚜~뚜~

지하철 운전사와의 연결이 끊기자 내부에 있던 사람들이

집단 패닉에 빠져들었다.

그 사이 사람들 가까이 다가온 괴물이 비명을 질러대던 여인을 들어 올려 그 머리를 한입에 삼켜버렸다.

현실감 없는 그 모습을 멍하니 바라보던 그녀의 뇌리에서 머리가 사라진 여인의 모습이 꿈에서 봤던 친구의 모습과 겹쳐졌다.

"꺄아아아악!"

그녀의 폐부 깊숙한 곳에서부터 비명이 터져 나와 다른 이들이 질러대는 비명과 뒤섞였다.

순식간에 회사원으로 보이는 남성이 두 조각나 괴물의 뱃속으로 사라졌다. 다리에 힘이 풀려 바닥에 주저앉은 그녀는 자신을 향해 다가오는 괴물을 멍하니 바라보며 흐느껴 울었다.

"으아아아아아!"

다리 사이에 머리를 파묻은 채 울고 있는 그녀의 귓가에 죽기 전에 지르는 단발마와는 확연히 구별되는 기합소리가 들려왔다.

'응?'

그 소리에 고개를 들어 눈물 콧물이 범벅이 된 얼굴로 정면을 쳐다보자 조금 전 인터폰을 들고 소리를 질러대던 남자가 손에 우산을 든 채로 괴물의 다리 사이로 미끄러져 들어가는 모습이 눈에 들어왔다.

그런 남자의 용기 있는 행동에 자신을 향해 손을 뻗고 있던 괴물의 고개가 뒤로 돌아갔다. 그 순간 어떤 중년 남자가 바닥에 주저앉아 있던 그녀를 일으켜 세우며 구석에 몰려있는 사람들 쪽으로 데리고 갔다.

"끄아아아아! 놔! 놓으란 말이다!"

처절한 비명 소리에 뒤를 돌아보니 자신을 구해준 그 남자가 괴물의 손아귀에 붙잡힌 채로 버둥대고 있었다.

'아……안 돼! 누…… 누가 좀 도와줘요 제발!'

간절한 그녀의 바람에도 불구하고 버둥대던 남자의 몸짓이 점차 느려졌다.

눈에 가득 맺힌 눈물로 인해 그 광경이 뿌옇게 흐려졌다.

"흑…… 제발……누가 좀."

그 순간 그녀의 말에 응답하기라도 하듯이 놀라운 광경이 펼쳐졌다.

사방이 막혀있는 이곳에 언제 들어온 건지는 모르겠지만 거대한 검을 손에 든 남자가 그 괴물의 손을 단숨에 베어낸 것이었다.

여유로운 얼굴로 주변을 둘러본 남자가 몰려있는 사람들을 바라보며 말했다.

"지금 즉시 통로를 열어드리겠습니다. 다치지 않게 차례대로 빠져나가세요. 그리고 밖으로 나가시면 저희 측 요원들이 대기 하고 있을 겁니다. 간단한 검사 후에 바로 집으로 귀가하실 수 있도록 조치할 테니 잘 협조해주시기 바랍니다. 이런 이런…… 또 내 소개를 빠트렸네. 쩝~ 뭐 입고 있는 옷을 보면 아시겠지만 제 이름은 김철환. 가드 소속 요원입니다."

그의 말이 끝남과 동시에 바람 빠지는 소리가 들리며 굳게 닫혀있던 통로의 문이 열렸다.

"으……으아아아."

"비……비켜 비키라곳!"

"꺄악!"

사람들 틈바구니에서 거의 밀리다시피 해서 밖으로 빠져나온 그녀는 자신을 향해 다가오는 가드 소속 스텝들의 안내를 따라 이동하는 내내 회색 철문으로 뒤덮여 있는 전철을 바라보았다. 그런 그녀의 머릿속은 온통 바닥에 누워 있던 남자에 대한 걱정으로 가득했다.

· ☘ ·

그 일이 있은 이후로 정신없는 일주일이 지나갔다.

국가에서 제공하는 외상 후 스트레스를 위한 정신과 치료를 받으며 통원치료를 하는 동안 충분히 치료받을 때까지 등교하지 않아도 좋다는 전화를 받은 이후 반강제(?)적으로 학교도 쉬게 되었다.

마학의 도움을 받아 부작용이 사라진 신종약물치료와 병행되는 정신과 치료는 이를 꺼려하던 과거의 분위기와 달리 몬스터들이 세상에 등장한 이후부터는 마치 감기 때문에 병원을 찾았던 것처럼 자연스러운 일상의 모습처럼 되어버렸다.

통일이 된 이후 몬스터의 중심지가 되어버린 중국 대륙과의 접경지대는 가장 격렬한 전투지역이 되어버렸지만 대다수의 실력자들이 그곳에서 상주하다시피 하며 전선을 사수하고 있었기에 그 이남 지역은 상대적으로 평화로울 수 있었다. 그나마 이런 사실도 의도적인 정보 통제 때문에 제대로 알고 있는 사람이 별로 없었다. 대부분의 사람들은 중국과의 국경지대를 핵폭발의 후유증으로 인해 접근하지 못하는 죽음의 땅으로만 인식하고 있을 뿐이었다.

그러나 불규칙적으로 등장하는 이레귤러(Irregular)는 마법과 과학이 결합된 오버 테크놀로지(Over-technology)로도 제때 막아내기 힘들었다. 기껏해야 예지 능력자들의 불완전한 예지 능력에 기대어 바닥을 치던 방어 효율을 조금이나마 높일 수 있게 되었을 뿐이다.

평범하던 일상 중에 멀쩡하던 사람이 갑자기 나타난 몬스터에게 당해 머리부터 뜯어 먹히는 장면을 눈앞에서 보게 된다면 설령 살아남는 자들 중에 속했다 하더라도 제대로 된 일상을 이어나가기 쉽지 않은 것이 당연한 일이었다.

잘 훈련받은 군인들조차 버텨내지 못하는 잔혹한 일상은 평범한 일반인들에게는 비록 단 한 번의 경험일지라도 평생의 삶을 비틀어버리는 악몽과도 같았다.

수많은 직간접적인 피해자들이 속출하기 시작하자 이를 해결하기 위해 범국가적인 연구가 진행되었고 이러한 공포를 자연스럽게 이겨낼 수 있도록 만들어주는 약물이 개발되기에 이르렀다.

「잊는 것 보다 이겨내는 것이 우리에게 더 나은 내일을 가져다준다!」

약물 개발에 있어서 중요한 역할을 담당했던 능력자 장폴(Jean Paul)의 말처럼 이를 이겨낸 사람들은 이전보다 강해진 정신력을 가지고 살아가며 알게 모르게 사회 전반에 걸쳐 긍정적인 영향을 미치게 되었다. 기획의도에는 없었던 이러한 효과덕분에 이제는 일반적인 군인들과 능력자들의 훈련에까지 적극적으로 활용되고 있었다.

약물이 가져다주는 나른하고도 기분 좋은 느낌에 근처 벤치에 걸터앉은 성희는 스마트폰을 조작해 그동안 하루에도 수십 번씩 읽었던 가드 공식 홈페이지의 글들을 읽어나갔다.

거의 대부분의 요원들의 신상 명세는 중요한 기밀로 분류되어 외부에 공개되지 않았지만 대외적인 이미지를 위해 한두 명의 요원들은 일부러 적극적으로 홍보하는 편이었다.

이러한 방침의 일환으로 홈페이지 내에 있는 요원 카테고리에는 가드의 대한민국 지부에서 수도인 서울을 담당하는 요원이자 수많은 이들의 원성과 찬사를 동시에 받고 있는 김철환 요원의 젊었을 적사진이 올라와 있었다.

그 외에도 그가 활약했던 영상들이 마치 영화 홍보영상 보는 것처럼 멋지게 편집되어 올라와있었다.

거대한 거검을 휘두르며 수많은 몬스터들을 베어 넘기는 그의 모습은 무척이나 호쾌하고 멋있었다. 그러나 그런 그에게 응원의 메시지를 남기도록 만들어진 게시판에는 그에 대한 욕설과 비방들이 격려 메시지만큼이나 가득했다.

비록 지금은 많이 나아졌다지만 젊었을 적의 그는 일반인들의 상태를 이해하고 배려할 만큼 세련되지 못했기 때문에 벌어진 현상이었다.

물에 빠진 사람 구해놓으면 보따리 내놓으라고 한다는 속담처럼 자신들의 목숨을 구해준 그에게 감사하는 마음을 가지는 것이 당연한 일임에도 불구하고 자신들을 막대했다느니, 오히려 그가 휘두른 검에 죽을 뻔 했다느니 하는 불평과 원망들이 쏟아져 나왔다.

정신적인 피해를 호소하며 제기한 대부분의 소송에서 패소한 그들이 할 수 있는 것은 그저 이러한 공간에서 욕설과 비방을 통해 그를 깎아 내리는 일들이 전부였다.

욕설이 가득한 게시판의 글들을 지나 글을 밑으로 내리던 그녀의 눈에 감사의 글이 눈에 띄었다. 하루아침에 몬스터에게 부모와 오빠를 잃은 어느 여중생이 쓴 글이었다.

몬스터를 처리하고 자신을 구해주는 내내 시종일관 무뚝뚝했고 배려가 부족해 보였지만 졸지에 고아가 된 자신을 위해 일반인들이 할 수 없는 여러 가지 배려들을 그를 통해 받았다는 사실을 밝히며 진심으로 고마워하고 있었다.

글을 읽어 나가던 성희는 지하철 구석에서 벌벌 떨고 있던 자신들에게 말을 하면서도 왠지 모르게 쑥스러워하던 그의 모습이 떠올라 피식 웃음을 터트렸다.

치료를 시작한 첫날 다리사이에 머리를 파묻고 시종일관 덜덜 떨어대기만 하던 그녀가 어느새 이렇게 편안하게 웃을 수 있을 만큼 회복된 것이었다.

그러나 가드 홈페이지에도 자신이 알고 싶어 하던 그 남자에 대한 이야기는 없었다. 인터넷 신문이나 방송 매체들을 샅샅이 뒤졌지만 사건에 대한 간략한 언급만 있을 뿐 구체적인 내용들은 찾아볼 수가 없었다. 혹시나 하는 기대로 가드 홈페이지까지 뒤져봤지만 헛수고였다.

"휴~ 살아 있으려나? 그 사람……."

한숨을 내쉬며 혼잣말을 하는 그녀의 손에서 진동이 느껴졌다.

「어디? 우린 벌써 도착했음 ㅋ 빨리 오삼.」

단짝 친구인 혜미의 메시지였다.

머리를 흔들어 상념을 털어낸 그녀가 벤치에서 일어나 코엑스(Coex)라고 적혀져있는 거대한 건물 입구로 들어갔다.

• ⁂ •

토요일 오후라서 그런지 내부에는 오고가는 사람들로 가득했다. 제법 넓은 통로가 비좁을 정도로 한껏 멋을 낸 사람들이 즐거운 표정으로 주변을 둘러보고 있었다. 찰싹 붙어 다니는 연인들뿐만 아니라 가족단위로 놀러온 사람들, 그리고 자신들처럼 제법 신경 써서 꾸미기는 했지만 여전히 학생티가 물씬 풍기는 아이들까지 거대한 코엑스몰 내부는 수많은 사람들로 시끌벅적했다. 자신 말고도 교복을 입은 채로 돌아다니는 아이들이 제법 많았다.

오늘 모임은 이레귤러의 희생자로 구분되어 학교까지

쉬고 있는 친구를 위해 그녀의 단짝인 혜미와 윤희가 특별히 시간 내서 만든 자리였다.

만나자 마자 반가움에 주변 사람들이 쳐다볼 정도로 소리를 질러대던 세 사람이 따가운 눈총에 서둘러 자리를 옮겼다.

"어머? 이 기집애 얼굴이 반쪽이 됐잖아?"

"그러게? 너 정말 괜찮은 거야?"

걱정 가득한 얼굴로 물어오는 두 사람을 번갈아 쳐다보던 성희가 가볍게 웃으며 대답했다.

"응, 처음엔 조금 힘들었는데 지금은 괜찮아."

"그…… 그렇구나. 그럼 다행이다."

"소식 듣고 걱정 많이 했어. 다들 쉬쉬하는 분위기더라고."

두 사람 모두 이레귤러를 겪고 난 뒤 사람이 많이 변한다는 말을 들은 터라 대화를 나누는 내내 그녀의 상태를 살피며 흘낏거렸다.

너무 티 나는 그녀들의 행동에 실소를 머금은 성희가 크게 웃음을 터트렸다.

"하하하하…… 정말 괜찮다니까? 정부에서 이레귤러의 피해자들에게 제공하는 정신과 치료가 제법이더라고. 처음에는 힘들었는데 이제는 괜찮아. 뭔가 정신적으로 한 단계 성장한 것 같기도 하고."

성희의 가감 없는 솔직한 말에 그제야 두 사람의 표정이 환해졌다. 내심 마음고생이 심했던 그녀들로서는 왠지 모르게 어른스러워진 친구의 모습에 비로소 마음을 놓을 수 있었다.

제법 유명한 수제 버거집에서 밥을 먹고 아쿠아리움으로부터 시작해서 영화까지 하루 종일 두 친구에게 이끌려 다닌 성희가 커피숍에 앉아 달콤한 카페 모카를 홀짝이며 두 사람을 향해 손을 내저었다.

"아우~ 더 이상은 못 다녀. 피곤해 죽을 것 같다 야."

"피~ 본격적인 건 아직 시작도 안했다구."

"그래 맞아! 우리가 너 기분전환 시켜주려고 몇 주 전부터 계획한거란 말이야."

"으~ 그래도 더 이상은 못 가겠다구우~, 이후 계획은 다음에 하자 응? 얘들아 제바알~"

테이블에 얼굴을 기댄 채로 손을 모아 삭삭 비는 그녀의 모습에 두 친구가 선심 쓰듯 고개를 흔들었다.

"흠~ 뭐 네가 정 그렇게 애원한다면야……."

그렇게 세 사람이 주거니 받거니 하며 대화를 나누고 있을 때 밖에서 소란스러운 소리들이 들려왔다. 투명한 창밖으로 시선을 돌리니 카페 밖에 있던 사람들이 무언가에 놀라 급하게 달려가는 모습들이 눈에 들어왔다.

"응? 무슨 일이지? 어디 연예인이라도 왔나?"

"그러게? 되게 시끄럽네?"

무언가 위화감이 느껴지는 광경에 의아해진 두 사람이 자리에서 일어서서 밖을 기웃거릴 때 즈음 성희는 등골을 타고 올라오는 소름끼치는 느낌에 자리를 박차고 일어섰다.

"당장 피해야 돼!"

어리둥절한 얼굴로 자신을 쳐다보는 두 사람의 손목을 거칠게 낚아 챈 그녀가 카페 밖으로 나선 뒤 비상출구를 찾아 주변을 두리 번 거렸다.

"아야야, 아파 성희야. 무슨 일이기에 그래? 이 손 좀 놓고 말해."

손목을 부여잡은 채 버둥거리는 두 사람의 말에 아랑곳하지 않고 주변을 두리번거리던 그녀의 눈에 비상출입구 표시가 들어왔다. 붙잡힌 손목을 풀기위해 안간힘을 쓰는 두 친구를 돌아본 그녀가 심각한 얼굴로 말했다.

"쉿! 지금부터 내말 잘 들어. 저기 출입구 보이지? 무조건 저리로 뛰는 거야. 자세한 얘기는 가서 설명해 줄게 알았지? 나 믿지?"

"으…… 으응. 당연히 믿지, 근데 대체 무슨 일이기에 그렇게 무서운 얼굴을 하고 그래?"

"이…… 일단 얘 말대로 하자. 무슨 이유가 있겠지."

무거운 얼굴로 두 사람을 쳐다본 그녀가 앞장서서 비상

출입구를 향해 달렸다. 달려가는 그들을 향해 사나운 비명들과 무언가 부서지는 것 같은 소음들이 점점 가까이 다가오고 있었다.

"헉!"

찢어지는 비명에 무심코 뒤를 돌아본 윤희가 헛바람을 집어삼켰다.

"응? 왜 그래 윤희야? 으……으악!"

달리다 말고 멈춰선 그녀를 향해 돌아선 혜미가 다리가 풀려 그 자리에 주저앉았다. 세 사람과 그리 멀리 떨어져 있지 않은 곳에서 처참한 광경이 펼쳐지고 있었다.

천장에 닿을 정도로 커다란 덩치를 가진 괴물이 한 여성을 들어 올려 그대로 머리부터 씹어 삼키고 있었다.

그 주변에는 여기 저기 찢겨져 나간 사람들의 육편들과 흘러내린 핏물들로 가득했다.

패닉에 빠져 덜덜 떨고 있는 두 사람과 괴물의 모습을 번갈아 쳐다보던 성희가 이를 악물고 친구들의 손을 끌어당기기 시작했다.

그녀의 다리 또한 연신 후들거리고 있었지만 정신과 치료 덕분인지 몰라도 정신을 차리지 못하고 있는 나머지 두 친구들 보다는 상태가 그나마 멀쩡했다.

어디서 그런 힘이 났는지 두 친구의 팔을 잡아끌어 출구에 거의 다다른 그녀의 눈에 괴물의 근처에서 주저앉아 울고 있는 어린아이의 모습이 들어왔다.

"우아아아앙, 엄마~ 우아앙~"

입 밖으로 붉은 색 하이힐이 신겨진 발목만 남겨둔 채 게걸스럽게 침을 흘려대고 있는 괴물의 다음 사냥감이 누가 될지 굳이 생각해볼 필요도 없는 상황이었다.

'내가 미쳤지, 미쳤어.'

두 친구를 놔둔 채 괴물을 향해 달려가는 성희가 속으로 연신 중얼거렸다.

"서…… 성희야?"

자신들의 앞으로 달려 나가는 친구의 뒷모습에 비로소 정신을 차린 혜미가 멍한 얼굴로 그녀의 이름을 불렀다.

어디서 그런 용기가 났는지 단숨에 아이가 있는 곳까지 달려간 그녀가 울고 있는 아이를 안아들고 친구들이 있는 곳으로 달리기 시작했다.

"꺄악! 성희야 빨리!"

"어…… 어서!"

비상 출입구의 철문을 붙잡고 고개를 내민 채로 두 친구가 애타게 그녀의 이름을 불러댔다.

품에 안겨 있던 아이가 뒤를 돌아보더니 경기를 일으키며 비명을 질렀다.

"으아아아악! 으아아악!"

버둥대는 아이를 안고 달리는 건 건장한 남자라도 쉽지

않은 일이기에 절박한 표정과 달리 그녀의 발길은 점점 둔해졌다. 손에서는 점점 힘이 풀려 아이를 놓칠 것만 같았다.

"후아~ 후아~ 조금만 더."

거친 숨을 내쉬며 도달한 출입구에서 친구들의 손에 아이를 넘겨주고 안도의 한숨을 내쉰 순간 뒤에서 뜨거운 숨결과 함께 역한 냄새가 훅 하고 밀려들어왔다.

"어?"

자신의 의지와 상관없이 몸이 뒤로 훅하고 밀려나갔다. 놀란 눈으로 자신을 쳐다보고 있는 두 친구와 그 품에 안겨있는 아이의 모습이 점점 멀어졌다.

"크르르르르!"

소름끼치는 괴물의 울음소리에 정신이 번쩍 들었다. 차분하게 자신이 처한 상황을 살펴보니 피 비린내가 가득한 괴물의 등에 거꾸로 업혀 있었다.

'결국 이렇게 죽는 건가?'

주변의 풍경이 빠르게 스쳐 지나갔다. 당장은 먹을 생각이 없는 건지 괴물은 그녀를 들쳐 메고 빠른 속도로 달리고 있었다.

거꾸로 매달린 채 한참을 달리다 보니 피가 머리로 쏠려 구토와 함께 어지러움이 밀려왔다. 괴물의 등에대고 한참을 토하고 나니 머리가 조금은 맑아지는 것 같았다.

"거기 서라 이 못생긴 자식아!"

어디선가 들려온 외침에 그녀의 눈이 번쩍 뜨였다.

'누구지?'

고민할 것도 없이 숨을 크게 들이켠 뒤 큰 소리로 외쳤다.

"꺄아아아! 살려주세요~!"

"그거야 당연하지~! 어라?"

"크르르!"

자신을 막아선 남자를 달리던 속도 그대로 뛰어넘은 괴물이 뒤도 안돌아보고 달렸다. 그 짧은 순간 멍하니 위를 올려다보는 낯익은 남자의 얼굴이 스쳐지나갔다. 오늘도 검색화면에서 살펴봤던 가드의 요원 김철환이었다.

"야! 이 변종 새끼야! 세상에 싸움을 피하는 놈도 다 있네! 너 거기 안서냐?! 앙?"

서둘러 뒤를 따라오는 그가 어이없다는 얼굴로 고래고래 소리를 질렀다. 거대한 괴물의 뒤를 따라 처지지 않고 뒤따라오던 그가 누군가에게 소리쳤다.

"애송이! 막아!"

그리고 동시에 온 몸을 타고 강한 충격이 전해졌다. 흐릿해져가는 의식의 끝자락에 자신을 향해 손을 뻗고 있는 김철환의 모습이 보였다. 스르르 눈을 감는 그녀의 입에 가는 미소가 걸렸다.

눈을 뜬 그녀는 흐린 초점을 다잡기 위해 눈에 힘을 줬다. 곁에 서있던 구급대원이 정신을 차린 그녀에게 이것저것 질문하며 그녀의 몸을 살폈다.

"약기운 때문에 조금 몽롱할 거예요. 정밀 검사를 해봐야 알겠지만 지금으로서는 다행히 크게 다친 곳은 없는 것 같네요."

"아……네."

"훗, 그런 일에 휘말린 사람치고는 의외로 침착하네요?"

가볍게 미소 지으며 말을 건네는 구급대원을 가만히 쳐다본 그녀가 들리지 않을 정도로 작게 중얼거렸다.

"벌써 두 번째거든요."

잠시 자리를 비웠던 구급대원이 가드 요원과 함께 돌아왔다. 그녀에게는 몹시 익숙한 얼굴 김철환이었다.

"안녕하세요. 가드 요원 김철환이라고 합니다. 잠시 대화 좀 할 수 있을까요?"

자신을 몰라보는 그의 모습에 조금 실망스러웠지만 기억하는 게 오히려 이상한 일이라는 생각에 대답을 기다리는 그를 향해 천천히 입을 열었다.

"아…… 네. 구해주셔서 감사합니다. 김성희라고 해요. 한양예고 3학년입니다."

"별말씀을요. 당연한 의무일 뿐입니다. 그것보다 놈들이 무슨 이유로 김성희양을 노렸다고 생각하십니까?"

그의 물음에 지난번에 꾸었던 꿈부터 지하철의 사건까지 여러 일들이 떠올랐지만 그녀의 입에서 나온 대답은 생각과 달랐다.

"그건 저도 잘……."

"흐음…… 그래요. 어쩌면 모르는 게 당연할 지도…… 몸에 큰 이상은 없다고 하니까 잠시 협조 좀 해주셔야겠습니다."

이대로 넘어갈 줄 알았던 그녀가 의아한 얼굴로 물었다.

"네? 협조요?"

잠시 그녀를 내려다보던 그가 뒤에서 기다리던 가드의 요원에게 고개를 끄떡이자 그녀에게 가까이 다가온 그가 능숙한 솜씨로 수액이 연결되어 있는 부위에 무언가를 주사했다.

몽롱해져가는 의식 속에서 작게 중얼거리는 그의 목소리가 들려왔다.

"금방 끝날 겁니다. 아마도요……."

그 말을 끝으로 그녀의 의식이 수면 밑으로 깊숙하게 가라앉았다.

· ⁂ ·

삐이~ 삐이~

제일먼저 규칙적으로 들려오는 기계음이 들려왔다. 뿌

옇게 보이던 세상이 정상으로 돌아오는데 조금 시간이 걸렸다.

눈을 굴려 주변을 둘러보니 제법 넓은 공간에 각종 의료기구들이 잔뜩 들어차 있었다. 약기운 때문인지는 몰라도 몸에 힘이 들어가지 않았다. 억지로 몸을 일으키려는 그녀의 눈에 침대 밑에 엎드려 있는 누군가의 모습이 보였다.

자신이 움직이는 소리에 깬 건지 이내 그가 몸을 일으켜 자신을 바라봤다.

'아!'

그 사람이 틀림없었다. 지난 번 지하철에서 자신을 대신해서 괴물에게 달려들었던 사람. 소식을 알기 위해 백방으로 수소문 해보았지만 그 생사여부를 알 수 없었던 사람. 그가 어쩔 줄 몰라 하는 얼굴로 자신을 내려다보고 있었다.

"괜찮으세요?"

그녀의 입에서 제일먼저 흘러나온 말에 남자가 당황한 얼굴로 대답했다.

"에? 저…… 저기 그게 무슨?"

백유건은 자신이 하려던 말을 먼저 해버린 여학생의 투명한 눈을 바라보며 뒷머리를 긁적였다.

• ⁂ •

그런 두 사람의 모습을 모니터로 지켜보고 있던 레나가 곁에 서있는 김철환에게 말했다.

"참 묘한 인연이네요?"

"그보다 그 녀석들이 무슨 이유로 저 아이를 노린 거지?"

"그건 아직 몰라요. 게다가 최종 검사 결과를 보니 적응자가 아닌 걸로 판명됐어요. 김대건 박사님의 의견으로는 정신계 능력자일 수 있다고 좀 더 정밀하게 검사해보자고 하시더군요."

"능력자라…… 최근에 새롭게 나타난 능력자가 누구였지?"

"7년 전에 미국에서 각성한 케이슨양이 마지막이였죠."

"한국에서는?"

그의 물음에 잠시 머뭇거리던 레나가 대답했다.

"그…… 그 날 각성한 김지훈 대원이 마지막이에요."

그녀의 말에 잠시 멈칫했던 철환이 이내 신색을 회복하고 아무렇지 않다는 듯 말을 이었다.

"흐음…… 상부에서 당분간 능력자가 나타날 일은 없을 거라 하지 않았었나?"

"저를 비롯한 연구원들의 의견도 마찬가지에요. 다양한

요인들을 종합해본 결과 더 이상 능력자가 나타날 일은 없을 거라고 결론 내렸었죠."

"그런데 뜬금없이 능력자가 나타났다? 게다가 그 능력자를 변종 녀석들이 노리고 있었고? 흐음~ 뭔가 냄새가 나는 걸?"

"상부에서는 지난 번 지하철 사건도 그녀를 노린 몬스터의 짓이라고 보고 있어요. 백유건씨는…… 우연히 그 자리에 있다가 적응자로 각성한 거죠."

레나의 말에 가볍게 웃음을 터트린 김철환이 그녀의 어깨를 손으로 짚으며 말했다.

"세상에 우연은 없는 거야. 다만 그 원인을 밝혀내지 못할 뿐 인거지. 그럼 계속 수고하라고."

가볍게 손을 흔들며 밖으로 나가는 그의 뒷모습을 레나가 알 수 없는 얼굴로 물끄러미 바라보았다.

#4. 각성(覺醒) I

NEO MODERN FANTASY STORY

적응자

#4. 각성(覺醒) I

씩씩거리며 지부장 실로 쳐들어간 김철환은 여느 때와 같이 차를 홀짝거리고 있는 박태민의 책상을 강하게 내리쳤다.

콰아앙!

"도대체! 내가 왜 저 애송이들이 데리고 살아야 하는 건데? 엉? 수틀리면 그냥 확 때려 친다?"

"진정하고 앉아서 얘기하자. 이 책상 이래 뵈도 꽤 비싼 거다?"

으르렁 거리는 김철환을 향해 가볍게 손을 내저은 그가 가운데 있는 소파에 깊이 몸을 묻었다. 옆에 앉아 인상을 찌푸리고 있는 김철환을 향해 차를 한 모금 들이킨 그가 입을 열었다.

"그 여학생, S급이다."

"뭐?!"

"그래 나도 믿어지지 않는 다는 거 잘 안다. 하지만 이건 우리 지부만의 의견이 아니야. 본부에서 확인한 결과 같은 결론이 내려졌다. 그것도 최소 S급이란다."

"끄응~"

"그 소녀가 바로 대한민국에서 세 번째로 등장한 S급이라는 거지. 이제 사태가 좀 파악이 되냐?"

"그래서 나보고 같이 지내라고?"

"그럼 지환형님도 없는데 너 말고 누가 나서리? 아니면 여기에서 관리하랴? 그러다가 호주에서처럼 하루아침에 지부 날려버리려고? 아서라 내가 지부장으로 있는 이상 그 꼴은 못 본다."

"걔는 그렇다 치고, 그 애송이는 뭔데?"

"아무리 그래도 짐승 같은 너랑 꽃다운 소녀를 단 둘이 한집에 있게 둘 수는 없잖아."

"흥! 그럼 짐승 둘은 괜찮고?"

"걱정 마라, 그래서 하루나양께 특별히 부탁했으니까."

"그녀가 자리를 비워도 되냐?"

"탁월한 능력을 가진 그녀가 없으면 내가 조금 불편해지기는 하겠지만…… 그 정도야 마음 넓은 내가 이해하고 감수해야지."

도저히 피할 구멍이 없다는 사실을 깨달은 김철환이 깊은 한숨을 내쉬며 물었다.

"언제부터?"

그런 그를 향해 박태민이 별일 아니라는 듯 가볍게 대답했다.

"오늘부터."

· ⁂ ·

지부에서 특별히 마련해준 2층짜리 단독 주택.

겉으로 보기에는 다른 집들과 별다른 게 없는 평범한 집이었지만 각종 마법진들로 도배가 된 안전가옥이었다. 게다가 지부와 거리상으로 엎어지면 코가 닿을 정도로 가까워서 무슨 일이 생기더라도 금방 지원을 받을 수 있는 곳이었다.

남다른 심미안을 가진 지부장의 배려로 꾸며진 아늑한 거실에는 그 분위기와 달리 어색한 얼굴을 한 세 사람이 푹신한 소파에 불편한 자세로 마주 앉아있었다.

인상을 쓴 채 분위기를 잡고 있는 김철환의 눈치를 보느라 나머지 두 사람은 어쩔 줄 모른 채 눈만 데굴데굴 굴리고 있었다.

"어머? 철환씨는 언제까지 그렇게 무게만 잡고 있을 생각이세요? 어차피 한 가족이 됐는데 그러면 안 되죠!"

주방에서 솜씨를 발휘해 만든 체리 파이를 들고 나온 하루나가 김이 모락모락 나는 파이를 테이블에 내려놓으며 나머지 두 사람을 향해 눈을 찡끗 거렸다.

"자! 가족이 된 기념으로 제가 드리는 선물이예요. 하루나표 특제 파이랍니다~압!"

별다른 반응이 없는 김철환의 눈치를 보는 두 사람에게 하루나가 먹기 좋게 잘라낸 파이를 포크에 찍어서 건넸다.

얼떨결에 이를 받아든 두 사람이 무심코 한입 베어 물었다. 입 안 가득 맴도는 달콤한 체리향에 놀란 두 사람이 동시에 휘둥그레진 눈으로 그녀를 쳐다보았다.

"후훗~! 어때요? 맛있죠? 거기 무게만 잡고 앉아있는 분도 좀 드셔보시죠? 지내는 내내 편하게 지내고 싶.다.면."

한 글자씩 끊어 말하는 그녀의 기세에 움찔한 철환이 그녀가 건네는 파이조각을 못이기는 척 받아들었다. 한입 베어 문 그가 두 사람과 마찬가지로 놀란 얼굴을 한 채 하루나를 쳐다보았다.

"후후훗, 앞으로 말 잘 들으면 매일 먹게 해줄 수도 있답니다~아!"

그런 그녀의 말에 무심코 고개를 끄덕이는 세 사람이었다. 네 사람이 함께 살기로 한 첫날, 하루나는 체리 파이 하나로 단숨에 주도권을 거머쥐었다.

넉넉하게 구운 파이가 동이 날 무렵 하루나가 향긋한 레

몬차를 내왔다. 입안 가득한 단 맛을 천천히 씻어 내주는 레몬차를 한 모금 머금은 철환의 눈빛이 부드럽게 풀렸다.

"자~! 이제 즐거운 식사 시간도 가졌으니 각자 자기소개를 해볼까요?"

자기소개를 하자는 하루나의 말에 철환의 얼굴이 잠시 굳어지기는 했지만 그 외에 별다른 말은 없었다. 그런 그의 모습에 가볍게 웃음지은 하루나가 자신에 대해 말하기 시작했다.

"반가워요, 저는 하루나라고 해요, 가드 한국 지부에 온 지는 3년쯤 됐네요. 얼마 전까지 지부장의 비서 역할을 담당하다가 이곳에서 함께 지내게 됐어요. 잘 부탁합니다~아. 후훗, 참고로 제 능력은 멀티태스킹(Multitasking)이예요. 그 이상은 비~밀~♡"

손가락을 입에 가져다 대고 눈을 찡긋 거리는 그녀의 모습에 얼굴이 붉어진 백유건은 소개를 마친 그녀의 시선이 자신을 향하자 어색함에 헛기침을 몇 번 한 뒤 입을 열었다.

"백유건이라고 합니다. 적응자라고 하는데 그게 정확하게 어떤 건지는 아직 잘 모르고요, 계기가 된 몬스터가 트롤이라서 그런지 몰라도 일단 밝혀진 능력은 회복이라고 합니다. 이번에 정식으로 가드 요원이 되었습니다. 잘 부탁드립니다."

"본부에서도 유건씨에게 거는 기대가 무척 크죠. 후훗 잘 부탁드려요 유건씨."

"아~ 네. 감사합니다."

그녀의 시선이 유건의 옆에 앉아있는 성희에게 향하자 잠시 숨을 고르던 그녀가 고개를 들고 말했다.

"안녕하세요, 한양예고 3학년에 재학 중인 김성희라고 합니다. 당분간은 여기서 지내야 한다는 말에 따라오긴 했지만 왜 그래야 하는지는 잘 모르겠네요. 혹시 알려주실 수 있나요?"

그녀의 야무진 시선에 가볍게 미소 지은 하루나가 철환을 바라보며 말했다.

"그건 철환씨께서 설명해 주실 거예요. 그렇죠? 철환씨?"

그녀의 말에 모두의 시선이 자신을 향하자 마시고 있던 찻잔을 내려놓은 철환이 천천히 입을 열었다.

"큼큼…… 반갑다. 나는 김철환이라고 한다. 우리가 이곳에 함께 모여 살게 된 이유는……."

하던 말을 멈추고 사람들을 천천히 둘러보던 그의 시선이 김성희에게 멈췄다. 잠시 그녀를 쳐다보던 그가 계속해서 말을 이었다.

"바로 너를 보호하기 위해서다."

• ⁂ •

자신에게 배정된 이층의 방으로 들어와 침대에 던지듯 몸을 누인 성희가 푹신한 베개에 얼굴을 파묻은 채 조금 전 나누었던 대화를 떠올렸다.

"그…… 그게 무슨 말이죠?"

"이번이 처음이 아니었지? 몬스터의 습격을 받은 게."

"그걸 어떻게?"

"그 정도야 조사해보면 금방 알 수 있는 사실이고 그 보다 그 녀석들이 너를 노리는 분명한 이유가 있다는 게 더 중요하지."

"왜…… 왜죠?"

"너를 통해 힘을 회복하길 원하는 녀석이 있거든."

"그게 무슨?"

"거기까지는 알 것 없고…… 아무튼 그래서 너를 보호하기 위해 내가 24시간 너와 함께 있어야 할 필요가 있었고, 여자인 네가 불편하지 않도록 저 애송이랑 하루나양이 같이 머물게 된 거다."

그의 단호한 말에 아랫입술을 깨문 채 고민하던 그녀가 목소리를 높였다.

"할머니는요? 제가 없어진 걸 아시면 무척 걱정하실 텐데요."

"그건 걱정하지 마라. 우리 측에서 파견된 요원이 알아듣기 쉽게 상황을 설명해드리고 암중에서 보호할 테니까."

"보호요? 하…… 할머니가 위험할 수도 있단 말인가요?"

"그럴 일은 없겠지만 만에 하나있을지도 모르는 위험을 미연에 방지하기 위한 조치니까 너무 걱정하지 않아도 된다. 이건 가드에 소속된 중요 인물들의 가족들에게 기본적으로 제공되는 서비스니까 너무 그렇게 호들갑 떨지 말라고."

그의 말에 기세가 한풀 꺾인 그녀가 조심스럽게 말을 이었다.

"그…… 그럼 언제쯤이나 만날 수 있는 거죠?"

"조만간 보러갈 수 있을 거다. 여기가 무슨 감옥도 아니고…… 쯧."

자신을 구해준걸로도 모자라서 잘을 모르겠지만 무언가 알 수 없는 위험으로부터 보호해 주기위해 노력하고 있는 당사자에게 자신이 너무 한건가 싶은 마음이 든 그녀가 그를 향해 고개를 푹 숙이며 사과했다.

"죄…… 죄송합니다. 그리고…… 구해주신 것과 보호해주시는 것에 대해 감사드려요."

"흠흠…… 뭐 감사씩이나……."

진심어린 그녀의 감사에 철환이 어색한 얼굴로 헛기침을 하며 고개를 모로 돌렸다.

그런 두 사람의 대화를 말없이 지켜보던 하루나가 손뼉

을 치며 주위를 환기시킨 뒤 말했다.

"자! 그럼 첫날이라 다들 피곤할 텐데 그만 들어가서 쉬도록 하죠?"

말을 마치며 성희를 향해 하루나가 한쪽 눈을 찡긋 거렸다. 자신을 위한 배려라는 사실을 눈치 챈 그녀가 가볍게 고개를 숙여 감사를 표한 뒤 자신의 방으로 향했다.

조금 전의 대화를 회상하던 성희는 무언가 설명할 수 없는 부끄러움에 엎어진 채로 발을 동동 굴렀다. 한참을 그러던 그녀가 몸을 돌려 얼굴을 덮고 있던 이불을 내리고 천장을 바라보았다. 자연스럽게 그녀의 입에서 깊은 한숨이 흘러나왔다.

"하아……."

"하아……."

같은 시각 1층에 위치한 자기 방으로 자리를 옮긴 백유건이 제법 잘 꾸며진 방안을 둘러보며 책상에 걸터앉아 한숨을 쉬었다.

"역마살이 꼈나? 무슨 거처가 이렇게 자주 바뀌냐."

인생의 거의 대부분을 한 곳에서 보내왔던 그로서는 최근에 급변하는 환경에 적응하는 일이 무척이나 낯설고 어려웠다. 가족이라는 개념 자체가 평범한 일반인들과 달랐기에 이렇게 한 지붕 밑에서 작은 인원이 모여 사는 일이 어려울 수밖에 없었다. 보아하니 당분간 이곳에서 살아야

할 것 같은데 앞으로 지낼 나날들이 결코 쉬워보이지는 않았다.

'앞으로 어쩐다…….'

상념을 이어가던 그의 귓가에 문으로 다가오는 발자국 소리가 들려왔다.

쿵쿵쿵

'응? 누구지?'

노크라기엔 과한 울림에 문을 열자 밖에 서있던 김철환이 그를 향해 손가락을 까딱거렸다.

"따라와라. 애송이."

"……."

그를 따라 저택의 지하로 내려가자 지부만큼은 아니지만 제법 넓은 연무장이 모습을 드러냈다.

"여긴?"

"앞으로 너를 쓸 만한 애송이로 변신시켜줄 마법의 장소랄까?"

"후후훗, 마법가지고 되겠어요? 철환씨?"

탈의실에서 옷을 갈아입고 나온 하루나가 가볍게 스트레칭을 하며 두 사람을 향해 다가왔다. 대부분의 사람들이 기피한다는 그 전설(?)적인 가드 전용 방어복이었다. 온몸에 달라붙은 옷 덕분에 그녀의 군살 하나 없이 매끄러운 몸매가 여실히 드러났다.

탱탱한 둔부와 잘록한 허리로 이어지던 라인은 겉보기와 달리 무척이나 풍성한 가슴에서 절정을 이루었다.

꿀꺽.

눈이 휘둥그레진 유건이 더듬거리며 그녀의 이름을 불렀다.

"하…… 하루나씨?"

그런 그를 향해 가볍게 윙크를 날린 하루나가 말했다.

"앞으로 하루에 두 번씩 저와 철환씨가 번갈아가며 유건씨의 훈련을 도울 거예요."

그녀의 말에 유건이 철환을 돌아보자 그가 어깨를 으쓱거리며 말했다.

"맨손 격투에 관한한 그녀가 나보다 더 낫다."

그의 말에 유건이 놀란 얼굴로 그녀를 돌아보자 그를 향해 다시 한 번 윙크를 날린 그녀가 연무장 중앙으로 천천히 걸어갔다.

철환의 손짓에 유건이 어정쩡한 자세로 그녀를 따라 중앙으로 자리를 옮겼다. 가볍게 진각을 밟으며 자세를 취한 하루나가 그를 향해 가볍게 손짓했다.

"오세요!"

지금까지 그녀가 보여주었던 모습과 다른 호쾌한 외침이었다. 평범하던 그녀의 기도가 일변해 날카롭게 벼린 검을 마주보는 것 같은 서늘함을 전해주었다.

사람들이 갖게 되는 선입견이란 무척이나 무서워서 그럼에도 불구하고 여전히 유건은 어쩔 줄 몰라 그 자리에 우두커니 서있기만 했다. 그런 그의 모습에 가볍게 한숨을 내 쉰 하루나가 먼저 그를 향해 천천히 다가왔다.

'어?!'

가까이 다가와 가만히 내미는 그녀의 손이 유건의 몸에 닿자 순식간에 그의 몸이 공중에 붕 뜬 채로 한 바퀴 휘도는가 싶더니 바닥에 그대로 처박혔다. 숨 막히는 충격에 유건의 눈앞에서 별이 번쩍였다.

"크헉!"

가슴이 부서지는 것 같은 괴로움에 바닥에서 꿈틀대고 있는 그의 귓가에 철환의 말이 들려왔다.

"쯧쯧쯧, 하루나 그녀는 일본에서도 수위에 꼽히는 실력자다. 죽을힘을 다해 덤벼도 모자랄 판에 멍청하게 굴다니."

"쿨럭 쿨럭~ 커헉! 헉헉헉헉."

밭은기침을 내뱉으며 몸을 일으킨 백유건의 눈빛이 조금 전과 달리 사납게 변했다.

"다…… 다시 갑니다."

"후훗, 얼마든지요."

쿠웅! 쇄애액!

얼마 전에 만난 적이 있었던 진무도 38대 계승자 권승혁의 그것과 꼭 닮은 발 구름에 이어 쾌속한 정권이 그녀의

가슴어림을 향해 쇄도했다.

그의 몸짓의 정체를 한 번에 알아 챈 하루나가 이채를 띠며 몸을 틀어 이를 가볍게 흘려보냈다. 감탄이 절로 나올 만큼 유연한 몸놀림 이었다. 발은 고정한 채 상체만 움직여 그의 공격을 피해내는 그녀의 움직임은 마치 바람에 휘날리는 버들가지 같았다.

툭.

조금 전과 같은 가벼운 손놀림이 유건의 팔에 와 닿았다. 그러나 그 결과는 사뭇 달랐다.

우당탕탕! 빠각!

공중에 붕 뜬 채로 조금 전과는 비교도 되지 않을 만큼 맹렬하게 휘돌던 유건의 몸이 머리부터 바닥에 처박혔다. 그런 그의 목에서 요란한 소리가 울려 퍼졌다. 즉사. 그녀의 오랜 경험이 상대의 죽음을 알려왔다. 놀란 눈으로 철환을 바라보는 하루나를 향해 그가 고개를 저으며 말했다.

"걱정하지 말고 더 몰아쳐. 사람이 아니라 트롤 한 마리를 상대한다고 생각하라고."

아니나 다를까 그의 말이 끝나기 무섭게 꺾인 목이 제자리를 찾은 유건의 입에서 피 섞인 기침이 터져 나왔다.

"컥컥~ 커허헉! 후아~ 후아~ 우아 죽는 줄 알았네."

목이 부러지는 둔탁한 울림이 아직도 귓가에 선명했다. 손을 들어 얼얼한 목 부위를 어루만지니 약간 뻐근하기만 할 뿐 평소와 다름없는 느낌이 전해졌다.

"회복 능력을 지닌 적응자라더니…… 과연 대단하네요. 그럼 저도 안심하고 전력으로 가겠습니다."

왠지 모르게 즐거워 보이는 하루나의 모습에 백유건의 등줄기를 타고 소름이 끼쳤다.

퍼억!

그녀의 하단 차기가 무릎을 수직으로 찍어 내렸다.

빠각!

"큭!"

뼈가 부러지는 것 같은 소리와 함께 백유건의 무릎이 바닥에 닿았다.

"흐응~ 딱 좋은 높이네요."

"자…… 잠까…… 커흑~!"

다급해진 백유건이 뭐라 말을 하기도 전에 그의 턱이 모로 돌아갔다. 쓰러지려는 그의 반대편으로 돌아간 하루나가 흐트러진 호흡을 모으며 강렬한 정권을 내질렀다.

"……!"

비명도 나오지 않을 만큼 강한 통증이 하복부에서부터 시작해 전신으로 퍼져나갔다. 결국 그 고통을 마지막으로 끝까지 붙잡고 있던 정신의 끈을 놓고 말았다.

게거품을 문채 바닥에 아무렇게나 구겨져있는 백유건을 바라보며 하루나가 가뿐한 얼굴로 땀을 닦았다.

"후아~! 오랜만에 몸을 풀었더니 기분이 날아갈 것 같은데요?"

"마지막 기술, 그거 아수라(阿修羅) 아닌가?"

"헤에~ 너무 흥이 나서 저도 모르게 그만……."

혀를 살짝 빼물며 웃는 그녀를 향해 김철환이 무표정한 얼굴로 물었다.

"뭐…… 별 상관없으려나? 그건 그렇고 어때?"

무척이나 단순하면서도 포괄적인 질문이었지만 말속에 담긴 그의 의도를 금방 알아 챈 그녀가 말했다.

"처음부터 끝까지 손에 닿는 기분은…… 뭐랄까? 두터운 타이어를 맨손으로 두드리는 느낌이랄까? 뭐 그랬어요. 반발력이 제법 세더라고요. 그중에서도 침투경의 경력을 내부에서부터 자연스럽게 해소하는 게 가장 놀랍더군요. 헌데 유건씨가 어떻게 그분의 발경을 흉내 낼 수 있는 거죠?"

새삼 놀랍다는 얼굴로 물어오는 그녀를 향해 김철환이 말했다.

"무신(武神) 말인가?"

"네, 어딘지 모르게 어색한 것이 비록 오의를 완전히 터득한 것 같아 보이진 않았지만 그 정도 수준이라면 하루아침에 얻을 수 있는 게 아닐 텐데요. 유건씨는 적응자가 되기 전까지만해도 평범한 대학원생이 아니었던가요?"

"흠…… 어차피 함께 생활하다보면 알게 될 테니까 말해줘도 되겠지. 그는 적응자다. 여기까지는 알고 있는 사실이지?"

그의 물음에 하루나가 고개를 끄덕였다.

"적응자에 관한 사항은 모두 기밀에 붙여지지만 일반적으로 공유되는 사실이 하나 있지. 그것은 적응자라고 불리는 그들이 어떠한 사건을 계기로 각성하게 되는 순간부터 일정한 방향으로 진화를 하게 된다는 것이다."

잠시 말을 멈춘 그가 편안한 얼굴로 바닥에 누워있는 백유건을 잠시 바라본 뒤 말을 이었다.

"보아하니 애송이 같은 경우는 무(武)를 선택한 것 같군."

"그런 말도 안 되는…… 그럼 이 모든 게 적응자가 되고 난 이후 그 짧은 기간 만에 터득한 것들이란 말인가요?"

"음……."

"그래서 각국에 있는 적응자들이 하나같이 대단한 활약들을 하고 있는 거로군요. 하긴…… 그러고 보니 그 비정상적인 성장속도를 보고 다들 이상하다고 생각하긴 했었죠."

"레나 말에 의하면 현재까지 밝혀진 바로는 몬스터의 유전자와 인간의 유전자가 특정한 조건하에서 상호 결합되어 나타나는 특질이라고 하더군. 그 밖에 다른 말들은 들어도 이해가 안 되는 것들이라……."

"흐음 그렇다면 우리는 지금 미래의 무신을 보고 있는

셈이네요?"

"중간에 죽지만 않는 다면야…… 아마 그럴지도 모르지."

"호오~! 그렇다면 더욱 혹독하게 몰아 붙여야겠는 걸요?"

눈을 반짝이며 어깨를 휘돌리는 그녀를 바라보며 철환이 말했다.

"어째 기뻐 보이는군?"

"당연하죠! 후훗, 가뜩이나 요즘 아이들이 약해 빠져서 후계자 구하기도 힘들었는데 잘됐네요. 아예 이참에 후계자 하나 키우는 셈 치죠 뭐 호호호호 미래의 무신이 본가의 무(武)를 계승한다면 그보다 더 좋은 게 어디 있겠어요?"

무언가 기이한 열망이 가득한 그녀의 말에 누워있던 백유건의 몸이 가늘게 떨렸다. 그는 알고 있을까? 이 가녀리고 귀여운 여인이 능력자로 각성하기 전부터 본토에서 닌자로 활동했을 당시 흑나찰이라 불리며 뭇 닌자들을 공포에 떨게 만들었던 존재라는 사실을.

기절한 유건을 들쳐 업은 철환이 계단을 올라가며 축 늘어져 있는 그를 향해 안타깝다는 듯이 말했다.

"나야 번거롭지 않아서 좋다지만, 너도 참 앞으로 고생 꽤나 하겠다. 쯧쯧."

• ⁂ •

정신을 차린 유건의 눈에 아직은 낯선 방의 천장이 들어왔다.

'얼마나 누워 있었던 거지?'

눈을 껌벅이며 잠시 생각을 정리하던 그가 그대로 튕기듯 몸을 일으켰다.

"어째 요즘은 너무 자주 기절하는 것 같네?"

평생 몇 번 하기도 힘든 경험을 요 근래 들어 너무 많이 하고 있다는 생각에 피식 웃음을 터트린 그가 여기 저기 몸을 움직여 이상한 곳은 없는지 살폈다.

"으음~ 딱히 아픈 데는 없는 것 같은데 말이지. 그렇게 두들겨 맞고도 멀쩡한 걸 보면 확실히 정상은 아니야. 크크크 인간 트롤이라고 불러야 하나? 이거 이러다가 쥐도 새도 모르게 어딘가로 잡혀가서 해부 당하는 거 아닌가 모르겠네."

지금도 욱신거리는 것 같은 착각이 그녀에게 마지막으로 맞은 복부에서 느껴졌다. 유건이 지금은 멀쩡해진 배를 쓰다듬으며 쓰게 웃었다.

"저번과는 조금 다르지만…… 역시나 짜릿했지."

하루나와의 대결 장면을 회상하던 그는 왠지 모르게 그녀가 했던 동작들을 자신도 할 수 있을 것 같은 기분이 들

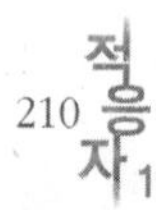

었다.

"분명 이렇게 했었던 것 같은데? 흐음~ 이거였나?"

그녀의 동작을 무심코 따라하던 그의 주먹이 애꿎은 벽을 때렸다. 그와 동시에 전신에 있던 모든 기운이 일순간에 벽에 닿은 주먹을 통해 분출되는 짜릿한 기분이 들었다.

터어엉!

엄청난 소리와 함께 집안 전체가 흔들리고 그의 주먹이 맞닿은 벽에는 거미줄처럼 거대한 금이 갔다.

"어…… 어라?"

"뭐야!"

문이 박살날 정도로 강하게 박차고 들어온 철환이 자신이 저지른 광경에 놀라 어쩔 줄 모른 채 서있는 유건의 모습을 바라보며 끌어올렸던 기세를 천천히 갈무리했다.

가볍게 혀를 찬 그가 사고치고 난 뒤 처벌을 기다리는 아이처럼 두 손을 공손히 모은 채 서있는 유건의 어깨를 가볍게 두드렸다.

"쯧~ 다음부터는 지하에 내려가서 해라. 알겠냐?"

"네~넵! 죄…… 죄송합니다."

"됐다. 보아하니 멀쩡한 것 같은데 몸이나 풀 겸 같이 내려가자."

"……."

그를 따라 문 밖으로 나서니 놀란 얼굴을 한 채 서있는 성희와 무언가 즐거운 듯 묘한 표정으로 자신을 바라보는 하루나의 모습이 보였다.

"아…… 저기 그게……."

뭔가 변명이라도 하려고 뒷머리를 긁적이며 주저하는 그를 향해 하루나가 환하게 웃으며 말했다.

"어때요? 꽤 짜릿했죠?"

"에? 그게 무슨?"

"아수라(阿修羅)라고 해요. 유건씨가 방금 쓴 기술이요. 한번 보고 바로 실전에 써먹다니 정말 보고도 믿겨지지가 않네요 후훗, 다음에는 더 짜릿한 기술들도 맛보게 해줄게요! 기대하세요~오."

어딘지 모르게 무척 신나 보이는 그녀에게 어색하게 인사를 한 유건이 그녀의 뒤쪽에 서있는 성희에게 눈인사를 하고는 철환을 따라 밑으로 내려갔다.

"남자들이란…… 후훗, 자! 성희씨 그럼 우리도 차가 식기 전에 마저 마시러 갈까요? 그 첫 사랑 얘기도 좀 더 듣고 말이죠."

"아…… 그건 그러니까……."

"에이~ 뭘 그렇게 부끄러워하고 그래요? 우리 사이에."

만난 지 하루도 안 된 사이라고 말하고 싶은 걸 꾹 참은 성희가 조용히 그녀를 따라 방으로 들어갔다.

대련장으로 내려가자 철환이 회색빛 짧은 몽둥이를 유건을 향해 집어 던졌다.

"이건?"

"왜? 진검이라 위험할 것 같아서?"

고개를 끄덕이는 그를 향해 철환이 비웃듯이 말했다.

"아서라. 네 실력으로 내 옷깃 하나라도 건드릴 수 있을 것 같으냐? 그리고 네 능력이 회복이잖아. 모르긴 몰라도 팔다리 하나쯤은 잘려나가도 곧바로 재생할 수 있을 걸?"

"히끅!"

마지막 말을 하며 비릿하게 웃는 그의 얼굴에서 짙은 살기가 물씬 풍겨 나왔다.

'지…… 진짜다.'

그는 철환의 말에서 대련 중 자신의 팔 다리 하나쯤은 언제든지 잘라버릴 거라는 확신을 가질 수 있었다.

억지로 숨을 참아가며 터져 나온 딸꾹질을 가라앉히기 위해 애쓰고 있는 그에게 철환이 가볍게 손짓했다.

"그럼 어디 덤벼봐라 애송이!"

본격적으로 자세를 취한 철환에게서 묵직한 기세가 피어올라 사위를 짓눌렀다. 그런 그의 기세에 닿은 유건의 몸이 그의 생각보다 빨리 반응하기 시작했다. 딸꾹질이 저절로 멈추고 호흡이 차분하게 가라앉았다.

자연스럽게 검을 펼치고 자세를 취하는 그의 모습에

철환의 입에 부드러운 호선이 그려졌다.

아직 제대로 반응하지 못하는 그의 의식 보다 안에 자리 잡고 있는 본능이 한발 앞서 철환의 기세에 반응했다는 사실을 눈치 챘기 때문이었다.

크르르르.

유건의 내부에 자리 잡은 무언가가 점점 더해지는 철환의 기세에 대항하기라도 하듯이 으르렁거렸다. 결국 그 압박감을 이기지 못하고 유건이 먼저 뛰쳐나갔다.

"차압!"

빠르게 쇄도하던 그가 강한 기합과 함께 높이 든 검을 그대로 내리쳤다.

가가각!

거대한 검을 들어 이를 흘려낸 철환이 검의 손잡이로 유건의 안면을 가격했다.

"커헉! 콜록 콜록~"

얼굴을 부여잡고 뒤로 물러선 유건은 터져 나오는 코피가 흘러 넘어가 기도를 막자 괴로움에 눈물을 흘려가며 기침을 해댔다.

"한 번!"

소름끼치는 철환의 목소리가 그런 그의 귓가에 들려왔다.

서걱!

"끄아아아아!"

철환이 하단으로 향했던 검을 그대로 들어 올리며 유건의 오른 발의 허벅지 끝부분을 끊어버렸다.

엄청난 선혈과 함께 잘려나간 그의 오른 다리가 저만치 날아가 바닥에 처박혔다.

"으어어어어! 으악!"

잘려나간 부위를 부여잡고 패닉에 빠져 바닥을 나뒹구는 유건을 무심한 눈길로 쳐다보던 철환이 말했다.

"엄살 그만 떨어라 피 멎은 지 오래다."

그리고는 잘려나간 그의 발을 검으로 찍어 누워있는 유건의 다리 부분에 가져다 댔다. 다리가 잘렸다는 충격에서 벗어나지 못한 유건이 연신 비명을 질러대며 꿈틀거렸다.

"닥쳐! 정신 차리고 네 몸 상태에 집중해라!"

그의 강한 호통에 조금이나마 정신을 차린 유건이 잘려나간 허벅지를 바라보았다.

"허억! 부……붙는다?"

무슨 도마뱀도 아닌 것이 잘려나갔던 다리를 상처부위에 가져다 대자마자 마치 시간을 거꾸로 돌린 것처럼 매끄럽게 봉합되고 있었다. 상처부위에서 시작된 싸한 느낌이 이내 사지로 퍼져나갔다.

그 과정을 지켜보는 유건을 향해 철환이 냉철한 목소리로 말했다.

"너를 감염시켰던 몬스터는 통상 B급으로 구분되는 트롤이다. 지능이 떨어지고 여러 가지 임기응변에 능하지 못하다는 사실 때문에 그 등급을 받은 거지 실제적인 능력만큼은 어지간한 A급 못지않은 몬스터다. 게다가 최근 본부에서 연구를 통해 밝혀낸 놈의 회복능력은 그 이상이다."

잠시 말을 멈춘 철환이 이제는 완전하게 회복된 말라붙은 핏자국을 제외하면 언제 잘려나갔냐는 듯 멀쩡한 그의 다리를 칼로 가리키며 말을 이었다.

"그 말은 사지가 잘려나가도 머리 부분만 멀쩡하면 얼마든지 수복이 가능하다는 뜻이지. 때문에 나처럼 청염(靑炎)과 같은 마법적인 요소가 없는 일반 요원들은 놈을 상대하기가 무척이나 까다롭다. 자신이 지닌 장점을 활용할 줄 아는 것이 네가 배울 첫 번째 항목이다."

말을 마친 그가 중앙으로 자리를 옮긴 뒤 아직도 앉아있는 유건을 향해 손을 까딱 거렸다.

"다시 덤벼라 애송이."

평범한 사람에게 다리가 잘려나가는 경험은 육체적으로나 정신적으로나 무척이나 충격적인 일임에 틀림이 없었다. 얼마 전까지만 해도 평범한 인생을 살아왔던 유건도 바닥에 주저앉은 채로 한참동안 다시 붙어버린 자신의 다리를 멍하니 쳐다봐야만 했다.

그러나 몸에 맞지 않는 옷을 입고 있는 것처럼 아직 제대

로 자리 잡고 있지는 못하지만 적응자가 되면서 변화된 것은 그의 신체뿐만이 아니었다. 이를 증명하기라도 하듯 천천히 몸을 일으키는 유건이 이를 드러내며 웃고 있었다.

"크크큭. 다리가 다시 붙어버리다니…… 무슨 도마뱀도 아니고 말이지 큭큭."

한참을 웃어대던 그가 굳건한 기세를 뿜어내고 서있는 김철환을 향해 크게 외치며 달려들었다.

"그래도 더럽게 아팠다고~오!"

그대로 뛰어올라 체중을 실은 채 내려치는 그의 검을 막아낸 철환의 아미가 살짝 찌푸려졌다. 막아낸 그의 검이 조금 전보다 훨씬 묵직해졌기 때문이었다.

이를 시작으로 쉴 새 없이 몰아치기 시작한 유건의 공격을 여유롭게 받아넘기는 철환의 눈빛이 예리하게 번뜩였다. 그가 펼치는 검술은 자신의 것과, 간간히 선보이는 체술은 하루나의 것과 무척이나 닮아있었다. 분명 닮긴 했지만 그 안에 담긴 진정한 오의는 깨닫지 못한 움직임이었다.

"제법이지만, 아직 한참 부족해!"

퍼엉~!

줄 곳 검으로만 그를 상대하던 철환이 검을 휘두르는 관성에 몸을 맡긴 채 빠르게 한 바퀴 돌아 강렬한 뒤차기를 날렸다. 그의 발차기에 담긴 위력이 어찌나 강렬한지 발이 몸에 닿자마자 공기가 터져나가는 소리가 요란하게 울려 퍼졌다.

"커흑!"

거의 삼사 미터는 날아가 한참을 뒹군 유건이 곧바로 벌떡 일어나긴 했지만 복부에서 전해져오는 고통을 참지 못해 구부정하게 선 채로 인상을 찌푸렸다. 바닥을 뒹굴며 비명을 질러대던 조금과는 확연히 달라진 모습이었다.

"크윽~ 후우 더럽게 아프네."

그런 그를 바라보던 철환이 비릿하게 웃으며 손을 귀로 가져갔다.

"조금 나아지기는 했다만 역시 이 정도로는 잠들어있는 녀석이 깨어나지 않는단 말이지?"

철환은 평소 자신의 내면에 자리 잡고 있는 기운을 억누르는 것과 동시에 힘을 비축하는 수단으로 활용하던 첫 번째 봉인인 귀걸이를 빼냈다. 그러자 이내 자연스럽게 봉인이 풀렸다.

봉인이 풀림과 동시에 전신으로 내달리는 강렬한 기운으로 인해 그의 온 몸에 활력이 충만해졌다.

"스흡~ 후우~"

짧고 길게 번갈아 숨을 내쉬며 호흡을 조절해 바뀐 신체를 조율하던 철환의 눈이 번쩍 뜨였다.

"이번엔 좀 많이 아플 꺼다."

섬칫!

멀리서 관찰만 하던 때와 달리 첫 번째 봉인이 풀린 그의 기운을 정면에서 마주하자 그때와는 전혀 다른 짜릿함이 척추를 타고 올라왔다. 온 몸의 솜털이 곤두서는 기분이었다.

점멸하듯 다가오는 철환의 모습을 집중해서 지켜보던 그가 강하게 검을 휘둘렀다.

'오른쪽!'

까강!

순식간에 사라졌던 철환이 그의 오른쪽에서 모습을 드러냈다.

"제법!"

급변한 자신의 움직임을 쫓아온 유건을 칭찬하며 검의 반동을 이용해 등을 돌린 그가 유건의 얼굴을 향해 팔꿈치를 날렸다.

"크흑!"

순간의 기지로 고개를 숙여 직격을 면하긴 했지만 팔꿈치에 스쳐 골이 울리는 통증만은 그로서도 어쩔 수 없었다. 철환이 이마를 부여잡고 뒤로 물러서는 그에게 바짝 따라붙으며 말했다.

"반격을 위해서는 심리적인 허를 찔러 상대의 품으로 파고들 줄 알아야 한다. 다른 이들과 달리 너는 뼈를 내놓고 상대의 뼈를 취할 수 있는 장점이 있다. 아직도 정신을 못 차리고 있는 거냐?"

"쳇!"

'그걸 누가 모르나?'

속으로 투덜거린 유건이 어느새 자신의 품으로 안길 듯이 파고든 철환의 턱을 향해 뒤로 향하던 자세 그대로 몸을 눕히며 동시에 무릎을 쳐올렸다.

턱!

"에?"

나름 회심의 일격이었건만 철환의 오른손에 너무 쉽게 막혀버렸다. 뒤로 넘어가고 있는 유건의 위쪽으로 몸을 날린 철환이 그의 복부를 향해 정권을 꽂아 넣었다.

"크허헉!"

그대로 바닥에 내리꽂힌 그의 배와 등에서 극심한 통증이 동시에 느껴졌다. 괴로워할 틈도 주지 않으려는 듯 바닥에 누워있는 유건의 얼굴을 향해 철환의 발바닥이 크게 다가왔다.

"헛!"

헛바람을 집어 삼킨 유건이 가까스로 고개를 틀어 공격을 피했다. 철환의 발바닥이 바닥을 때리는 둔중한 울림에 유건의 등 뒤로 식은땀이 줄줄 흘러내렸다.

요상한 자세로 버둥거리며 한참을 뒤로 물러난 유건이 숨을 헐떡이며 자리에서 일어났다. 그런 그를 물끄러미 바라보고 있던 철환이 혀를 차며 말했다.

"상대를 웃겨서 죽게 만들 셈이냐? 아서라~ 소질도 없어 보이는데."

"이익~! 죽기 살기로 공격한 게 누군데 그럽니까? 다 살자고 하는 짓인데 웃기긴 누가 웃겼다고 그러세요?!"

"조금 전에 너 잘려나간 다리 다시 붙였던 거 벌써 잊었냐? 쉽게 죽기도 힘들 텐데?"

"끄응~"

그의 말에 뭐라 반박할 마땅한 말을 찾지 못한 유건이 앓는 소리를 냈다.

"언제까지 그러고 앉아있을 거냐?"

"일어납니다. 일어난다고요."

투덜거리며 자리에서 일어난 유건이 저만치 날아가 버린 검을 흘깃거리자 그 모습을 지켜보던 철환이 한숨을 내쉬며 말했다.

"보아하니 너는 검에 대한 애착이 별로 없구나?"

"애착이요? 검이 검이지 뭔 애착씩이나……."

이해를 못하겠다는 듯 고개를 갸웃거리는 그의 모습에 철환이 고개를 흔들며 말했다.

"됐다. 애초에 그 출발점부터가 다른 녀석한테 내가 도대체 뭘 기대하고 있는 건지. 쯧~ 뭘 멀뚱하니 쳐다보고 있어? 가서 줍던지 그냥 맨주먹으로 덤비던지."

"가…… 갑니다. 가요!"

맨주먹으로 덤볐다가는 순식간에 팔 다리가 잘려나갈게 분명했기에 기겁을 한 유건이 서둘러 달려가 검을 주워들었다.

"이번엔 마법까지 같이 간다. 각오 단단히 해라!"

"힉~! 마…… 마법이요?"

놀란 눈으로 되묻는 유건을 향해 철환이 대답대신 왼손에 푸른 불꽃을 피워 올렸다.

"레나가 그러는데 네놈 항마력이 제법 높다고 하더라. 금방 타버리는 다른 녀석들에 비해 아주 오래가는 장작이 되겠어. 크크크크."

"그…… 그게 무슨!"

잔인하게 웃는 철환의 모습에 섬뜩해진 유건이 강하게 항의했지만 대답대신 날아드는 푸른 불꽃에 의해 아주 가볍게 묵살되고 말았다.

"앗~뜨뜨뜨!"

급히 몸을 날려 불꽃을 피해냈지만 스치기만 했을 뿐인데도 뼛속까지 파고드는 열기가 느껴졌다.

"이 불꽃을 일반적인 불과 같다고 생각하지 말아라. 청염(青炎)은 존재의 근원인 영혼에 타격을 주는 마법의 불꽃이니까. 단순히 몸만 태워버리는 게 아니라고."

그의 왼손에서 피어오른 불꽃이 어느새 철환의 검을 둘러싼 채 넘실거리며 그 존재를 과시하고 있었다.

'그래서…… 놈들이 그렇게 괴로워했었던 거였나?'

"어디 이것까지 견뎌낼 수 있는지 확인해 보자고~ 그럼 간닷!"

"오~ 오지 마!"

• ⁂ •

입에서 튀어나온 외침과 달리 극도의 위기감을 느낀 유건의 몸은 조금 전까지와는 전혀 다른 움직임을 보여주기 시작했다.

'호오~ 요것 봐라? 이제야 진면목을 보여주는 건가? 어디 더 보여줘 보라고.'

겁에 질린 얼굴로 요리조리 검을 흘려버리거나 피해내는 유건의 움직임에 입가에 호선을 그린 철환이 조금씩 속도를 높이기 시작했다.

발을 고정한 채 상체만 흔들어 검을 피해내는 그의 움직임이 오전에 보여준 하루나의 그것과 무척이나 닮아 있었다. 그녀의 특기인 유술(柔術)이었다. 조금 투박하긴 했지만 자세히 보지 않으면 분간을 못할 만큼 닮아있었다.

단숨에 떨쳐낸 칠연격을 피하거나 그러지 못하는 것들은 흘리거나 튕겨내는 유건의 몸놀림을 유심히 관찰하던 철환이 마지막 일검을 흘려내는 그의 익숙한 동작을 보며 눈썹을 꿈틀거렸다. 마지막 동작은 자신의 가문에서 적자들에게만 비전으로 전해지는 회천류(回川流)가 틀림없었다.

'유술(柔術)에 이어 회천류(回川流)까지? 흐음~ 극도의 긴장 상태에 이르러서 잡생각이 사라지니 본 모습이 드러나게 되는 건가? 어디 그럼.'

가볍게 스치기만 해도 온 몸을 갉아버리는 것 같은 극통을 안겨다주는 푸른 불꽃으로 인해 유건의 복잡했던 머릿속은 온통 피해야 한다는 생각만으로 가득했다.

크르르르르……

잡념이 사라지고 생명에 대한 위협이 강하게 느껴지자 의식의 수면 아래에 가라앉아있던 괴물이 서서히 꿈틀대며 수면위로 빠르게 부상하기 시작했다.

그런 유건의 일변한 기세를 감지한 철환이 한걸음 물러선 채 호흡을 조절하며 과거의 기억을 떠올렸다.

'저놈한테 여럿 먹혔지.'

과거 몇몇 선대 적응자들이 중요한 임무 도중 폭주하는 바람에 소중한 인재들을 잃어야 했던 일들이 있었다. 이러한 비극적인 사건들은 결국 월등한 성장속도와 보기 드문 이능의 각성을 통해 몬스터 무리들과 대치하는 데에 있어서 큰 도움이 되었던 적응자들에게 치명적인 문제가 있음을 알리게 되는 계기가 되었다.

이러한 상황 속에서 천문학적인 확률을 뚫고 20년 만에

나타난 당대 적응자인 백유건은 다행히 이러한 부작용들을 해소하기 위한 다양한 분야의 연구가 진행되고 난 이후에 등장했기 때문에 강제 구금이 아닌 철저한 계획과 감시하에 그 성장을 도모할 수 있는 기회를 얻은 것이었다. 이러한 일련의 결과로 유건의 제어자로서 그 본능을 다스리는 법을 가르치기 위해 철환과 하루나가 그의 곁에 함께 있게 된 것이었다.

표면적인 이유는 새롭게 대두된 S급 능력자 성희를 보호하는 것이었지만 그 이면에는 당대 적응자인 백유건을 통해 각자의 목적을 이루려는 여러 단체들 간의 알력이 존재했다.

다방면에서 압박을 가해오는 여러 단체들의 요구를 아주 묵살 할 수 없었던 가드 본부에서는 표면적으로 이에 대한 일체의 권한을 대한민국 지부에 맡기며 한발자국 물러서서 사태를 관망하는 방법을 취했다.

그 가운데서 가드 대한민국 지부는 철저한 중립을 표방한 채 그에 대한 정보를 실시간으로 연계된 각 단체들과 공유하는 방법을 선택했다. 물론 그에 대한 대부분의 정보는 일차적으로 편집이 된 이후에나 전해졌다.

편집과정을 거치지 않은 정보들은 가드 본부로만 비밀리에 전송되었다. 그리고 이에 대한 항의는 대부분 묵살됐다. 이는 단일 세력으로만 보면 그 어디에서도 함부로 얕볼 수 없는 대한민국 가드 지부였기에 가능한 일이었다. 중립적인 입장을 표방해야 하는 가드 본부와 달리 자국의 안전과 이익을 최우선으로 생각하는 지부였기에 이러한 그들의 선택에 타 기관에서는 지속적인 항의를 보내며 발만 동동 구를 수밖에 없었다.

자신을 둘러싸고 있는 이러한 복잡한 현실을 조금도 모르고 있는 유건이 조금 전과 달리 사위를 짓누르는 존재감을 과시하며 철환에게 달려들었다. 여러 가지 이유와 목적이 맞물린 가운데 하늘에서 떨어진 것처럼 어느 날 갑자기 나타난 적응자 유건은 본의 아니게 전 세계 모든 가드 지부의 관심을 한 몸에 받고 있는 스타(?)가 되어버렸다. 이를 증명하기라도 하듯 두 사람의 격돌을 빠짐없이 찍고 있는 감시 카메라가 쉴 새 없이 움직였다.

지부장실에 앉아 커다란 스크린을 지켜보고 있던 박태민이 그의 곁에 서있는 닥터 레나를 향해 물었다.

"지금 철환이가 봉인을 1단계만 푼 거지?"

"그러네요."

닥터 레나가 컴퓨터를 조작해 철환의 에너지 방출량을 체크한 뒤 대답했다.

"백유건의 상태는 어때?"

"현재 상태로 봐서는…… 지극히 양호합니다. 아무래도

저번에 주사한 NC-07이 제대로 활동하고 있는 것 같네요."

"아? 그 나노 머신?"

"그렇게 말하면 그분께서 무척이나 싫어하실 텐데요?"

"크, 그런가? 그 마.도.학.의.결.정.체라고 할 수 있는 나노 키메라 말이지?"

일부러 말을 끊어가며 강조하는 박태민의 모습에 실소를 머금은 레나가 대답했다.

"쿠쿠쿡, 네 맞아요."

"자료는 제대로 수신되고 있나?"

"네, 각종 변화들을 세밀하게 기록하고 있어요. 이대로만 가면 아주 좋은 자료들이 모일 것 같은데요? 후후훗."

"헌데 본부에서는 왜 이 일에 그렇게 목을 매는 걸까?"

"본부에서 일하는 친구의 말에 의하면 최근 다시 키메라 부대를 만들려고 한다는 소문이 있던데……."

"그거야 저번에 시도했다가 쫄딱 망했잖아? 사람도 많이 죽고."

"그때는 제대로 된 자료도 없이 조금 무모하게 시도했었으니까요. 덕분에 몬스터와 인간의 조합은 불가능하다는 결론만 얻을 수 있었죠."

"그래서 적응자라는 존재 자체가 놀라운 건가?"

"수치상으로 나타낼 수는 있지만 실제로는 없다고 봐야 하는 게 적응자의 존재 확률이거든요."

"NC-07이 천문학적인 확률을 뚫고 성공적으로 만들어지자마자 20년 만에 운명적으로 나타난 적응자의 존재라…… 그치들이 입에 거품을 물고 달려들 만하군 그래."

"보세요. 적응자가 된지 얼마 되지 않았음에도 불구하고 철환 요원님과 저 정도로 겨룰 수 있다는 게 놀랍잖아요. 게다가 이 비정상적인 세포 활동 수치를 좀 보세요. 상처를 입자마자 거의 동시에 재생을 해내고 있어요. 게다가 미세하긴 하지만 그 속도도 점차 빨라지고 있고요."

복잡한 그래프와 각종 차트로 도배되다시피 한 컴퓨터 모니터를 흘깃 쳐다본 박태민이 질색하며 말했다.

"그런 복잡한 건 내 취향이 아니라고. 그건 그렇고 저 놈 참~ 잘 싸우네."

정겹게 끌어안은 것처럼 보일 정도로 근접한 거리에서 사정없이 공격을 날리는 김철환의 모습도 놀라웠지만 이를 부드러운 몸놀림으로 피해가며 간간히 반격을 가하는 백유건의 모습이 더 놀라웠다. 뿌리 깊은 무가에서 태어나 걸음마를 떼기도 전부터 가문의 무(武)를 계승해야했던 김철환의 실력이야 워낙 전 가드 내에서도 유명했지만 비록 완전한 실력이 아니라 할지라도 그런 그와 비등하게 겨루고 있는 백유건의 실력은 눈으로 직접 보면서도 믿어지지 않을 정도였다.

"호오~!"

화면을 지켜보며 자신도 모르게 백유건을 응원하고 있던 각 나라의 가드 지부장들과 본부의 지휘부에서 거의 동시에 탄성이 터져 나왔다. 계속해서 수세에 몰리던 백유건이 처음으로 공격을 성공시켰기 때문이었다.

뼈를 내주고 뼈를 취하라는 철환의 가르침을 떠올린 유건이 이를 악물고 날아드는 철환의 검에 일부러 옆구리를 내줬다. 갈비뼈 사이로 검날이 파고드는 섬뜩한 고통에 머리털이 쭈뼛 서는 것 같았다.

'이익!'

두 번 다시 경험하고 싶지 않은 고통을 참아내고 그에게 가까이 다가간 유건이 철환의 얼굴을 향해 주먹을 내질렀다.

슈칵!

그의 주먹에서 마치 사나운 검날로 찌르는 것 같은 소리가 들려왔다. 거의 동시에 크게 돌아간 김철환의 입에서 가늘게 핏물이 흘러내렸다. 그 짧은 시간 고개를 돌려 날아드는 주먹을 흘려냈음에도 불구하고 머리에 전해진 충격이 만만치 않았다.

"어라?"

무아지경에 빠져 정신없이 손발을 날리다가 손에서 느껴지는 이질감에 현실로 돌아온 백유건이 김철환의 얼굴과 자신의 주먹을 놀랜 얼굴로 번갈아 쳐다봤다.

손을 들어 엄지손가락으로 핏물을 훔쳐낸 김철환이 이를 드러내며 웃었다.

"제법 이구나 애송이. 허나 기회를 잡았으면 여세를 몰아 사납게 몰아붙였어야지. 그렇게 멍하니 서있으면 되겠냐?"

"아? 저기 그게…… 죄송합니다."

"됐고, 오늘은 이만 하자. 우선 좀 씻고 올라와라. 무슨 거지꼴을 해가지고서는…… 쯧!"

가볍게 검을 떨치고는 기세를 갈무리한 철환이 혀를 차며 그를 지나쳐 계단으로 올라갔다. 그의 말에 자신을 돌아본 백유건이 뜨악한 얼굴로 샤워실을 향해 달려갔다. 중요한 부위를 제외한 거의 모든 부위의 옷들이 타버린 것도 모자라 여기 저기 그을린 흔적들로 인해 꼭 전쟁터에서 피난 가는 난민 꼴을 하고 있었기 때문이었다.

무표정한 얼굴을 한 채 계단을 오르던 김철환이 샤워실로 달려가는 백유건의 발소리를 들으며 벽에 몸을 기댄 채로 깊은 한숨을 내쉬었다. 그런 그의 양손이 가늘게 떨리고 있었다.

'하마터면 그대로 죽여 버릴 뻔 했군.'

최근 들어 봉인을 자주 풀어서 그런지 내부 깊숙한 곳에 봉인되어 있던 놈이 거칠게 날뛰는 것이 느껴졌다. 백유건의 몸속에 흐르는 몬스터의 피에 반응한 것인지 유독 녀석을 상대할 때면 더욱 기승을 부려댔다.

조금 전에 허용한 일격도 솟구쳐 오르는 살심을 억누르느라 제때 반응하지 못했기 때문이었다. 과거 더 블랙(The Black)의 손에 붙잡힌 채로 세례를 받을 때 그의 내부에 강제로 심겨진 괴물이 한동안 거칠게 몸을 떨어대다가 서서히 잠잠해졌다.

"후우~"

진땀을 흘려가며 내부의 기운을 조절하던 김철환이 언제 그랬냐는 듯 무표정한 얼굴로 남은 계단을 올라갔다.

• ✣ •

"흥흥흥흥~ 당신을 향한 나의 사랑은~ 특급 사랑이야아아아~~"

샤워실에서 몸을 씻는 백유건의 입에서 연신 기분 좋은 콧노래가 흘러나왔다.

먹어도 먹어도 배가 고파 닥치는 대로 먹어치우는 몬스터의 공허한 뱃속처럼 끝없는 성장을 갈구하는 그의 내면의 욕구가 김철환과의 살벌한 대련을 통해 차고도 넘칠 만큼 충족된 터라 기분이 좋을 수밖에 없었다.

이를 아는지 모르는지 온몸에 비누칠을 하며 콧노래를

부르던 백유건은 골반까지 돌려대며 춤까지 춰댔다.

"그러니까 요기를 이렇게 돌려가지고 주먹을 내뻗는 척 하면서 뒤로 돌아서 팔꿈치를 팍! 좋았으! 으흥흥흥~"

마치 영화를 돌려보는 것처럼 뇌리에 새겨진 대련장면들을 살펴보며 천천히 곱씹는 그는 지금 이 순간에도 엄청난 성장을 거듭하고 있는 중이었다.

"기분이 좋은가 봐요?"

거실로 올라와서도 계속해서 콧노래를 흥얼거리는 백유건을 향해 하루나가 손에 들고 있던 시원한 아이스티를 건네며 물었다. 이를 시원하게 들이키며 얼음까지 씹어 먹은 유건이 대답했다.

"후아~! 시원하네요! 감사합니다. 그래 보이나요?"

"흐응~ 가만히 놔두면 아주 춤까지 출 기센데요?"

"설마요?"

"후훗, 올라가서 철환씨 좀 내려오라고 하세요. 저녁식사 준비 다됐으니까."

"넵! 알겠습니다. 분부대로 거행합죠."

과장된 행동으로 답하며 계단으로 올라가는 유건의 뒷모습에 하루나가 웃으며 고개를 저어댔다.

그녀를 도와 식탁에 수저를 놓고 있던 성희가 그녀를 향해 말했다.

"아까 철환 요원님은 표정이 별로 좋지 않던데 유건 오

빠가 이겼나 봐요?"

"설마요? 후훗~ 아직 그러기에는 백년은 이를 걸요?"

"아~! 그 정도로 실력 차이가 나나보죠?"

"흐음~ 뭐랄까? 적응자인 유건씨도 분명 괴물이긴 하지만 철환씨는 좀 더 무지막지한 괴물이라고나 할까? 호호호훗. 그러고 보니 둘 다 정상은 아니네요."

"어이~ 멀쩡한 사람을 괴물로 몰아가지 말라고."

그 사이 잠들었었는지 철환이 뻗친 머리를 손으로 긁어가며 식탁에 앉았다.

"평범한 사람이 보기에는 충분히 괴물이거든요~?"

하루나의 말에 졌다는 듯 두 손을 들어 보인 철환이 한상 가득 차려진 푸짐한 음식들을 보고 흡족한 웃음을 지었다.

"네네~ 암요~ 괴물인들 어떻겠습니까? 이렇게만 먹여주시면 평생 괴물 합죠~"

"풋!"

그의 우스꽝스러운 표정에 성희가 결국 웃음을 참지 못하고 말았다. 그리고는 당황한 얼굴로 언제 그랬냐는 듯 정색하는 그녀를 향해 철환이 가볍게 말을 던졌다.

"여~ 그렇게 웃어놓고 갑자기 정색하면 미친 여자 같잖아. 그냥 편하게 지내라고. 어차피 한집에 살게 된 거 서로 불편해서 좋을 건 없잖아?"

"아? 네. 노력할게요."

"흠~ 그래. 일단 먹자."

조금은 못마땅한 듯 보였지만 관심을 돌린 철환이 푸짐한 닭갈비를 향해 젓가락을 뻗어 두툼한 닭다리를 집어왔다.

"어~ 내 다리?"

자기도 모르는 사이에 속에 있던 말이 밖으로 나와 버린 유건을 향해 철환이 인상을 쓰며 말했다.

"다리는 두 개거든?!"

머쓱해진 얼굴로 조심스럽게 젓가락을 놀리는 유건을 향해 하루나가 웃으며 남은 닭다리를 건넸다.

"아, 감사합니다."

그런 그를 미소를 지은 채 바라보던 하루나가 말했다.

"유건씨가 올해 나이가 몇이죠?"

"올해 서른둘입니다."

"호오~ 생각보다 동안이네요?"

"아하하하…… 그런 말은 종종 듣습니다."

"그럼 제가 누님이네요. 앞으로 편하게 누나라고 부르세요."

"커컥~ 네…… 네?"

그녀의 말에 놀란 유건이 한참을 콜록 대다가 급히 물을 들이키고는 놀란 눈으로 그녀를 바라보았다. 보기에 따라서는 여고생이라고 해도 믿을 만큼 어려보이는 그녀가 누님이라니? 조용히 밥을 먹던 성희도 놀란 눈으로 그녀를

쳐다봤다.

"후훗, 제가 좀 많이 어려보이긴 하죠. 이래 뵈도 올해 서른다섯이라고요."

부끄러운 듯이 몸을 배배꼬는 그녀를 바라보며 유건이 속으로 외쳤다.

'대체 어딜 봐서 서른다섯인 건데?!'

"본래 능력자들은 각성한 이후부터는 노화의 진행 속도가 무척 느려지기 때문에 겉보기와 달리 나이들이 많은 편이랍니다."

그녀의 말에 두 사람의 시선이 동시에 철환을 향했다. 말없이 한참동안 음식을 입에다 우겨넣다시피 하던 그가 두 사람의 시선을 느끼고는 가볍게 한마디 했다.

"마흔 일곱."

"헐!"

"말도 안 돼!"

거칠게 자라난 수염으로 인해 나이가 좀 들어 보인다고 치더라도 유건의 또래로밖에 보이지 않는 그의 실제 나이를 들은 두 사람의 입에서 동시에 경악에 찬 비명이 터져 나왔다.

"큼큼…… 밥 먹어라."

그런 두 사람의 시선이 조금은 부담스러웠는지 거침없이 행동하던 평소와 달리 헛기침을 하며 조용히 밥 먹는 일에 집중하기 시작했다.

'오호라~ 그럼 나도?!'

백유건이 정확한 확인을 위해 하루나를 바라보며 질문했다.

"그럼 적응자도 늙지 않나요?"

"세상에 늙지 않는 사람은 없어요. 그저 그 속도가 남들과 조금 다를 뿐이죠."

"그 말은?"

"네, 맞아요. 적응자도 노화가 더디기는 마찬가지랍니다."

'아~싸!'

그녀의 확답에 유건이 식탁 밑으로 손을 넣어 불끈 쥐며 속으로 환호성을 터트렸다. 그런 그의 반응에 성희가 묘한 표정으로 그를 쳐다보았다.

'그렇게 좋을까?'

갑자기 배는 밝아진 유건이 걸신들린 듯 밥 한 공기를 후딱 해치우고 하루나에게 밥그릇을 내밀었다.

"한 그릇 더 주세요."

"물론이죠. 많이 드세요 유건씨."

새로 건네받은 밥그릇이 바닥을 보일 때 즈음 유건이 철환의 눈치를 보며 조심스럽게 입을 열었다.

"저…… 괜찮다면 내일 누나를 좀 만나러 갔으면 싶은데요?"

"어? 그 고아원 운영한다는 분? 그래 다녀와라."

그의 말을 들은 철환이 조심스럽게 물어본 유건이 일순 머쓱해질 만큼 아무렇지도 않게 대답했다.

"아! 가…… 감사합니다."

그런 그의 반응에 숟가락을 멈춘 철환이 가볍게 한숨을 내쉬며 말했다.

"너는 이제 어엿한 정식 가드 직원이다. 어디를 가든 뭘 하든 네 마음대로 해도 된단 말이지."

그의 말에 유건의 시선이 성희를 향했다. 그의 시선에 담긴 의미를 깨달은 철환이 다시 먹는데 집중하며 말했다.

"쯧쯧쯧, 비교할 걸 비교해라 너하고 저 아이하고는 중요도가 달라 중요도가."

'쳇, 그럼 나는 뭐 호구인가?'

나름 20년 만에 나타난 적응자라고 호들갑을 떨어대던 사람들 틈에서 정신없이 휘둘리다가 갑자기 찬밥취급을 당하자 내심 서운해진 유건이 입을 삐쭉거렸다.

"주둥이 집어넣어라. 강제로 넣어주기 전에."

"헙."

멀쩡한 다리도 잘라내는 판국에 입이라고 뭐 다를까 싶은 마음에 급히 손을 들어 입을 다문 그의 모습에 성희가 웃음을 터트렸다.

"풋!"

"아……아하하하하."

어색해진 분위기를 만회하기 위해 그날 유건은 밥을 세 공기나 더 먹어 치웠고 결국 야밤에 소화제를 찾아 도둑고양이처럼 약통을 뒤적거려야했다.

• ⁂ •

다음날 아침.

일찍 자리에서 일어난 유건이 곧바로 근처에 있는 현금인출기에 다가가 발급받은 가드 요원 카드를 집어넣었다.

비밀번호를 입력한 뒤 무심코 모니터에 찍힌 금액을 쳐다보다 눈이 휘둥그레진 그가 몇 번이고 눈을 비비며 금액을 다시 확인을 했다.

'일십백천만십만백만…… 헐~ 이…… 이게 다 얼마야!'

그의 통장에는 정식으로 가드 요원이 되면서 지급된 B+ 등급에 맞는 계약금과 두 번의 현장투입으로 인해 얻게 된 몬스터 사체에 대한 보상금이 들어와 있었다.

누나가 있는 고아원에 오랜만에 방문하는데 빈손으로 가기 뭐해서 과일이라도 한 박스 사갈까 하고 돈을 인출하려던 유건의 입이 함지박 만하게 커졌다.

'부……부자다! 나도 이제 부자라고!'

대출받은 등록금을 갚느라 제대로 된 옷 한 벌 마음 편

하게 사 입지 못하던 유건에게 있어서 이렇게 큰돈은 생전 처음이었다.

그러나 돈도 써보던 놈이 쓴다고 나름 큰맘 먹고 인출한다고 한 돈이 이백 만원이었다. 돈을 인출한 뒤 덜덜 떨리는 손으로 액수가 맞는지 확인했다. 5만원권 40장 이백 만원이 맞았다. 인출기 옆에 비치되어 있는 봉투에 돈을 집어넣은 유건이 누가 훔쳐가기라도 할까봐 좌우를 두리번거리며 문을 열고 나왔다.

'이 돈으로 고기도 사고 과일도 사고, 맞다! 애들 좋아하는 장난감이랑 과자도 잔뜩 사야겠구나. 으흐흐흐흐.'

유건은 평소 돈도 안 되는 공부만 하고 있다고 자신을 구박하던 미령이 누나가 놀라는 모습을 상상하며 즐거운 마음으로 제법 규모가 큰 시장을 향해 재게 발을 놀렸다.

양손에 터질 것 같은 봉지들을 잔뜩 거머쥔 유건이 발걸음도 경쾌하게 언덕 외진 곳에 위치한 낡은 건물을 향했다.

『자애원』

입구에는 요즘 시대에 보기 드문 투박한 현판에 자애원이라는 세 글자가 양각되어 있었다.

입구에 들어서자 우르르 몰려다니며 공을 차던 남자아이들 중 제법 덩치가 큰 녀석이 유건을 알아보고 큰소리로 외쳤다.

“어! 유건이 형아다!”

“어디 어디?”

“어! 진짜다! 형아다!”

“와아~!”

동시에 고개를 돌려 그를 알아본 아이들이 소리를 지르며 그를 향해 우르르 몰려왔다.

“와하하하하! 요 녀석들 그동안 잘 있었냐?”

“어! 당근이지! 그러는 형아는 어딜 싸돌아다니다가 이제 들어오는 거야? 누나가 얼마나 걱정했다고!”

허리춤에 손을 떡하니 얹고 야무지게 말하는 녀석은 제일 처음 그를 알아본 자애원 아이들의 대장격인 근원이었다.

“아하하하하 요 녀석이! 누나가 아니라 원장님이라니까 그러네.”

가볍게 꿀밤을 먹이며 녀석의 머리를 거칠게 쓰다듬자 요리조리 머리를 비틀어 빼낸 녀석이 당차게 대꾸했다.

“아욱! 왜 때려~! 그리고 한번 누나면 누나지 갑자기 원장님이라고 부르라고 그러면 그게 되겠냐?”

“그래. 내가 졌다. 졌어. 하하하하. 근데 미령이 누나는 어디 있냐?”

“지금 손님들 오셔서 상담중이야. 제법 이것 좀 있게 생겼더라.”

고아원의 특성상 그 운영을 기부금에 많이 의존하게 되는데 간혹 갑자기 나타나 큰 금액을 기부하겠다고 하는 사람들이 있었다. 연말이 되면 연중행사처럼 기자들을 달고 나타나 보여주기 식으로 갖은 생색을 내는 정치인들 보다야 훨씬 나은 사람들이었다.

손가락을 동그랗게 말아 보이며 눈을 찡긋거리는 근원이의 모습에 실소를 머금은 유건이 녀석의 머리를 애정을 담아(?) 쓸어주며 한쪽 편에 위치한 사무실 창문을 바라보았다.

제법 멋들어지게 차려입은 중년 사내가 중고로 얻어온 가죽 소파에 앉아 테이블에 올려놓은 서류를 미령을 향해 슬그머니 밀었다.

"그러니까 서로 좋은 게 좋은 거 아니겠습니까? 김원장님. 섭섭하지 않게 가격도 쳐드리고 좋은 장소로 이전할 수 있도록 적극적으로 도와드린다니까요. 이제 그만 마음 돌리시고 사인하시죠?"

미령은 서류를 잠시 내려다보다가 여전히 웃고 있는 사내를 향해 말했다.

"저번에도 말씀드렸다시피 이곳에서 이사 가게 되면 아이들 중에 몇몇은 다른 곳으로 옮겨갈 수밖에 없어요. 개중에는 다른 곳에 적응하기 힘든 아이들도 있고요. 생각해주시는 건 고맙지만 죄송합니다."

고개를 숙여 사과하는 그녀를 향한 남자의 눈빛이 차갑게 가라앉았다.

"흠흠…… 내 김원장이 법조계 출신이라는 말을 듣고 지금까지 예의를 갖춰서 대했건만 어찌 그렇게 자기 생각만 하십니까? 그러다가 야밤에 무슨 일이라도 생긴다면 아이들은 누가 책임지겠어요?"

그의 말에 담긴 스산한 살기에 흠칫 놀란 그녀가 더듬거리며 말했다.

"그…… 그게 무슨 말씀인가요? 지……금 협박하시는 겁니까?"

"허허~ 협박이라뇨. 제가 데리고 있는 아이들 중에 과잉충성 한답시고 섣부른 행동을 하는 애들이 좀 있어서 염려가 돼서 그렇습니다. 염려가. 그렇지 않나? 박부장?"

그의 뒤에서 공손히 손을 모은 채 서있던 남자가 바닥에 닿을 듯이 고개를 숙이며 답했다.

"만약 그런 일이 있다면 당장 저부터가 가만히 있질 못하겠습니다. 사장님."

지금까지 줄곧 예의 바르게 행동했던 이들이라고는 믿어지지 않을 만큼 주고받는 말 한마디 한마디에서 불량한 기운들이 물씬 풍겨났다.

"다…… 당장 나가세요! 경찰을 부르기 전에."

"이거 참 김원장님께서 뭔가 단단히 착각을 하신 듯 합니다만…… 오늘은 더 이상 대화가 이어지기 힘들 것 같아 보이니 이만 일어나겠습니다. 가지."

자리에서 일어난 남자가 그녀를 향해 비릿한 웃음을 날린 채 거칠게 방문을 열고 나갔다. 그런 그의 뒤로 수행원으로 보이는 남자 둘이 따라나섰다. 마지막으로 방문을 닫기 전 한 남자가 무언가 생각났다는 듯이 그녀를 향해 돌아섰다.

"아! 요즘 이 근처에 강간범들이 날뛴다던데 부디 몸조심 하십쇼. 김원장님. 그 예쁜 얼굴에 칼자국이라도 나면 큰일 아니겠습니까? 안 그래요? 크크큭."

서늘한 그의 눈빛에 제대로 반박조차 하지 못한 그녀가 문이 닫히고 남자의 모습이 보이지 않자 비로소 참았던 숨을 내쉬며 소파에 깊숙이 몸을 묻었다.

자꾸만 떨리는 손을 내려다보던 그녀가 이를 다른 손으로 꼭 부여잡은 채 한참동안 심호흡을 했다.

· · ·

상담하고 있는 그녀에게 방해가 되지 않게 아이들을 이끌고 조용히 식당으로 들어간 유건이 과자와 장난감을 펼쳐 아이들에게 골고루 나눠주었다.

"와아~! 형아 최고!"

"나~나~ 이거 가질 거야!"

"저리가~ 이건 내가 먼저 찜했다고!"

"우와~ 미미의 집이다! 오빠 최고~! 짱 좋아 정말."

서로 먼저 갖겠다고 싸우는 녀석들을 말리며 유건이 말했다.

"하하하하 넉넉하게 사왔으니까 싸우지 말고 골고루 나눠가져라. 근원아 애들 좀 정리해봐."

곧바로 달려들어 뒤지기에 바쁜 아이들과 달리 유건의 곁에 서서 다치는 애들은 없는지 살피기에 바쁜 녀석을 유건이 따뜻한 눈빛으로 쳐다보며 말했다.

"야야! 철민이는 손에 들고 있는 거 민수한테 주고 민희는 저 뒤에서 손가락만 빨고 있는 애들 거부터 먼저 챙겨줘."

그의 지시에 정신없이 굴던 아이들이 언제 그랬냐는 듯 질서 정연하게 움직이기 시작했다. 항상 자신은 제일 나중에 챙기면서 아이들에게 공평하게 대하는 근원이의 말에 토를 다는 아이는 한명도 없었다.

'짜식~'

제법 멋져 보이는 근원이를 향해 유건이 살짝 엄지를 치켜세웠다. 그리고는 뒷머리를 긁적이며 멋쩍게 웃는 근원이에게 따로 사온 합체 로봇을 건네며 가볍게 엉덩이를 두드렸다.

"어?"

자신의 손에 들린 선물을 멍하니 쳐다보고 있는 근원이에게 유건이 웃으며 말했다.

"이건 아무도 주지 말고 네 꺼 해라. 형이 특별히 너 주려고 사온 거니까. 그래도 된다. 알았지?"

"어……어. 고…… 고마워 형."

또래 아이들에 비해 어른스럽게 행동해서 그렇지 근원이 녀석도 아직은 부모의 사랑이 필요한 아이였다. 근원이 녀석처럼 이곳에 있는 아이들은 또래 아이들에 비해 과하게 어른스러웠다. 유건은 늘 그 사실이 마음이 아팠다.

그렇게 좋아하는 아이들의 모습을 흐뭇하게 바라보고 있자니 문이 열리며 미령이 모습을 드러냈다.

"어머? 이게 다 뭐라니? 유건이 너! 대체 언제 온 거야? 어디 다친 데는 없고? 괜찮은 거니? 응?"

"응, 방금 왔어. 다친 데는 없고. 나는 괜찮아 누나. 걱정 하지마."

금방이라도 울음을 터트릴 것처럼 눈가가 붉어진 미령의 모습에 유건의 가슴이 따뜻해졌다.

'아예 메말라 버린 건 아니었네?'

사람들이 죽어나가는 모습을 보면서도 별다른 감흥을 느끼지 못하는 자신의 모습에 무언가 잘못됐음을 느끼며 내심 걱정하고 있던 유건이 비로소 마음을 풀고 환하게 웃을 수 있었다.

'역시 집이 좋구나.'

식당에서 봉사하는 자원봉사자 아주머니들께 사온 고기와 야채를 건네자 그분들의 눈이 휘둥그레졌다. 어지간한 사람들은 일 년에 한번 먹기도 힘든 최고등급의 한우가 한가득이었다.

고기 굽는 냄새가 진동하자 아이들이 핏기가 사라진 고기들을 연신 입에 집어넣느라 바빴다. 뜨겁지도 않은지 쉴새 없이 입으로 고기를 우겨넣었다.

그런 아이들의 모습을 흐뭇하게 바라보고 있는 유건을 향해 미령이 조심스럽게 말을 건넸다.

"그렇지 않아도 가드에서 나온 분들이 네 소식을 전해줬어. 이번에 새롭게 가드 요원이 됐다며?"

"어, 어떻게 하다 보니 그렇게 됐네."

가드의 요원이라는 것까지는 밝혀도 되지만 자신이 적응자라는 사실은 비밀로 해야 한다는 철환의 말을 떠올린 유건이 그녀의 질문을 적당히 받아 넘겼다.

"그것보다 어디 다친 데는 없는 거야? 가드면 뉴스에 자주 나오는 그…… 괴물 잡는 사람들이잖아."

"응, 괜찮다니까 누나. 다들 그렇게 위험한 일만 하는 건 아니야. 나는 사무직이라 현장은 안 나가고 서류작업위주로 하거든."

"그렇구나. 그렇다니 다행이다. 난 또 네가 위험한 일에 뛰어든 줄 알고 엄청 걱정했거든. 로스쿨 동기들한테 사정사정해서 각종 연줄을 동원해봤는데도 도통 너에 대한 정보를 얻을 수가 없더라고. 일급기밀이라던데?"

"사무직이라도 일단은 가드 내에서 일하니까."

"그렇구나. 그런데 이건 다 뭐니? 뭘 이렇게 돈을 많이 썼어?"

"가드에서 스카우트 제의를 하면서 계약금을 두둑하게 줬거든. 나 같은 인재는 꼭 필요하다나? 하하하하 그래서 한턱 쏘는 거니까 부담 갖지 마. 앞으로 월급 탈 때마다 종종 쏠게."

"오래살고 볼일이네 유건이 너한테 고기를 다 얻어먹고."

"인간만사 새옹지마라잖아. 쥐구멍에 볕들 날이 온 거지."

"유식한 척 하기는 쯧, 너 거기서는 그러지 마라. 그러다가 재수 없다고 왕따라도 당할라. 직장 내 왕따 그거 무섭다더라."

"알았어, 알았다고. 에휴~ 그놈의 잔소리는 여전하네."

"뭐가 어째? 이것이 오랜만이라 봐줬더니 하늘같은 누나한테 기어올라?"

"아이고~ 소인이 잘못했습니다요. 한번만 살려주시면 쇤네 죽도록 일해서 보답하겠구먼유~우"

"풋, 됐다. 됐어. 내가 말을 말아야지."

장난기 어린 유건의 모습에 웃음을 터트린 미령이 잘 익은 고기 한 점을 입에 넣으며 손사래를 쳤다. 유건이 그런 그녀의 앞 접시에 다 익은 고기를 올려주며 말했다.

"그건 그렇고 조금 전에 방문했던 사람들은 누구야?"

"누구? 아~ 별거 아니니까 너는 신경 쓰지 않아도 돼."

유건은 찰나의 순간 미령의 표정이 차갑게 굳는 모습을 놓치지 않았다. 금방 표정을 풀고 짐짓 아무렇지 않은 듯 말했지만 철환의 쾌속한 동작 하나 하나까지 잡아내는 그의 눈을 피하지는 못했다.

'흐음~'

조금 전 열린 문틈으로 보였던 사내들의 뒷모습을 떠올린 유건이 말없이 고기를 입에 넣었다.

고아원의 사정을 잘 알고 있던 유건이었기에 사온 고기는 넉넉했다. 미령이 잘 해주는 편이긴 했지만 빠듯한 운영 사정상 고기를 자주 먹지 못하는 아이들이 배가 터질 정도로 먹고도 고기가 남을 정도였다.

실컷 먹고 난 뒤 아이들이 각자 자기 몫의 장난감을 들고 방에 들어가자 아주머니들을 도와 식당을 정리하던 유건을 향해 미령이 말했다.

"자고 갈 거지?"

"당연하지."

근래 들어 모처럼 환하게 웃는 미령의 모습에 자원봉사

아주머니들의 표정이 덩달아 밝아졌다.

"요즘 우리 젊은 원장님 얼굴이 말이 아니었는데 이렇게 환하게 웃으니 얼마나 좋아~"

"그러게 말이야. 요즘 들어 험하게 생긴 사람들이 자꾸 들락날락 거리는데 영 기분이 그렇더라고."

"옷은 제법 번드르르 한데 영 기분이 거시기 한 게 별로 마음에는 안 들더라고."

"영식이 아버지가 그러는데 그 사람들 조폭이라던데?"

"그래서 그렇게 눈을 마주치기가 무서웠나보네."

"그래도 인사도 깍듯하게 잘하고 아이들한테도 잘 대해 주던데? 요즘 조폭들이 그런가?"

"에잉~ 몰라도 한참 모르네~ 그래. 기업형 조폭이란 말도 못 들어봤는가? 요즘 조폭들은 예전하고 다르다고."

"기업형이고 서민형이고 간에 이젠 고만 찾아왔으면 좋겠어. 눈만 마주치면 왠지 섬뜩한 게 꿈자리까지 사납더라고."

"당신도 그랬어? 나도 그랬는데 말이지."

"호호호호호, 우리는 일심동체인가보이~"

"깔깔깔깔."

시답지 않은 말을 주고받으며 웃고 있는 자원봉사 아주머니들과 그들 사이에서 함께 웃고 있는 미령을 바라보며 미소짓던 유건이 그들을 뒤로 한 채 기름진 테이블을 닦기 시작했다.

'조폭이라…….'

숙소로 돌아가는 대로 이 일에 대해 좀 더 자세히 알아봐야겠다고 생각하는 유건이었다.

다음날 아침 집으로 돌아가는 유건을 마중 나온 미령이 커다란 보자기를 내밀었다.

"응? 이게 뭐야?"

"매실 장아찌 좀 담갔어. 넉넉하게 넣었으니까 동료들이랑 같이 나눠먹어."

"에이~ 뭐 이런 걸 다 쌌어. 애들이나 잘 먹이지."

"잔말 말고 얼른 들기나 해 팔 빠지겠다."

양손으로 들고 있던 보자기를 유건에게 건넨 미령이 팔을 주무르며 환하게 웃었다.

"고…… 고마워 누나."

"앞으로는 자주 올 수 있는 거지?"

"아마도, 그럴 수 있을 거야."

"그래 너무 무리하지는 말고, 정 못 오겠으면 전화라도 해라."

"응, 그럴게."

"그리고…… 유건아."

"응?"

무언가 할 말이 있는 듯 머뭇거리던 미령이 애써 미소

지으며 말했다.

"아…… 아니야. 건강 조심하라고."

"나야 뭐 항상 건강하지 하하하하."

억지로 알통을 만들어 보이며 너스레를 떤 유건이 이제는 작고 여리게만 느껴지는 누나의 몸을 힘주어 안았다.

"아무리 사무직이라고 해도 가드 내에서 일하는 거니까 나도 나름 힘이 있다고. 그러니까 무슨 일 있으면 꼭 연락하고. 알았지?"

"응, 걱정 마."

눈앞이 흐릿해진 미령이 코를 훌쩍 거리며 대답했다.

"어라? 누나 설마 나 간다고 우는 거야? 응?"

"됐어! 얼른 가기나 해."

짓궂은 유건의 말에 세차게 그의 등을 내리친 미령이 소리를 빽 하고 질렀다.

"아하하하, 알았어. 알았다고. 누나!"

"응?"

"금방 또 올게."

"응……."

다시금 눈물이 그렁그렁해진 누나의 얼굴을 바라보던 유건이 이래도 있다가는 왠지 꼴이 우스워질 것 같아서 슬쩍 코를 훔치며 얼른 몸을 돌려 씩씩하게 걸어갔다.

• ⁂ •

"흐흥흥흥~ 오~ 베이비 베이비 베이비~! 컴온 베이비~"

콧노래를 부르며 문을 열고 들어오는 유건을 향해 식사 준비를 하고 있던 하루나가 말했다.

"오랜만에 가족을 만나서 그런지 기분이 좋아 보이네?"

"넵, 하루나 누님. 맨날 빌붙어 살다가 모처럼 사람구실 하고 왔더니 기분 정말 좋네요. 으하하하. 아 참. 그리고 이거."

유건이 내민 보자기를 받아든 하루나가 제법 묵직한 보자기를 한손으로 가볍게 들어 올리고는 유건을 향해 말했다.

"응? 제법 묵직한데? 이게 뭐야?"

"매실 장아찌요. 우리 누나가 그거 하나는 기가 막히게 잘 담그거든요. 같이 먹으라고 싸줬어요."

"와우! 내가 정말 좋아하는 건데. 흐응~ 오늘 저녁은 그럼 이거랑 잘 어울리는 샤브샤브로 할까나?"

하루나가 함박웃음을 지으며 주방으로 들어가자 유건이 그런 그녀의 모습에 내심 들고 오길 잘했다고 생각하며 소파에 앉았다.

"자~! 이거. 누님께 잘 먹겠다고 전해드려. 이건 조그마한 보답이랄까? 후후"

"와우! 감사합니다~ 누님. 잘 마실게요."

살얼음이 동동 떠있는 아이스커피를 받아든 유건이 환하게 웃으며 말했다.

"하루 만에 누님 소리가 잘도 입에 붙었네?"

"아하하하, 그러게요? 원래 누님하고 오래 살아서 그런가?"

"흠~ 그런가? 아무튼 그래도 그렇게 불러주니까 왠지 모르게 좀 더 가까워진 것 같네?"

"그렇죠? 하하하하"

"잘 다녀오셨어요?"

두 사람의 대화소리를 듣고 거실로 나온 성희가 유건을 향해 공손하게 인사를 했다.

"아! 성희야. 그동안 별다른 일 없었지?"

"아……네."

두 사람 사이에 흐르는 묘한 기류를 단숨에 알아차린 하루나가 의미심장한 웃음을 지으며 유건의 옆구리를 손가락으로 찔렀다.

"뭐야? 두 사람. 응? 수상한데?"

"우왁! 뭐…… 뭐가요 누님."

"왜 너랑 한마디밖에 주고받지 않았는데 우리 성희 볼이 저렇게 빨개지는 건데? 엉? 너 대체 내가 모르는 사이에 우리 성희한테 뭔 짓을 한거야?"

"엑! 무슨 짓이라뇨. 그게 무슨!"

"어쭈, 말 안한다 이거지?"

"우왁! 컥컥! 하…… 항복! 항복!"

그녀에게 잡힌 손목이 돌아가는 가 싶더니 순식간에 하루나의 밑에 깔려버린 유건이 그녀의 삼각조르기에 버티지 못하고 붉어진 얼굴로 항복을 외쳤다.

"쯧. 진즉에 그럴 것이지."

가볍게 손을 털고 일어나는 하루나의 모습을 멍하니 쳐다보던 성희가 이곳에서의 생활에 잘 적응하려면 아직도 멀었다는 생각을 하며 아직도 콜록대고 있는 유건의 곁에 앉았다.

"자! 이제 말해봐. 둘이 무슨 사이?"

"저기 그게……."

"괜찮아, 나는 두 사람이 한 방을 쓴다고 해도 충분히 이해할 수 있을 만큼 생각이 열려있는 사람이니까."

"아니예욧! 그…… 그런 게 아니라."

그녀의 말에 깜짝 놀라 소리를 빽 하고 지른 성희가 붉어진 얼굴로 곁에 앉아있는 유건을 바라보았다.

"험험. 제가 얘기 하죠."

그녀의 눈빛에서 간절함을 느낀 유건이 헛기침을 하며 두 사람 사이에 있었던 일들에 대해 간단하게 설명했다.

"그런 일이 있었구나."

간간이 고개를 끄덕이며 진지하게 이야기를 경청하던 하루나가 성희의 곁으로 다가가 그녀의 손을 꼭 붙잡았다.

"마음고생이 참 많았겠다. 그래도 친구들은 구했네? 우리 성희 제법인 걸? 후훗."

"그…… 그러네요. 흑……!"

그날 이후 평범한 일상에서 어긋나 버린 자신의 삶을 이토록 깊게 이해해줄 수 있는 사람을 만나게 되리라고는 상상도 못했기에 자신의 손을 통해 전해지는 온기에 그녀의 눈에서 뜨거운 눈물이 흘러내렸다. 한번 터진 눈물은 그칠 줄 모르고 계속해서 흘러나왔다.

"흑흑흑흑……."

"괜찮아, 이젠 괜찮아."

그녀의 등을 다독거리며 위로하던 하루나가 그 광경을 지켜보며 어쩔 줄 몰라 하는 유건을 향해 들어가라며 눈짓을 해주었다. 발소리가 날까봐 조심해서 자신의 방으로 들어온 유건이 그동안 성희에 대해 자신이 너무 무관심한 것 같았다는 생각을 하며 가볍게 자신의 머리를 내리쳤다.

적응자라고는 하지만 그렇다고 해서 타인의 아픔까지 느끼지 못할 정도의 괴물이 되어버린 건 아니지 않은가?

'그렇다면 너무 슬프겠지.'

• ⁂ •

야심한 시각 미령은 원장실에 따로 만들어놓은 작은 책상에 앉아 밀린 업무를 보고 있었다. 작은 스탠드 불빛에 의지해 정신없이 서류를 검토하던 그녀가 한참 만에 기지개를 켜며 자리에서 일어났다.

"으으음~ 아우! 지금이 몇 시지?"

시계를 보니 어느덧 새벽 두시를 가리키고 있었다.

몰려오는 잠을 쫓기 위해 탕비실로 향한 그녀가 직접 갈은 원두를 거름망에 올리고 알맞게 덥힌 물을 천천히 그 위에다 부었다. 이 작은 공간에서 유일하게 그녀가 누리는 사치였다.

딸그락.

"응? 누……누구? 흡! 으읍! 읍!"

뭔가 떨어지는 소리에 뒤를 돌아보던 그녀는 갑자기 입을 막아오는 손을 붙잡고 연신 신음소리를 흘려댔다.

"쉿! 조용히 해라. 자꾸 떠들면 고운 얼굴에 그림을 그려주는 수가 있어."

소름끼칠 만큼 차가운 목소리가 그녀의 귓가를 간질였다. 어둠속에서 번들거리며 빛나는 칼날을 바라본 미령은 덜덜 몸을 떨어대며 위아래로 천천히 고개를 흔들었다.

"그래, 그래야지. 얌전히 있으면 기분 좋게 해줄게."

"흡!"

그녀의 눈앞에서 칼을 움직이며 겁을 주던 남자의 손이 그녀의 앞섬으로 이동하는가 싶더니 그대로 단추를 끊어 냈다.

결국 그녀의 탐스러운 가슴이 그 사이를 비집고 수줍게 모습을 드러냈다.

"호오~ 보기와 달리 제법인데? 크크크크"

"으읍!"

그녀의 작은 반항이 애처롭게 보일만큼 입을 막고 있는 남자의 완력은 상당했다.

칼날을 돌려 그녀의 속옷마저 끊어낸 그가 차가운 칼날로 그녀의 뽀얀 젖가슴을 천천히 희롱했다.

"흡! 흐읍! 읍읍!"

"어허~! 자꾸 움직이면 그대로 도려내버리는 수가 있어. 닥치고 가만히 있어라. 조금 만진다고 닳는 것도 아니니."

터엉!

그녀의 눈앞에 보이는 테이블에 칼날을 꽂아 넣은 남자가 손을 움직여 본격적으로 가슴을 더듬기 시작했다.

얼마나 강한 힘으로 꽂아 넣었는지 아직도 흔들리는 칼날을 바라보고 있는 미령의 눈동자 또한 세차게 흔들렸다.

'제발 누가 좀 도와줘요. 제발…… 엄마! 아빠! 유건아!'

그녀의 눈에 가득 고여 있던 눈물이 입을 막고 있는 남자의 손등을 타고 흘러내렸다.

애처롭게 떨어대는 그녀의 모습에 짜릿한 쾌감을 느낀 영식의 손이 점차 밑으로 내려갔다.

"으읍! 으으으읍!"

그런 그의 손길에 미령이 거칠게 반항하기 시작하자 그녀를 구석에 놓여있는 간이침대에 눕힌 영식이 벗겨낸 그녀의 속옷으로 입을 틀어막았다. 그리고는 바지마저 벗기기 위해 손을 놀렸다.

"크크크크 그렇게 반항해봐야 널 도와줄 사람은 하나도 없어. 얌전히 있으면 내가 천국가게 해줄게. 아악! 이년이!"

짜악!

어찌어찌해서 속옷을 뱉어낸 그녀가 어깨를 짓누르고 있던 남자의 손등을 깨물었다. 그러나 남자의 거친 손길에 빰을 얻어맞은 그녀는 언제 그랬냐는 듯 힘없이 무너지고 말았다.

남자의 전력을 다한 폭력에 버텨날 수 있는 여자는 없었다. 더욱이 상대가 폭력을 전문적으로 행사하는 프로인 바에야.

'제발…… 누가 좀 도와주세요…… 제발…….'

• ⁂ •

하늘이 빙빙 돌고 입안이 터져나가 핏물이 목구멍으로 넘어가는 상태에서 그저 눈물만 흘리고 있던 그녀의 귓가로 바람을 가르는 날카로운 소리가 들려왔다.

쇄애액~! 퍼억!

"커흑!"

깔끔한 검정색 슈트 차림을 한 남성의 발길질에 걷어차인 영식이 가구를 넘어뜨리며 그대로 날아가 구석에 처박혔다.

"이…… 이런 개자식이. 뭐야 너는!"

그 자리에서 번개처럼 일어선 영식이 맞은 부위를 손으로 에워싼 채 상대를 향해 으르렁 거렸다. 느낌이 안 좋은 것이 갈비뼈가 몇 대는 나간 것 같았다. 그러나 분노로 인해 급격하게 솟구친 아드레날린이 순간의 고통을 잊게 해 주었다.

"김미령씨 괜찮으십니까? 어디 다치신 데는 없으신가요?"

덜덜덜덜.

사내의 말에 미령이 덜덜 떨리는 손으로 자신의 몸을 가리며 대답했다.

"괘…… 괜찮습니다. 흑……."

또다른 낯선 사내의 등장에 놀랐던 그녀가 달빛에 비친 사내의 얼굴을 알아본 뒤 비로소 안심했다. 얼마 전 유건이 가드에 취직했음을 알려온 가드의 직원이었기 때문이었다. 평소의 그녀였다면 그가 시기적절하게 사무실에 나타났다는 사실에 의문을 품고 이에 대해 추궁했겠지만 지금의 미령은 그가 어떻게 지금 이 자리에 있는지를 따질 정도로 상태가 온전하지 못했다. 연신 흔들리는 그녀의 동공이 이런 그녀의 상태를 잘 설명해주고 있었다.

한눈에 그녀의 상태를 파악한 한동욱이 가볍게 고개를 끄덕이며 말했다.

"아기 새는 무사하다. 다시 말한다. 아기 새는 무사하다. 다만 충격이 큰 것 같으니 병원으로 후송하는 것이 좋을 것 같다."

"알았다. 곧 지원팀이 도착한다. 반복한다. 곧 지원팀이 도착한다."

수신기에서 들려오는 소리에 가볍게 고개를 끄덕인 한동욱이 자리에서 일어나 눈을 번들거리며 자신을 향해 칼을 겨누고 있는 영식을 바라보았다.

"너, 오늘 실수한 거야. 우리는 범죄자한테 미란다 원칙 같은 거 읊어줄 필요가 없거든."

그의 서늘한 눈빛에 움찔한 영식이 점점 온 몸을 잠식해오는 공포를 이기기 위해 소리를 지르며 달려들었다.

"우아아악! 죽어~!"

쇄애액!

일견 아무렇게나 달려드는 것 같았지만 칼을 쓰는 솜씨는 분명 프로의 그것이었다. 자신의 경동맥을 끊기 위해 쇄도하는 칼날을 가볍게 피한 한동욱이 상대의 손목을 그대로 잡아채며 비틀어 올렸다.

"크악!"

손목에서 느껴지는 극통에 칼을 놓친 영식이 비명을 지르는 와중에서도 다른 한손으로 숨겨둔 칼을 뽑아 휘둘렀다.

"제법."

예상치 못했던 돌발 상황임에도 불구하고 그는 전혀 당황하지 않은 채 비틀었던 상대의 손목을 자신의 오른쪽 발밑으로 잡아당겼다.

자연스럽게 딸려온 상대가 균형을 잃고 비틀거리자 칼을 들고 있던 나머지 팔을 그대로 발로 감아 꺾어버렸다.

빠각!

"으아아악!"

뼈가 부러지는 섬뜩한 소리가 울려 퍼짐과 동시에 영식의 입에서 고통에 찬 비명이 터져 나왔다.

한동욱이 바닥에 엎어진 채로 비명을 지르는 영식의 목덜미를 한차례 주먹으로 내리치자 이내 요동치던 그의 몸이 축 처지며 잠잠해졌다.

때맞춰 방으로 들어온 요원들에게 기절한 놈을 넘긴 한동욱이 여성 요원의 부축을 받아 방을 나서는 미령에게 다가갔다.

"좀 더 일찍 도와드리지 못한 점 사과드립니다."

깊숙이 고개를 숙이며 사과하는 한동욱을 향해 미령이 아직 떨리는 목소리로 말했다.

"아……닙니다. 저야말로 구……해주셔서 감사합니다."

고개를 든 한동욱이 가볍게 고갯짓하자 기다리고 있던 여성요원이 그녀를 이끌고 문 밖으로 나섰다. 곧이어 마당에 대기하고 있던 구급차가 조용히 출발하는 소리가 들렸다.

밖으로 나가자 3팀을 이끄는 조장 김민호가 입에 물고 있던 담배를 한 모금 깊이 빨고 난 뒤 그에게 건넸다.

"후우~ 여자 상태는 어때?"

"가벼운 타박상 외에 별다른 상처는 없습니다. 다만……."

"다만?"

"정신적인 충격이 좀 있는 것 같습니다."

"그런 것까지 우리가 나서서 책임져 줄 수는 없는 노릇이지. 아무튼 수고 많았다. 오늘은 복귀해서 푹 쉬어라."

"네, 감사합니다."

가볍게 그의 어깨를 두드린 김민호가 자신의 등 뒤에서 공손하게 인사하는 한동욱을 향해 손을 들어 가볍게 휘저었다.

그제야 손에 들린 담배를 입에 가져간 한동욱이 연기를 내뿜는 건지 한숨인지 모를 깊은 숨을 내쉬었다.

• ⁂ •

똑똑.

"애송이 자냐?"

문을 두드리는 소리에 잠에서 깬 유건이 잘 떠지지 않는 눈을 들어 습관적으로 시계를 바라봤다.

'새벽 세시잖아.'

가볍게 투덜거리며 문을 열자 굳은 표정의 철환이 서있었다.

"일단 옷부터 챙겨 입고 나와라."

"네? 이 시간에 어딜 갑니까?"

"병원."

• ⁂ •

으득.

어금니가 부러질 정도로 강하게 악다문 유건의 입에서 섬뜩한 소리가 울려 퍼졌다. 그가 앉아 있는 조수석의 창문은 이미 산산 조각난 지 오래였다. 뻥 뚫린 창으로 바람이 세차게 밀려들어왔다. 날아드는 바람에 눈을 뜨기 힘들 정도로 빠르게 텅 빈 도로를 내달리고 있는 철환의 얼굴도 굳어있기는 마찬가지였다.

아무 말 없이 유건을 차에 태운 철환이 그의 누나에 대한 소식을 전한 것이 조금 전이었다.

무심한 듯 사건을 나열하는 철환의 목소리가 이어질 때마다 유건의 얼굴이 붉어지며 퍼런 핏줄이 도드라지게 돋아났다.

"으아악!"

견디다 못한 유건이 휘두른 주먹에 조수석 창문이 터져나갔다.

"어떤 새낍니까? 대체 어떤 새끼가!"

"저번에 말했던 것처럼 가드의 주요 요인들의 가족들은 보호 대상으로 선정 되서 경호 전담팀에 의해 암중에 보호를 받게 된다. 그러니 너무 걱정 말아라."

"지금 그게 중요합니까! 다쳤다면서요? 그리고 하마터면 큰일을 당할 뻔 했고요!"

"잘 들어. 애송이. 분노는 가슴에 새기는 거다. 그리고 상황을 직시해라. 어떠한 순간에도 머리만큼은 차갑게 식어있어야 한다. 그래야 복수도 할 수 있지 그렇지 않다면 분노에 휩싸여 발악하다가 허무하게 목이 날아가는 수가 있다. 이만한 일에 제대로 된 상황 판단 조차 못할 만큼

머저리였나?"

"이익!"

분노한 유건에게도 분명하게 느껴질 만큼 철환의 말 한마디 한마디에서 어깨를 짓누르는 무게가 느껴졌다. 무어라 반박하며 소리를 지르고 싶었지만 왠지 모를 그 무게감에 유건은 이를 악다물며 신음을 삼켜야 했다.

"좋아. 그 상태에서 신중하게 생각해라. 네가 지금 해야 할 일이 무엇인지, 그리고 뭘 할 수 있는지를"

'내가 할 수 있는 일…….'

바닥에 닿을 정도로 액셀을 강하게 밟고 있는 철환의 곁에서 유건이 머리끝까지 치밀어 오른 분노를 억누르며 생각하기 시작했다. 그런 그의 모습에 철환의 입이 슬며시 호선을 그렸다.

병원의 정문을 들이 받기라도 할 기세로 달려들던 철환의 차가 바닥에 진한 스키드 마크를 남기며 멈춰 섰다.

콰앙!

문을 발로 차서 부수듯이 열고 내린 유건이 응급실을 향해 달려갔다.

'쩝, 수리비 꽤나 나오겠군.'

우그러든 채 덜렁거리는 차 문을 쳐다보며 입맛을 다신 철환이 천천히 그의 뒤를 따라 병원으로 향했다.

"오셨습니까?"

어느새 철환의 곁으로 따라붙은 검정색 슈트 차림의 사내가 공손히 고개를 숙이며 인사를 건넸다.

“여~! 김팀장. 오랜만이네. 어디보자 한 3년만인가?”

“5년입니다. 그동안 잘 지내셨습니까?”

“나야 뭐 늘 그렇지. 그건 그렇고 아직도 그 자리에 머물고 있나?”

철환의 말에 김민호의 미간이 꿈틀거렸다.

“예, 아직…….”

“결국은 정신력이 문제인거야. 미친 듯이 열망해. 여자보다, 돈보다, 그 어떤 명예보다 더. 그러다 보면 길이 보일 거다.”

“조언 감사드립니다. 명심하겠습니다.”

말이 좋지 능력을 온전히 개화하지 못해 반쪽짜리 취급을 받고 있는 이들에게 철환의 말은 뜬구름 잡는 거나 마찬가지였다. 철환도 자신의 말이 상대방에게 별다른 도움이 되지 못한 다는 것을 잘 알고 있었다. 그건 말로 한다고 해서 설명할 수 있는 게 아니었기에.

“쩝, 그래. 그건 그렇고 뭐 더 밝혀진 건 없나?”

입맛을 다신 철환이 말을 돌리자 김민호가 준비하고 있었다는 듯이 입을 열었다.

“나이 이십 구세 이름 김영식, 현재 막가파에서 관리하고 있는 여러 구역들 중에 한곳에서 활동하던 녀석입니다.

제법 칼을 잘 쓰고 사람들 특히나 여자들을 협박하고 갈취하는 데 그 실력이 탁월하다고 소문이 자자하더군요.”

“범행 목적은?”

“아무래도 그녀가 운영하는 자애원을 인수하려고 수작을 부린 것 같습니다.”

“인수?”

“네, 최근 한국건설쪽에서 그쪽 동네에 대규모 아파트 단지를 건설하려는 움직임을 보이고 있습니다. 헌데 자애원 측에서 이주에 대한 제안을 거절한 것 같습니다.”

“그래서 손을 썼다?”

“네. 겁을 주려는 목적이었던 것 같습니다.”

“흐음~ 보상금 규모가 작았나보지?”

“아닙니다. 오히려 소문이 날까봐 시세보다 더 쳐서 제안을 했다고 하더군요.”

“근데 왜?”

“그곳에서 일하는 자원봉사자의 말에 의하면 원생들 중에 변화된 환경에 적응을 잘 못하는 아이들이 있다고 합니다. 그래서 고사했던 것 같습니다.”

“호오~”

사실을 전해들은 철환의 입에서 감탄사가 흘러나왔다. 요즘 시대에 보기 드문 원장이었다. 대부분의 운영자들이 사업적 마인드로 일을 대하며 자신의 주머니를 불리는 데에

혈안이 되어 있는 것과는 무척이나 상반된 모습이었다.

철환은 유건의 누나라는 사람에 대해 전해 들으며 적응자가 된 이후에도 좀처럼 자아를 잃어버리지 않는 그의 밝은 이면에 그런 누이의 영향력이 적지 않음을 알 수 있었다.

• ☘ •

삐이~ 삐이~

"누…… 누나?"

개인 병실로 옮겨진 미령이 진정제를 맞고 깊은 잠에 빠져있었다. 그녀의 몸 상태를 알려주는 기계가 규칙적인 움직임을 보이고 있었다.

가까이 다가가니 그녀의 입술이 터져 피딱지가 져있는 모습이 눈에 들어왔다. 시선을 돌리자 부어오른 볼이 퍼렇게 물들어 있었다. 그리고 여기 저기 긁히고 멍든 자국들이 가득했다.

얼마나 무서웠을까? 얼마나 힘들었을까?

푸들거리는 그의 주먹에서 가늘게 핏줄기가 흘러내렸다. 얼마나 강하게 주먹을 쥐었던지 손톱이 손바닥을 파고 들었다. 이를 악다물며 참아왔던 눈물이 기어코 바닥으로 떨어져 내렸다.

험한 일을 당하기 전에 구해졌다고 들었다. 분명 그들에

게 고마워해야 할 일이지만 가슴 깊은 곳에서 솟구치는 분노로 인해 감사할 마음조차 생기지 않았다.

해야 할 일과 할 수 있는 일을 생각하라 했던가? 거칠게 눈물을 닦아낸 유건이 자리에서 일어나 잠들어있는 미령의 얼굴을 쳐다보고는 그대로 밖으로 나섰다.

복도로 나선 유건과 마주친 간호사가 무시무시하게 변한 그의 얼굴에 화들짝 놀라 바닥에 주저앉았다.

무서운 표정을 한 채 유건이 병원 밖으로 걸어 나오는 모습을 본 철환이 메모가 적힌 쪽지를 그에게 건넸다.

"이게 필요할 거다."

"차 좀 쓰겠습니다."

자신의 말투와 어딘가 닮은 유건의 말에 쓰게 웃은 철환이 키를 건네며 물었다.

"어디로 가는 거냐?"

"제가 할 일을 하러 갑니다."

"훗, 그래. 잘 다녀와라."

말없이 키를 받아든 유건이 냉기를 풀풀 풍기며 그를 스쳐지나갔다.

그런 그의 뒷모습을 바라보며 김민호가 조심스럽게 물었다.

"저 사람이……?"

"그래, 저 녀석이 당대 적응자다."

"……."

그의 말에 김민호가 알 수 없는 표정으로 멀어져 가는 유건의 뒷모습을 바라보았다.

• ⁂ •

유건이 한참을 달려 도착한 곳은 제법 오래돼 보이는 5층짜리 상가건물이었다. 차에서 내려 건물을 올려다보니 '충무상사' 라는 간판이 보였다. 다시 한 번 손에 들린 쪽지를 확인한 유건이 거침없이 계단을 걸어 올라갔다.

"응? 뭐냐 넌? 돈 빌리러 왔냐?"

두 사람이 간신히 지나갈 수 있을 만큼 좁은 계단 통로에서 칼로 손톱에 낀 때를 파내고 있던 남자가 인상을 구기며 유건을 향해 말했다. 이제 갓 고등학교를 졸업했을까? 얼굴에 아직 여드름 흔적이 가득한 앳된 얼굴이었다.

예전 같았으면 눈이라도 마주칠까봐 조심하던 상대였을 테지만 지금 유건의 눈에는 얕잡아 보이지 않기 위해 애써 이를 드러내고 으르렁대는 한 마리 똥개새끼 같아 보였다.

"어쭈? 이 새끼 표정 보게나? 인상 안 피냐?"

퍼억!

"억!"

파리를 내쫓듯 가볍게 뻗은 유건의 주먹이 녀석의 명치에

꽂히자 숨 막히는 소리를 내며 바닥에 그대로 주저앉았다.

"금방 나올 거니까 좀 자고 있어라."

쓰러진 녀석의 몸을 넘어 3층 입구에 도착한 유건이 거칠게 문을 열어젖혔다.

덜컹~!

"응? 뭐야? 저 새끼는?"

"야! 너 뭐하는 새끼야?"

"동철이 이 새끼는 또 농땡이 치러 간 거야?"

"아저씨? 돈 빌리러 왔어?"

문을 열자마자 넓은 공간에 험악한 인상을 가진 사내 넷이 소파에 앉아있는 모습이 눈에 들어왔다.

그들의 모습을 둘러보던 유건의 시선이 네 번째 사내에게서 멈췄다.

자애원에서 문틈 사이로 봤던 사내들 중 한명이 분명했다.

"동철이는 밑에서 잔다."

문을 벌컥 열고 들어와 주변을 천천히 둘러보던 유건이 하는 말을 들은 사내들의 얼굴이 험악하게 구겨졌다. 그들 중 한 사람이 바닥에 걸쭉한 침을 뱉고는 그대로 자리에서 일어나 건들거리며 유건에게 다가왔다.

"아그야~ 니가 시방 뭘 잘못 처 먹고 여와서 지랄 발광을 떠는 건지는 모르겄는디. 좋게 말할 때 그냥 가라 앙?"

건들거리며 다가온 사내가 유건의 눈을 똑바로 쳐다보며 거의 입술이 맞닿을 정도로 가깝게 얼굴을 들이댔다. 보통은 이정도 겁을 주면 겁에 질린 채로 바닥에 주저앉기 마련이었다. 그렇게 겁먹은 상대를 어르고 달래는 건 일도 아니었다. 인상이 더럽기로 이 바닥에서 둘째가라면 서러운 그로서는 이번에도 그렇게 될 거라 생각하며 더욱 인상을 구겨댔다.

크르르르르……

"흐익~!"

유건의 눈을 직시하던 사내가 어느 순간 바닥에 그대로 주저앉으며 비명을 질러댔다. 백유건의 평범한 외모 안에 감춰져 있는 것의 정체는 현대 사회에서 인류가 가장 두려워하는 몬스터의 그것과 꼭 닮은 괴물이었다. 그것도 자신의 영역을 침범한 녀석들에게 분노한 맹수였다. 아무런 준비도 없이 그의 눈 깊숙한 곳에 도사리고 있는 녀석과 마주한 사내는 바닥에 주저앉아 그대로 오줌까지 지렸다.

"야! 강철아? 너 뭐하냐? 시방?"

"이 쌍놈의 새끼가 시방 뭐한 거여?!"

"이런 개 후레잡놈의 새끼가."

그제야 돌아가는 상황이 뭔가 잘못됐다는 것을 깨달은

나머지 사내들이 분분히 자리에서 일어나 유건을 향해 다가왔다. 그런 그들에게서 조금 전과 달리 사나운 기세가 풀풀 풍겨났다. 어느새 그들의 손에는 잘 손질된 회칼이 들려있었다.

제법 날카로운 칼이었지만 당장 어제만 해도 거대한 검에 다리가 통째로 잘려나갔던 유건의 눈에는 마치 아이들의 장난감 같아 보였다. 가슴은 터질 듯이 두근거렸지만 그의 머리는 차갑게 가라앉아 있었다. 조금 전 차 안에서 전해들은 철환의 가르침을 잊지 않았기 때문이었다. 흥분해서 날뛰지는 않지만 그의 손속은 평소보다 배는 더 매서웠다.

빠각! 뻐억! 뻑!

가볍게 내지른 발길질에 바닥에 주저앉아 떨고 있던 사내가 억소리를 내며 뒤로 나뒹굴었다. 연이어 매섭게 휘두르는 유건의 주먹에 달려들던 첫 번째 사내가 얼굴이 함몰된 채로 벽에 날아가 처박혔다.

그런 그를 쳐다보지도 않은 채 가볍게 자리를 바꿔 날린 유건의 로우 킥에 맞은 사내가 그 자리에서 무너져 내렸다.

다리를 부여잡은 채 비명을 질러대는 사내의 다리가 이상한 각도로 휘어져 있었다. 부러진 허벅지 뼈가 살을 뚫고 나와 제법 많은 양의 피를 뿜어내고 있었다. 역한 피비린내가 금세 사무실 안을 가득 채웠다. 그러나 이를 지켜보는 유건의 눈빛은 처음 그대로 차갑게 가라앉아 미동조차 하지 않았다.

그 모습을 지켜보던 세 번째 사내가 겁에 질린 채로 등을 돌려 달아나려고 했다. 그러나 테이블을 밟고 몸을 날린 유건의 발에 얻어맞고는 달려가던 모습 그대로 허리가 뒤로 꺾인 채 바닥에 처박혀 게거품을 물었다. 여기 저기 처박혀 나뒹구는 사내들의 모습은 얼핏 보기에도 그대로 두면 사망에 이를 만큼 위중한 상태였다. 바닥이 흥건할 정도로 흘러내린 핏물이 신발 바닥에 걸쭉하게 달라붙었다.

주변의 널브러진 사내들의 끔찍한 모습을 무심한 표정으로 둘러보던 유건이 자신의 손을 내려다보며 고개를 갸웃거렸다.

바퀴벌레 한 마리 제대로 못 잡던 자신이 처음 보는 이들을 향해 무지막지하게 폭력을 휘두르면서도 일말의 양심의 가책조차 느끼지 못하고 있었다. 그럼에도 불구하고 이 모든 것이 원래부터 해오던 것처럼 무척이나 익숙했다. 익숙함. 지금 유건이 느끼고 있는 감정은 바로 그것이었다.

'폭력이 익숙하다?'

문제는 이렇게 변한 자신의 모습에 아무런 위화감을 느낄 수 없다는 데에 있었다. 오히려 어딘지 모르게 조금은 즐기고 있는 것 같다는 생각까지 들었다.

자신의 것을 함부로 건드린 놈들에게 그 대가를 톡톡히 치르게 하기 위해 찾아온 곳이었다. 그의 내부를 가득 채운 것은 분명 분노였지 즐거움은 아니었다.

그러나 이 순간 그의 본능이 이들을 무참하게 짓밟는 지금의 이 행동이 지극히 당연하다 말하고 있었다.

약육강식!

그제야 자신이 그들의 위에 서있는 포식자임을 분명하게 인식했다. 피식자인 그들에게 자신의 무력을 통해 원하는 바를 이뤄내는 것은 지극히 당연한 순리였다.

수천 년간 이어져 내려온 학습과 사회 체계를 통해 정립되어 어릴 때부터 세뇌되듯이 뇌리에 새겨진 보편적인 윤리관은 그의 내부에 자리 잡은 본능에 의해 일찌감치 저 구석으로 밀려났다. 마침 평소 그런 그의 본능을 자연스럽게 억누르던 철환도 곁에 없겠다. 그의 움직임은 무언가 항상 위축되어 있던 평소와 달리 전혀 거침이 없었다.

밖에서 들려오는 소란스러운 소리에 문을 열고 나서려던 광철은 열린 문 사이로 드러난 참극을 목격한 뒤 지체없이 몸을 돌이켜 자신의 책상으로 달려갔다.

생각에 빠져있던 유건의 귓가로 무언가 부산스러운 소리가 들려왔다. 구석에 따로 만들어 놓은 방이었다. 유건이 문을 향해 성큼 다가가 잠겨있는 문을 그대로 비틀어 열어젖히자 한 사내가 영화에서나 보던 구식 리볼버 권총을 든 채로 그를 겨누고 있었다. 총을 들고 있는 사내의 손이 사시나무 떨리듯 위아래로 흔들리고 있었다.

"무…… 무릎 꿇어 이 새끼야. 대갈통에 구멍을 내버리기 전에."

이 바닥에서 제법 알아주는 실력을 가진 수하들을 순식간에 정리해버린 녀석의 모습을 보자마자 주저 없이 권총을 꺼내든 광철은 어디서 저런 놈이 나타난 건지 머리를 굴려가며 속으로 욕을 해대고 있었다. 그를 바라보는 유건의 충혈 된 눈이 번들거렸다.

"쏠 건가?"

"그…… 그럼 못 쏠 것 같냐? 이 새끼야? 대체 너 정체가 뭐야? 대식이가 보냈냐? 앙?"

"대식이가 누군지는 알 것 없고. 뭐 하나만 좀 물어보자."

"응? 뭘?"

총을 앞에 두고서도 지나치게 차분한 유건의 페이스에 휩쓸린 광철이 자기도 모르게 반문했다.

"낮에 자애원에 다녀갔지?"

"그…… 그랬다 왜? 그게 어때서? 컥!"

순식간에 공간을 격하고 광철의 앞까지 다가온 유건이 그의 목줄을 움켜쥐고 위로 들어올렸다. 한 팔로 근 백 키로는 나가 보이는 광철을 가볍게 들어 올린 것이었다.

"컥~컥! 컥컥!"

광철은 권총이고 뭐고 내팽긴 채 눈물 콧물 흘려가며 자신의 목을 움켜쥐고 있는 유건의 손을 잡고 버둥거렸다.

"크허허헉. 사…… 살려……."

순간 상대의 목을 그대로 꺾어버리고 사지를 찢어버리고 싶은 충동이 몰려왔다. 이놈이 끝이 아니라는 이성의 외침을 뒤로한 채 상대의 피로 목욕하며 끝없이 몰려드는 갈증을 해소하고 싶었다.

분노는 가슴에, 머리는 차갑게. 순간 철환의 목소리가 바로 옆에서 들려오는 듯 했다.

단 한 놈도! 단 한 놈도 남겨두지 않고 이 일에 관계된 모든 녀석들을 박살내주리라 결심했다. 여기서 끝내기에는 그의 가슴속에서 치밀어 오르는 분노가 너무 컸다.

"스읍……후우……스읍……후우!"

심호흡을 하며 마음을 가라앉히기 위해 노력하자 머리끝까지 치밀어 올랐던 열기가 조금씩 가라앉았다. 열기가 가득한 뜨거운 한숨을 내쉬며 유건이 목을 조르고 있던 손아귀에서 힘을 뺐다.

유건의 손이 풀리는 순간 막혔던 숨통이 트이며 신선한 공기가 밀려들어오자 쪼그라들었던 광철의 폐가 다급하게 이를 받아들였다. 이내 가슴이 찢어지는 것 같은 통증이 엄습했다. 광철은 괴로움에 몸부림치며 바닥을 뒹굴었다.

괴로워하는 광철의 머리맡에 쪼그려 앉은 유건이 조금 전과 같은 어조로 말했다.

"마지막 기회다, 이유가 뭐지?"

그의 살벌한 눈빛에 기가 질린 광철이 거칠게 기침을 해대며 말했다.

"쿨럭 쿨럭~ 커흑. 기…… 김사장이 가…… 가라고 해서."

"김사장? 그 사람이 누군데 거길 가라고 해? 뭐 때문에?"

"하…… 한국 건설 이사입니다. 그가 이…… 이번에 그곳에 아파트를 짓는다고 저희보고 버티고 있는 주민들을 쫓아내라 시켰습니다."

"그래서 자애원에가서 협박을 했다?"

"그…… 그렇습니다. 사…… 사장님과 연관된 곳인지는 전혀 모…… 몰랐습니다."

쳐다보기만 해도 오금이 저리게 만드는 유건의 눈빛에 어지간한 일에는 눈 하나 깜짝하지 않는다는 미친개 광철도 제 정신을 차릴 수가 없었다. 어느새 유건에 대한 호칭도 사장님으로 바뀌어 있었다.

"어젯밤 사람을 보내 누나를 협박하라고 시킨 것도 네놈 짓이냐?"

"그…… 그건 저도 모르는…… 크아악!"

뿌드득!

눈알을 굴려가며 빠져나갈 궁리를 하고 있는 광철의 얕을 수를 단숨에 알아차린 유건의 팔이 그의 무릎을 짓눌렀다. 뭔가 섬뜩한 소리가 들리는 가 싶더니 동시에 무릎이 이상한 각도로 꺾여있었다. 머리가 새하얘질 만큼 강렬한 통증에 본능적으로 터져 나오는 비명을 토해내기 위해 커다랗게 벌려진 광철의 입에 책상위에 있던 명패가 틀어박혔다. 입에서 흘러나온 피가 하얗게 음각되어 있는 그의 이름을 적시며 바닥으로 떨어져 내렸다.

"꺽! 꺽!"

"다음번엔 네놈 모가지야."

"마…… 마스니다. 즈……가 즈시해스니다. 우욱."

명패를 빼내자 광철이 덜덜 떨어가며 핏덩이와 뒤섞인 이빨들을 힘겹게 뱉어냈다.

그의 입에서 죄를 자인하는 말이 떨어지기 무섭게 간신히 억누르고 있던 분노가 머리끝까지 치밀어 올랐다. 이대로 상대를 갈기갈기 찢어발기고 싶다는 생각을 억누르기 힘들었다.

"으아아아악!"

콰아앙!

유건이 내지른 주먹이 엄청난 굉음을 내며 광철의 사타구니 바로 앞에 있는 바닥에 틀어박혔다. 콘크리트 바닥을 뚫고 들어간 그의 주먹이 멀쩡할 리 없었다. 주먹을 들어 이리 저리 튀어나온 뼛조각을 무심하게 쳐다보는 유건의 모습에 극심한 공포를 느낀 광철이 간질에 걸린 환자처럼 부들부들 떨어댔다.

주먹에서 느껴지는 극통에 끓어올랐던 분노가 어느 정도

가라앉는 것 같았다. 유건이 실핏줄이 터져 붉게 변한 눈으로 광철을 쳐다보며 말했다.

"네놈 위에 누가 있냐?"

"에? 으아아아악!"

상대가 멍하니 반문하자 유건이 지체 없이 남은 다리를 분질렀다.

"으헉헉…… 제바아 사려……."

연이어 찾아오는 극통에 눈이 돌아간 광철이 침을 질질 흘려가며 애원했다.

"묻는 말에 대답만 잘하면 살려주지."

"머…… 머드지 마스만 하시시오. 크흑. 저부 마라게스니다. 커흑…… 제바 무어바 즈세오. 흐흐흐흑."

"네놈 위에 누가 있냐?"

"처…… 엉 세 브에 혀니이 계시니다."

"어디냐?"

"크흑…… 가…… 가나암에."

고통을 이기지 못해 앉은 자리에서 질펀하게 오줌을 싼 광철이 혼미해져가는 정신을 억지로 가다듬으며 더듬더듬 대답했다. 머릿속에는 오직 살고 싶다는 생각만이 가득했다.

잠시 생각을 하던 유건이 두 다리가 뒤틀려 제대로 서지 못하는 광철의 뒷덜미를 잡고 일어섰다. 그런 그에게서 피 냄새와 뒤섞인 알싸한 암모니아 냄새가 풍겨났다.

"살고 싶냐?"

유건의 물음에 광철의 눈이 화등잔 만하게 커지며 연신 고개를 위아래로 흔들었다.

"그럼 안내해라."

의문 섞인 눈으로 자신을 쳐다보는 광철을 향해 유건이 한마디 했다.

"놈들한테로."

· ⁂ ·

검은색 스타렉스의 조수석에 탄 유건이 손을 덜덜 떨며 운전하고 있는 사내를 향해 말했다.

"천천히 가라. 그러다가 사고 낼라."

"네…… 넵."

덜덜덜덜.

대답하는 사내의 손이 운전대를 꽉 부여잡은 채로 덜덜 떨리고 있었다.

조금 전 입에서 피를 철철 흘려대는 광철의 목덜미를 부여잡은 채 질질 끌고 내려가던 유건을 맞이한 건 자리를 비웠던 광철의 수하들이었다.

기절한 채 쓰러져 있는 동철이의 모습을 확인하고 연장까지 챙겨든 그들이 팔다리가 부러진 채 처참한 모습으로 여기 저기 널브러지기까지 채 1분도 걸리지 않았다. 그중 가장 뒤쪽에 서있던 의규는 운 좋게(?) 멀쩡한 모습으로 운전석에 앉을 수 있었다.

[목적지 주변입니다.]

네비에서 도착을 알리는 알림음이 흘러나오자 천천히 차를 세우며 벌벌 떨고 있던 의규가 흠칫 거리며 그 커다란 몸을 웅크렸다.

턱!

"수고했다."

"네? 아……넵. 끄아악!"

가볍게 어깨를 두드리는 것 같이 보이던 유건의 손길에 그의 어깨뼈가 박살나며 그대로 주저앉았다. 화들짝 놀란 의규가 어깨를 부여잡고 고통에 찬 신음을 흘려댔다.

퍼억!

"컥!"

몸을 덜덜 떨어가며 진땀을 흘리던 그가 마지막으로 본 것은 자신의 얼굴을 향해 날아오는 유건의 주먹이었다.

고통으로 인해 기절하지도 못한 채 신음하고 있던 광철

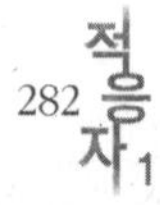

을 차에서 끌어내려 그가 가리키는 방향으로 걸어가던 유건이 시끄러운 유흥가에서 조금 떨어진 세련된 건물의 입구에 멈춰 섰다.

“여기인가?”

“큭…… 네. 마…… 마스니다. 크헉.”

“들어가자.”

광철의 목덜미를 잡고 한 손에 든 채로 지하로 향하는 입구를 향해 가까이 다가가자 가까이 가기 전에는 잘 보이지 않는 어두운 구석에 몸을 숨기고 있던 사내 둘이 나타나 그를 가로막았다.

“누구냐 넌.”

“적응자.”

“그게 무슨? 컥!”

반문하던 사내가 얼굴이 함몰된 채로 거센 핏줄기를 뿌려대며 한참을 날아가 처박혔다.

“이런 시팔~!”

동료가 당하는 모습에 급히 허리춤에 숨겨놨던 칼을 꺼내든 사내가 이를 채 휘두르기도 전에 비명을 질러댔다.

“크윽!”

그의 손목을 잡아 채 단숨에 비틀어버린 유건이 칼을 들고 있던 손을 그대로 그의 옆구리에 박아버렸다.

“으아아아악!”

퍼억!

비명을 질러대던 사내가 유건이 내지른 발길질에 정신을 잃고 이내 잠잠해졌다.

계단을 내려가자 시끄러운 음악이 가득한 클럽 분위기를 예상했던 유건의 생각과 달리 실내에는 부드러운 클래식이 흐르고 있었다. 고급스럽게 꾸며진 내부에 발을 내디딘 유건의 모습은 무척이나 이질적으로 보였다.

"어머?"

이곳을 출입하는 일반적인 사람들의 고급스러운 옷차림이 아닌 여기 저기 튄 피로 더럽혀진 옷을 입고 나타난 유건의 등장에 놀란 여직원이 그의 손아귀에 잡혀 개처럼 끌려온 광철의 처참한 몰골을 보고는 비명을 지르기 위해 숨을 크게 들이켰다.

"꺄…… 읏."

어느새 그녀의 뒤로 돌아간 유건이 뒷목을 가볍게 내리치자 소리를 지르려고 입을 크게 벌렸던 그녀가 눈을 까뒤집은 채로 넘어갔다.

그녀를 가볍게 받아든 유건이 한쪽에 조심스럽게 내려놓고는 언제 그랬냐는 듯이 광철에게 돌아와 그의 뒷덜미를 거칠게 잡아끌고 내부로 들어갔다.

문 밖에서 주변을 둘러보며 서있던 사내 둘이 유건과 광철의 모습을 발견하고는 서로를 돌아보았다.

"뭐야 네놈은?"

질문을 던지는 것과 동시에 땅을 박차고 몸을 날린 사내의 발이 유건의 얼굴을 향해 날아들었다. 그에게서 조금 전까지 맞닥뜨렸던 어설픈 이들과 달리 한 분야에 오랜 시간을 들인 전문가의 냄새가 풀풀 풍겨났다.

가볍게 고개를 돌려 발을 피해낸 유건이 그의 발목을 잡아채기 위해 손을 내뻗자 사내의 나머지 발이 그런 그를 향해 쇄도했다.

퍽!

유건이 날아드는 발을 뻗었던 손을 돌려 막아내는 틈을 타 바닥에 착지하자마자 몸을 굴려 그의 뒤쪽으로 돌아간 사내가 가볍게 고개를 꺾어가며 말했다.

"제법이군."

유건이 고개를 돌려 뒤를 바라보는 찰나 전면에 남아있던 사내가 어느새 빼든 칼을 역수로 쥐고 그의 허벅지를 향해 휘둘렀다. 그리고 거의 동시에 뒤에서 다가오던 사내의 발이 유건의 머리를 향해 날아들었다. 군더더기 하나 없는 깔끔한 돌려차기였다.

허리를 숙여 발을 피해낸 유건이 허벅지를 찔러오는 사내의 팔을 양손으로 거머쥐었다.

"큭!"

공중을 걷어찬 사내가 물 흐르듯이 자연스러운 동작으로

디딤 발을 바꿔 그대로 유건의 등을 향해 뒤차기를 날렸다. 이에 유건이 인상을 찌푸리면서도 칼을 놓지 않고 있는 사내의 팔을 안쪽으로 끌어당기며 그대로 한 바퀴 돌아 뒤를 향해 던져버렸다.

우당탕탕.

뒤엉켜 나뒹구는 두 사내를 무심하게 쳐다보고 있던 유건이 벽을 박차며 뛰어올라 그들 위로 떨어져 내렸다.

뿌드득!

"크아악!"

유건의 발에 허리를 밟힌 사내가 고통에 찬 비명을 질러댔다. 그 사이 몸을 굴려 자리를 피한 다른 사내가 그대로 뛰어올라 공중에서 수직으로 몸을 한 바퀴 크게 휘돌며 유건의 머리를 발뒤꿈치로 찍어 내렸다.

퍼억!

"헛!"

자신의 머리를 향해 떨어져 내리는 사내의 발을 향해 유건이 주먹을 내질렀다. 사내의 발과 유건의 주먹이 충돌하자마자 사내의 입에서 헛바람 집어 삼키는 소리가 터져 나왔다. 동시에 그의 다리가 튕겨져 나가는 여력으로 인해 공중에서 순식간에 두 바퀴를 돌아버린 사내가 바닥에 떨어져 내렸다.

평범한 사람이 일반적으로 낼 수 있는 다리의 힘은 팔이

낼 수 있는 힘의 열 배를 상회한다. 이를 제대로 활용할 줄 아는 이라면 그 차이는 어마어마하게 벌어진다. 헌데 오랜 시간을 두고 단련한 전문가가 작정하고 내지른 다리를 주먹으로 쳐낸다? 직접 보고도 믿지 못할 광경이었다.

급히 몸을 일으킨 사내가 발에서 느껴지는 격통에 인상을 찌푸리며 벽을 짚었다.

"크윽, 대체 뭐냐 네놈은."

"알 것 없다."

투쾅!

순식간에 사내의 전면으로 쇄도한 유건의 발길질에 채인 사내가 한참을 날아가 한쪽에 놓여있던 의자를 부수며 엉망으로 나뒹굴었다.

그들이 지키고 있던 첫 번째 방의 문을 거칠게 열어젖히자 내부에 앉아 술을 마시고 있던 이들의 모습이 한눈에 들어왔다.

상의를 거의 다 벗어젖힌 반라의 차람을 한 여성들이 남자들의 양 옆에 달라붙어 갖은 아양을 떨고 있었다. 무심한 눈으로 내부를 훑어가던 유건이 광철을 눈높이까지 들어 올린 뒤 물었다.

"여기에 있나?"

"크흑…… 저…… 저기."

힘겹게 손을 들어 올린 광철이 방 내부의 중앙에 앉아

있는 커다란 덩치의 사내를 가리켰다.

그제야 광철의 얼굴을 알아본 사내가 자리에서 벌떡 일어났다.

“응? 너 광철이 아니냐? 그 꼴은 또 뭐고?”

“크흑, 혀…… 혀니.”

눈물을 줄줄 흘리며 그를 부르는 광철의 모습에 사내의 눈썹이 꿈틀거렸다. 밖을 지키고 있던 녀석들을 정리하고 여기 까지 들어왔다면 평범한 놈은 아닐 것이 분명했다. 잠시 생각에 잠겨 있던 그가 입을 열었다.

”쌍칼.”

어지간해서는 움직이지 않는 그가 자신을 부르는 소리에 의아한 낯을 띠고 고개를 돌렸다.

“네, 형님.”

“자초지정은 일단 저 새끼부터 꿇려놓고 듣도록 하지.”

“넵.”

그의 말에 공손히 대답한 사내가 여자의 가슴을 주물거리고 있던 손을 빼내며 천천히 자리에서 일어났다.

“여기까지 들어온걸 보면 제법 실력이 있나본데? 이 새끼가 여기가 어디라고 감히.”

슈칵.

느물거리며 천천히 다가오던 사내의 손에서 전광석화 같은 일격이 뻗어 나왔다. 그의 손끝에는 어느새 빼든 칼이 들

려있었다. 특수 부대에서 주로 사용하는 군용단검이었다.

가볍게 고개를 돌려 그의 공격을 피한 유건의 머리카락 몇 가닥이 잘려나가 공중에 흩날렸다.

"호오~ 제법인데?"

그의 별명에서 알 수 있듯이 그는 이 바닥에서 칼로 유명세를 얻은 인물이었다. 마구잡이로 휘두르는 그런 칼질이 아닌 군부대에서 배운 실전 단검술을 오랜 시간 제대로 갈고 닦은 진짜 칼잡이였다.

이 바닥에 발을 디딘 이후 자신이 내지른 첫 번째 칼날을 피해낸 이들은 손가락에 꼽을 정도였다. 처음부터 지금까지 눈 한번 깜빡거리지 않는 모습을 보아하니 요행이 아니라 제대로 보고 피한 것이 분명했다.

'진짜다.'

일수에 상대의 실력을 알아차린 쌍칼의 눈매가 날카롭게 변했다.

싸아악.

쌍칼은 순간 전신으로 퍼져나가는 소름 끼치는 느낌에 가볍게 몸을 부르르 떨었다. 그렇지 않아도 최근 꽤나 오랜 시간동안 제대로 된 상대를 만나지 못해 욕구불만인 상태였다.

실력 있는 상대의 몸에 칼을 쑤셔 넣고 그 비명을 들을 때의 쾌감이란! 그 어떤 여자를 통해서도 맛보지 못했던

오르가즘을 그에게 선사해 주었다. 이를 다시 한 번 느낄 수 있을 거라 생각하니 벌써부터 아랫도리가 빼근해지는 기분이었다.

어느새 그의 양손에 길이가 조금 다른 단검이 들려있었다.

“부디 오래 버텨다오. 크크크큭.”

쇄액!

쌍칼의 손이 사라졌다 싶은 순간 공기를 가르는 섬뜩한 소리와 함께 칼날이 날아들었다. 상대의 경동맥을 끊어버리기 위해 날린 칼날이 허무하게 허공을 가르자 그대로 손을 돌려 번뜩이는 칼날을 그의 어깨를 향해 찍어 내렸다.

피슛!

순간 손끝으로 전해져 오는 느낌이 있었다. 그러나 사람의 몸을 벨 때 느낄 수 있는 그것과 거리가 멀었다.

‘쳇!’

속으로 나직이 투덜거린 쌍칼이 부지런히 양손을 놀려 위아래 가리지 않고 엄청난 속도로 유건의 온 몸을 난도질했다. 눈에 보이지 않을 정도로 현란하게 움직이는 쌍칼의 손놀림도 놀라웠지만 이를 종이 한 장 차이로 비껴내는 유건의 비현실적인 모습에 자리에 앉아 이를 지켜보고 있던 사내의 목울대가 크게 출렁거렸다.

터어엉!

"커헉!"

단검을 피해내며 상대의 몸에 거의 닿을 정도로 가까이 접근한 유건의 어깨에 가슴을 강타당한 사내가 피를 토해내며 뒤로 날아갔다.

일어나기 위해 갖은 애를 써보지만 제대로 몸을 가누지 못하는 사내에게서 시선을 돌린 유건이 거구의 사내를 바라보며 말했다.

"나올 필요 없다. 내가 갈 테니."

"마…… 막앗!"

말을 마친 유건이 중앙에 놓여 있는 기다란 테이블 위로 올라서자 사내의 입에서 다급한 소리가 튀어나왔다.

"으아아아!"

거의 동시에 양쪽에 앉아있던 사내들이 유건을 제지하기 위해 소리를 지르며 테이블 위로 뛰어 올라 왔다.

"이야앗!"

퍼어엉!

유건이 기합을 지르며 자신을 향해 양주병을 휘두르는 사내의 얼굴을 향해 친절하게(?) 바닥에서 주워든 같은 모양의 양주병을 내리쳤다.

"끄어어어!"

얼굴에 깨진 병조각이 잔뜩 틀어박힌 사내가 기묘한 소리를 질러가며 무너져 내렸다.

"꺄아아아!"

싸움이 시작되자마자 사방에 있던 여자들이 뾰족한 비명을 질러댔다. 소란스러운 틈을 타 가만히 앉아있던 사내가 유건의 발목을 향해 칼날을 휘둘렀다. 이를 발을 들어 가볍게 피해낸 유건이 들어 올린 발로 상대의 얼굴을 그대로 짓밟았다.

유건의 발에 맞아 소파 깊숙이 틀어박힌 사내가 그물에 걸린 물고기처럼 펄떡거렸다. 발을 떼자 발바닥에 달라붙은 핏물이 길게 늘어졌다.

고개를 숙여 얼굴을 향해 날아드는 발을 피해낸 유건이 상대의 디딤 발을 강하게 걷어찼다.

빠각!

기묘한 각도로 꺾인 다리 한쪽으로 부러진 뼈가 살을 뚫고 나왔다. 그곳에서 심장박동에 맞춰 붉은 핏줄기가 규칙적으로 뿜어져 나왔다.

쇄액!

동시에 손에 들고 있던 병 손잡이를 뒤에서 달려들던 사내를 향해 집어 던졌다.

"커흑!"

빠른 속도로 달려들던 사내가 목에 틀어박힌 병 손잡이를 부여잡고 무너져 내렸다. 그를 뛰어 넘어 날아든 거구의 사내가 그대로 유건의 몸을 감싸 안았다.

"놈! 이젠 끝이다."

거친 콧바람을 뿜어내며 감싸 쥔 양팔에 힘을 주자 강한 압박감이 사방에서 몰려들었다. 그 틈을 타 접근한 다른 사내가 유건의 머리를 향해 쇠파이프를 내리쳤다.

퍼어억!

"끄어어어!"

자신을 감싸고 있던 사내의 팔을 가볍게 풀어낸 유건이 그대로 자리에 주저앉자 날아들던 쇠파이프가 거구를 자랑하는 사내의 머리를 그대로 강타했다.

유건이 동료의 머리에서 새어나오는 핏물에 당황해 주춤거리는 사내의 양 발등을 사이좋게(?) 주먹으로 내리쳤다.

"크학!"

발에서 느껴지는 극통에 비명을 지르던 사내가 그대로 테이블 바깥으로 떨어져 내렸다. 그런 그를 뒤로한 채 유건이 머리를 부여잡고 끙끙거리고 있던 거구를 향해 앞차기를 날렸다.

두툼한 살집으로 뒤덮여 있는 사내의 복부를 향해 유건의 발이 송곳처럼 날카롭게 날아들었다. 거대한 체구의 사내가 복부에서 느껴지는 극통에 비명조차 지르지 못한 채 그대로 무너져 내렸다.

"오…… 오지 맛!"

마지막으로 남은 녀석이 손에든 칼을 이리저리 휘둘러

가며 떨리는 목소리로 외쳤다.

천천히 테이블 위를 걸어가던 유건이 발에 걸리는 병을 그대로 걷어찼다. 빠른 속도로 날아간 병이 사내의 머리를 강타했다.

"오지 말라고…… 컥!"

테이블 끝에 다다르자 연신 식은땀을 흘리고 있던 사내가 애써 무덤덤한 척 하며 유건을 향해 말했다.

"큼큼, 실력이 제…… 제법이구나? 원하는 게 뭐냐?"

"재 알지?"

테이블위에 쪼그리고 앉아 사내를 가만히 내려다보던 유건이 입구에 아무렇게나 구겨져있는 광철을 가리키며 물었다.

"광……철이? 알다 마다 근데 그게 이번일하고 무슨 상관…… 헉!"

손을 뻗어 의아한 얼굴로 반문하는 사내의 목덜미를 거머쥔 유건이 그의 얼굴을 가까이 가져다 대고 말했다.

"사람 잘못 건드렸다."

"그게 무……슨. 크하학!"

불안한 듯 좌우로 빠르게 눈을 굴려가며 대꾸하던 사내의 입에서 고통에 찬 비명이 터져 나왔다. 유건이 그의 머리를 테이블에 그대로 처박아 버렸기 때문이었다.

"끄어어어……."

쾅쾅!

"크헉! 사…… 살려……."

쾅쾅쾅!

"제……발…… 죽엇!"

눈물을 흘려가며 애원하던 사내가 탁자 밑에 숨겨두었던 칼을 꺼내들고는 유건을 향해 찔러왔다. 나머지 한 손으로 상대의 팔목을 잡아 챈 유건이 이를 그대로 꺾어버렸다.

"커흑!"

그 이후 상대가 뭐라 지껄이든 말든 개의치 않고 십여 차례나 내리 치던 유건이 엉망으로 구겨진 사내의 얼굴에 자신의 얼굴을 가까이 들여다 대며 말했다.

"폭력이 항상 네놈들 편이라 생각했나?"

"크흑, 요…… 용서를……."

퍼어억!

퉁퉁 부어오른 눈으로 자신을 바라보며 애처롭게 애원하는 상대를 향해 유건이 그대로 박치기를 날렸다. 얼굴이 함몰된 채 혼절한 상대를 무심한 눈으로 내려다보던 유건이 그대로 몸을 돌렸다.

여기 저기 처참한 몰골을 한 채 널브러진 사내들 사이로 입을 틀어막은 채 흐느끼는 여인들의 울음소리가 애처롭게 울려 퍼졌다.

입구로 걸어 나온 유건의 모습을 바라보던 광철이 그와 눈이 마주치자마자 딸꾹질을 하기 시작했다. 온 몸을 상대의 피로 물들인 유건의 표정은 처음이나 지금이나 시종일관 무심했던 처음 모습 그대로였다. 그 모습이 광철에게는 극심한 공포로 다가왔다.

딸꾹질이 행여나 상대의 심기를 거슬릴까 양손으로 입을 틀어막은 채 숨을 참고 있던 광철은 자신의 몸이 붕 떠오르는 것을 느꼈다.

"저놈이 몇 번째냐?"

"세…… 세버째 이니다."

"나머지는?"

"아마더…… 다르바에……."

지하에 있던 방을 모조리 뒤졌음에도 불구하고 원하던 상대를 찾지 못하자 쏘아보는 유건의 눈빛을 견디지 못한 광철이 덜덜 떨리는 손으로 비밀 통로를 가리켰다.

교묘하게 숨겨져 있어 신경 써서 찾아보지 못하면 눈앞에 두고도 모른 채 지나칠 법한 통로는 지상으로 연결되어 있었다. 그곳을 지나 건물 뒤편으로 나오자 정갈하게 지어진 전통 한옥이 그 모습을 드러냈다. 주변을 둘러싼 건물들에 가려져 밖에서는 그 존재조차 알아차릴 수 없을 만큼 기막힌 위치였다.

• ⁂ •

한옥 건물 입구에 서서 날카로운 눈빛으로 주변을 둘러보고 있던 이들이 유건과 광철을 발견하고는 고개를 갸웃거리며 가까이 다가왔다.

"잠깐. 여긴 어떻게? 응?"

한발 앞으로 나서며 말을 건네던 사내가 광철의 얼굴을 알아보고는 허리춤에 메여있던 목검을 꺼내들었다. 검붉은 빛을 띠고 있는 목검을 손에 쥐자 그들에게서 강한 기세가 풍겨져 나왔다.

"이 새끼!"

제대로 검도를 배운 티가 물씬 풍기는 두 사람이 교대로 나서며 목검을 휘두르자 광철을 내려놓은 유건이 연신 뒤로 물러섰다. 그들이 목검을 휘두를 때마다 들려오는 바람을 가르는 소리가 제법 매서웠다.

"차아압!"

유건이 하단을 쓸어오는 상대의 공격을 피해 공중으로 몸을 띄우자 그 앞에서 몸을 낮춘 동료의 등을 밟고 도약한 사내가 유건의 머리를 향해 목검을 강하게 내리쳤다. 수없이 많은 훈련을 통해 체득한 합격술이었다.

빠각!

"큭!"

어쩔 수 없이 오른쪽 팔을 들어 머리를 보호한 유건이 팔에서 느껴지는 통증에 인상을 찌푸리며 뒤로 물러섰다. 가운데 철심을 박아 넣은 목검을 한 팔로 막아냈으니 멀쩡할 리가 없었다. 맞은 부위가 금세 부어올랐다. 그런 그의 모습을 보며 잠시 시선을 교환하던 두 사내가 동시에 달려들었다.

퍽!

어느새 회복된 팔을 들어 위에서 내리치는 목검을 막아낸 유건이 상대의 품안으로 깊숙이 파고들며 달려들던 속도 그대로 상대의 가슴을 들이 받았다. 분명 조금 전에는 공격을 막아내다가 부러졌던 팔인데 이번에는 도리어 목검을 튕겨내고 있었다.

"컥!"

가는 핏물을 토해내며 뒤로 날아가는 동료의 모습에 당황한 사내가 우물쭈물 하는 사이 거리를 좁힌 유건이 상대의 복부를 향해 주먹을 내뻗었다.

"헛!"

그 와중에도 목검을 들어 공격을 막아내는 상대의 모습에 이채를 띤 유건이 순간 내뻗은 주먹을 펴서 상대의 목검을 붙잡아 그대로 잡아당겼다.

자신을 끌어당기는 엄청난 힘에 놀란 상대가 끌려가지 않기 위해들고 있던 목검을 놓아버렸다.

엉덩방아를 찧은 뒤 연이어 날아들 공격에 대비해 급히 뒤

로 물러서는 상대의 예상과 달리 그 자리에 선 채로 뻗어든 목검을 들어 쳐다보던 유건이 만족스러운 웃음을 지었다. 목검에서 눈을 떼며 상대를 향해 시선을 돌린 그가 입을 열었다.

"이번엔 내 차례다."

쇄애액!

그의 말이 끝나기 무섭게 공기를 가르는 목검에서 조금 전과 비교도 되지 않을 만큼 날카로운 굉음이 들려왔다. 이를 겨우 피해낸 사내의 얼굴에서 굵은 땀방울이 흘러내렸다.

꿀꺽.

바람을 가르는 소리로 보아 그대로 맞으면 최하 중상이 확실해 보였다.

'응?'

오랜 시간 검을 다뤄온 경험을 토대로 날아드는 상대의 검로를 파악하기 위해 유건의 어깨에서 시선을 떼지 않던 사내의 눈앞이 순간 캄캄해졌다. 들고 있던 목검을 휘두를 거라 지레짐작한 채 이를 경계하고 있던 상대에게 유건이 그대로 목검을 던져버린 것이었다. 오랜 시간 동안 검을 다루며 가지게 된 고정관념이 독이 되어 돌아온 순간이었다.

쏜살같이 날아든 목검에 얻어맞은 사내의 눈이 돌아가며 그대로 무너져 내렸다. 쓰러진 사내의 곁으로 걸어가 목검을 집어 든 유건이 굳게 닫혀 있는 대문을 향해 다가갔다.

콰아앙!

유건의 발길질에 제법 둔중해 보이는 한옥의 대문이 안쪽으로 쓰러져 내렸다. 문을 지탱하고 있던 경첩이 그대로 떨어져 나갔기 때문이었다. 잘 꾸며진 한옥 내부에 흐르고 있던 고즈넉한 분위기를 단숨에 날려버리는 굉음에 내부에서 경계를 서고 있던 사내들의 시선이 일제히 입구를 향했다.

안으로 들어서는 유건과 그의 손에 들린 광철의 모습을 살펴본 뒤 일사분란하게 그를 에워싸는 사내들에게서 주변을 내리 누르는 묵직한 기세가 풍겨져 나왔다. 전문적으로 훈련받은 이들에게서나 느낄 수 있는 절제된 기도였다.

입구를 지키는 녀석들부터가 지하에서 만났던 사내들과 격이 다르다 싶었는데 안으로 들어서니 조금 전의 녀석들이 왜 문밖을 지키고 있었는지 알 것 같았다. 그만큼 지금의 사내들에게서 전해져 오는 기세는 대단했다.

광철을 내려놓은 유건이 조금 전 주워든 목검을 들고 평소 철환이 자주 보여주던 기수식을 취하자 조금씩 다가서던 사내들의 미간이 좁혀졌다.

바뀐 유건의 자세에서 조금 전과 확연히 다른 기세가 줄기줄기 피어올랐기 때문이었다. 이를 민감하게 느끼며 조심스럽게 다가서던 사내들 중 가장 전면에 서있던 이가 유건의 품을 향해 날카롭게 쇄도하며 어느새 꺼내든 단검을 횡으로 강하게 휘둘렀다.

상대로 하여금 무기를 휘두를만한 공간을 주지 않는 깔

끔한 일격이었다. 뒤로 물러서며 목검을 들어 이를 막아낸 유건의 눈썹이 꿈틀거렸다.

사내가 휘두른 단검이 유건이 들어 올린 목검의 나무 부위를 부수듯이 가르며 스쳐 지나갔기 때문이었다. 엉망으로 쪼개져 나간 부위에서 가운데 박혀있는 철심이 그 모습을 드러냈다. 단순한 목검이었다면 이번 공격에 그대로 반토막이 되어 버렸을 터였다.

평범한 일상에서 가드의 중추적인 역할을 맡고 있는 철환과 검을 맞대기까지 그가 최근 들어 경험한 양측 사이에 존재하는 무(武)의 간극은 실로 어마어마했다. 그 사이에 존재하는 경험의 공백으로 인해 지금의 유건은 무척이나 불안정한 상태였다.

유건이 한쪽이 부서져 나간 목검을 쳐다보며 고개를 갸웃거렸다. 상대가 보여준 실력이 어느 정도인건지 도통 감을 잡을 수가 없었기 때문이었다.

예전에는 이러한 순간에 결정을 내리지 못하고 머뭇거렸을 유건이었지만 지금의 그는 분명 예전과 달랐다. 고민도 잠시, 힘주어 주먹을 쥐자 손아귀에서 강한 힘이 느껴졌다. 그 무엇이라도 부숴버릴 수 있을 것 같았다.

고개를 흔들어 상념을 털어낸 유건이 단검을 들고 자신을 노려보고 있는 상대를 향해 성큼 성큼 다가갔다.

'음?'

얼핏 보기에 무방비한 상태로 자신을 향해 걸어오는 상대의 모습에 의아해진 사내가 머릿속에 떠오른 의문과 달리 자신의 공격반경 안에 유건의 발이 들어오기 무섭게 반사적으로 단검을 내질렀다. 수없이 반복된 훈련을 통해 세포단위로 몸에 새겨진 동작이었다. 지극히 깔끔한 솜씨로 유건의 경동맥을 끊어내기 위해 쇄도한 단검이 허무하게도 공중을 가르고 말았다.

이를 가볍게 피해낸 유건이 안쪽으로 파고들며 들고 있던 목검을 반대로 휘돌려 상대의 발등을 찍어 내렸다.

"크흑!"

비틀거리는 상대의 안면을 뭉개버린 유건이 허물어져 가는 그의 등을 밟고 전면을 향해 쏘아져 나갔다.

"이…… 이런! 막앗!"

전면을 향해 빠르게 달려가다가 급하게 반전한 유건이 자신을 향해 달려드는 이들을 바라보며 땅을 박찼다.

각자가 지닌 능력의 차이에 따라 유건을 막기 위해 달려드는 이들이 자연스럽게 정렬됐다.

휘리릭!

"크악!"

손에 들려있던 목검을 날리자 선두에서 달려오던 제법 날렵해 보이는 사내가 피로 범벅이 된 얼굴을 부여잡고 무너져 내렸다. 그의 뒤를 이어 차례대로 달려드는 이들을 향해 거꾸로 달려가는 유건의 손과 발이 현란하게 움직였다.

강하게 내지른 주먹에 가슴이 함몰된 사내가 피거품을 토하며 뒤로 날아가고 그가 휘두른 발에 사지의 뼈가 그대로 부러져 나갔다. 이건 인간적인 기준으로 막고 자시고 할 종류의 공격이 아니었다. 그 누구 하나 그의 진격을 막아내지 못했다. 그들을 진두지휘하던 이가 이 사실을 깨달을 때 즈음에는 이미 자신을 제외한 모든 이들이 처참한 모습으로 바닥에 나뒹굴고 있었다.

자신을 향해 천천히 다가오는 유건을 바라보며 사내가 떨리는 목소리로 물었다.

"대체 뭐냐, 네놈은?! 으헉!"

파캉! 우당탕탕!

유건의 주먹질 한방에 박살난 문과 함께 커다란 내실로 날아든 사내가 피거품을 내뿜으며 그대로 혼절했다.

그를 넘어 안으로 들어서자 상석에 마련된 자리 외에 양쪽 끝으로 나눠진 테이블 주위로 사람들이 빼곡하게 앉아 있는 모습이 눈에 들어왔다. 제법 많은 돈을 들여 꾸민 티가 나는 화려한 내부 장식과 이에 어우러지는 조명들이 주변을 대낮처럼 환하게 비추고 있었다.

탄성이 절로 나올 만큼 잘 꾸며진 내부에는 자그마한 정자와 소나무 그리고 그 주변에 흐르는 작은 시냇물까지 제법 운치 있게 꾸며져 있었다. 실내라는 생각이 전혀 들지 않을 만큼 정성스럽게 꾸며진 공간의 한쪽에서는 한복을 곱게 차려입은 여인들이 전통악기를 연주하고 있었다. 밖이 꽤나 소란스러웠음에도 불구하고 아무도 나와 보지 않았던 이유를 알 것 같았다.

세련된 전통음악이 울려 퍼지는 가운데 자신의 옆자리에 앉은 여인들의 술시중을 받아가며 왁자지껄 하게 떠들어 대던 사내들의 소리로 인해 제법 소란스럽던 실내가 그의 등장으로 인해 찬물을 끼얹은 것처럼 조용해졌다.

상석에 마련된 정자 위에 앉아 상대의 잔에 천천히 술병을 기울이던 사내가 안으로 걸음을 옮기는 유건과 그의 손에 들린 광철의 모습을 지켜보며 가볍게 한숨을 내쉬었다.

"이거…… 참. 제가 오늘 김사장님 앞에서 부끄러운 모습을 보이게 되는군요."

"허허허허, 아는 잡니까?"

"뭐, 어느 정도는…… 잠시만 기다려 주시면 금방 정리가 될 겁니다. 이봐. 정실장."

웃으며 상대에게 양해를 구하던 남자의 부름에 그의 뒤에서 공손히 양 손을 모은 채 시립하고 있던 사내가 한발 앞으로 나서며 대답했다.

"부르셨습니까?"

"손님 계신데 이 무슨 소란인가? 어서 정리하게."

"네, 알겠습니다."

"하하하하, 금방 정리 될 테니 가벼운 여흥이라 생각하시고 즐기시지요."

"이런 일이 자주 벌어지나 봅니다?"

"저런? 그럴 리가요?"

"허허허허, 농입니다. 농이예요. 그럼 어디 한번 소문난 박회장님 수하들 솜씨 좀 지켜볼까요?"

이곳에 앉아 있는 이들이야 말로 그들 조직의 실제적인 힘이었다. 그렇기에 돌발 상황임에도 불구하고 누구하나 놀라지 않은 채 천천히 들어서는 유건의 모습을 유심하게 지켜보고 있었다.

상석에서 내려와 그들의 앞에 선 정실장이 그를 따라 일어서려는 수하들을 한 팔로 만류하며 유건과 광철의 모습을 천천히 훑어보았다. 엉망으로 변한 광철의 모습을 살펴보던 사내의 눈이 살짝 찌푸려졌다.

"여기까지 올 정도면 어느 정도 실력은 갖췄다는 말이겠지. 허나, 우리를 다른 조직처럼 생각했다가는 큰 코 다친다. 어디서 온 누구냐? 말해라."

"어디 있나?"

상대의 말을 무시 한 채 주변을 한 차례 둘러본 유건이 광철을 향해 물었다.

"즈어기……."

광철의 손이 높은 곳에 자리한 정자를 가리켰다.

털썩.

"끄윽."

소리 나게 광철을 내려놓은 유건이 천천히 고개를 꺾어 가며 자신을 바라보고 있는 이들의 한가운데로 걸음을 옮겼다. 시종일관 무심하던 그의 눈빛이 살기로 번들거리기 시작했다.

"단 한 놈도!"

유건의 강렬한 외침에 그를 바라보고 있던 사내들이 움찔거렸다.

"살아서 이 자리를 벗어나지 못한다!"

· ⁂ ·

"뭐…… 뭐야!"

"……!"

유건의 외침 속에 섞여있는 몬스터 특유의 피어(Fear)가 장내를 휩쓸고 지나가자 시중을 들고 있던 여인들을 비롯해 비교적 담이 약한 이들이 그 자리에서 혼절했다. 몇몇은 제멋대로 후들거리는 팔 다리를 부여잡은 채 놀란 얼굴로 유건을 쳐다보았다. 그나마 비교적 멀쩡해 보이는 이들은 정실장을 비롯해 채 몇 명이 되지 않았다.

순간 찾아온 극도의 공포를 이겨내기 위해 입술을 깨물

며 버티고 선 정실장의 등줄기를 타고 굵은 땀방울이 흘러 내렸다.

그런 그들을 천천히 살펴보던 유건이 모두의 얼굴을 머릿속에 각인 시킨 뒤 이를 드러내며 웃었다. 이제야 비로소 사건의 원흉들을 만나게 되었기 때문이었다.

저 멀리서 자신을 바라보며 술잔을 기울이고 있는 두 사람. 모든 것을 자신들의 발아래 둔 이들에게서나 느낄 수 있는 특유의 오만함이 섞인 나른한 눈빛.

그들과 눈이 마주친 찰나의 순간 유건은 그들이 바로 자신이 찾던 목표임을 직감할 수 있었다. 왜인지는 잘 모르겠지만 자신의 감이 맞을 거라는 분명한 확신이 들었다.

그런 이들을 눈앞에 두자 그동안 억눌러왔던 살심이 미친 듯이 요동치기 시작했다.

턱.

어느새 그의 뒤로 조용히 다가와 등허리에 칼침을 놓으려던 녀석 하나가 다가서던 모습 그대로 유건의 손아귀에 사로잡혔다.

"컥컥…… 크헉!"

얼굴을 거머쥔 유건의 손이 서서히 조여지자 녀석이 고통에 몸부림치며 양손으로 유건의 손을 떼어내기 위해 발악을 했다.

빠각.

기묘한 각도로 목이 꺾이자 유건의 손을 할퀴어대던 녀석이 축 늘어지며 그대로 절명했다.

살인.

현대를 살아가는 일반인들이 화가 날 때마다 무의식적으로 사용하는 '죽여 버린다.' 던가 '죽고 싶냐' 는 말은 그저 상대를 위협하기 위한 과장된 표현에 불과했다. 이는 그러한 말을 내뱉는 사람이나 듣는 사람이나 무의식중에 모두 인지하고 있는 사실이었다.

실제로 죽일 의사는 없지만 그만큼 화가 났다는 것을 알리는 상투적인 표현들 중의 하나일 뿐이었다.

그러나 유건이 이들을 바라보며 살기가 가득한 음성으로 죽음을 언급한 순간 지금까지 무의식적으로 지켜오던 살인에 대한 거부감이 사라져 버렸다.

비록 개중에는 죽음에 이를 정도의 중상을 입은 이들도 많았지만 그 자리에서 즉사한 이들이 없었다는 것을 생각해보면 방금 유건이 보여준 잔인한 손속은 꽤나 인상적인 모습이 아닐 수 없었다.

이는 그의 본능 속에 각인된 괴물이 그의 살심이 극에 달하는 것을 기점으로 서서히 의식의 저변으로 그 본 모습을 드러내기 시작했다는 것을 알려주는 확실한 증거였다.

비록 완전하진 않지만 일반인들에 비해 거친 세상 속에 한쪽 발을 담근 채 살아가는 가운데 야생의 감을 잃지 않

은 그들의 머릿속에서 경종이 미친 듯이 울려 퍼졌다. 그 자리에 있는 모두가 유건이 보여준 모습의 의미를 본능적으로 느끼고 있었다.

"이놈!"

무척이나 비현실적인 모습에 굳어있던 사내들 중 가장 먼저 정신을 차린 정실장이 그에게 쇄도하려는 찰나 자신을 향해 날아드는 사내의 몸을 받아들고는 그 여력에 밀려 한참을 뒤로 날아가 나뒹굴어야 했다.

정상적인 인간이 낼 수 있는 힘을 훨씬 상회하는 유건의 괴력에 어지간한 일에는 눈 하나 깜짝하지 않는 사내들이 긴장으로 인해 바싹 마른 침을 억지로 삼켜댔다.

"이…… 이런 시팔!"

공포를 이겨내기 위해 욕을 해대며 달려드는 사내를 필두로 얼어있던 녀석들이 일제히 그를 향해 달려들기 시작했다.

[다구리에 장사 없다.]

이 바닥에 몸담기 시작하면서부터 귀에 못이 박히도록 무수히 들었던 말이었다. 그리고 직접 경험해 본 결과 사실이기도 했다.

아무리 날고 기는 실력을 지닌 놈이라도 연장을 들고 여럿이 달려들다 보면 어느새 처참한 모습으로 바닥에 쓰러져 살려달라고 바짓가랑이를 붙든 채 애원하기 마련이었다. 차이가 있다면 병원에 실려 가는 숫자가 달라지는 정도였다. 그러나 그들 입장에서 볼 때 몇 명이 병원에 실려 가든 그건 중요한 게 아니었다.

자신들의 자리를 위협하는 요소를 제거할 수만 있다면 그 정도 손실쯤은 금방 메울 수 있었다. 세상은 넓고 이 길을 걸어가고 싶어 하는 놈들은 널렸다.

그렇기에 현재의 조직 폭력배들 사이에서 과거 김두한이나 시라소니 같은 인물을 찾아보기가 힘들었다. 기존에 자리를 차지하고 있는 이들이 자신의 자리를 위협할 정도로 성장할 가능성이 보이는 될성부른 나무는 애초에 자랄 기회조차 주지 않고 그 싹부터 잘라버리기 때문이었다.

유건의 모습을 보고 잔뜩 겁에 질려있던 그들이 본능이 알려오는 경고성을 억지로 무시하며 이렇게 맹목적으로 달려들 수 있었던 이유도 그동안 몸 소 경험해 왔던 이 바닥의 생리를 굳게 믿고 있었기 때문이었다.

세상에 칼 안 들어가는 놈이 어디 있겠냐는 평소 그들의 말처럼 사람인 이상 여럿이 달려들어 그 중 단 한 놈이라도 찌르는데 성공하면 결국 버티지 못한 채 쓰러지게 되어 있었고 그 이후에는 일사천리로 일을 처리할 수 있었다.

조직 폭력배들 사이에서 과거의 유물이 되어버린 의리를 찾아보긴 힘들겠지만 아이러니 하게도 지금 이 순간만큼은 그들 사이에 존재하는 끈끈한 유대감이 있었다.

'누군가는 성공하겠지.'

비록 자신의 칼날이 빗나간다 할지라도 이 많은 놈들 중 한 놈은 성공할 거라는 막연한 믿음이 억눌렸던 그들의 마음에 다시금 불을 지피는 역할을 했다. 그러나 이러한 그들의 어설픈 믿음이 돌이킬 수 없는 결과를 불러 일으켰다.

"크헉!"

유건이 자신을 향해 칼을 휘두르는 사내의 팔을 붙잡아 그대로 비틀었다. 그리고는 이상한 방향으로 뒤틀린 팔을 부여잡고 비명을 지르는 상대의 팔을 잡아 챈 뒤 그대로 뽑아 버렸다.

푸화하학!

강제로 뜯겨져 나간 사내의 어깨에서 피분수가 피어올랐다.

"으악! 으아아아아악!"

뜯겨져 나간 부위의 상처와 유건의 손에 들린 본래 자신의 것이었을 팔을 번갈아 쳐다보던 사내의 입에서 모골을 송연하게 만드는 비명이 길게 터져 나왔다.

그동안 절대 변하지 않았던 수적 우위를 믿고 달려들던 사내들이 모두 그 자리에 멈춰 서서 비명을 지르고 있는 동료와 뜯겨져 나간 그의 팔을 들고 무심한 눈빛으로 자신들을 쳐다보고 있는 유건을 번갈아 쳐다보며 마른 침을 삼켰다.

사람의 팔이 그렇게 쉽게 뜯겨져 나갈 만큼 약한 것이었던가?

오랜 세월 이 바닥에서 생활하며 밑바닥부터 차례차례 밟고 올라와 조직의 실질적인 대소사를 관장하는 위치에 우뚝 선 정혁주는 믿을 수 없는 현실을 목도하고 난 이후 마치 자신의 목 줄기에 시퍼렇게 날이 서있는 칼날을 가져다 대고 있는 것 같은 서늘함을 느꼈다.

어설프게 연장을 들고 설치거나 개중에 제법 칼을 휘두를 줄 아는 프로들을 상대하며 전국이 좁다하고 누비던 그로서도 생전 처음 느껴보는 진짜 살기였다.

무서울 것 없이 살아온 그조차도 손바닥이 땀으로 흥건해질 지경인데 아무리 그동안 험하게 단련해왔다고 한들 자신의 수하들이 이를 감당해 낼 리 만무했다.

그의 예상대로 몇몇은 덜덜 떨어가며 그 자리에 주저앉아 버렸고 대부분이 주춤거리며 뒤로 물러서고 있었다. 물론 자신들이 물러서고 있는지 조차 인식하지 못하고 있는 사이에 벌어진 행동들 이었다.

'어디서 저런 괴물이…….'

눈썹을 타넘어 눈가로 흘러내리는 땀방울을 거칠게 닦아내는 정실장의 목울대가 크게 출렁거렸다.

〈2권에서 계속〉